거인의 탄생 3

거인의 탄생 3

초판1쇄 발행 | 2018년 12월 28일

지은이 | 이원호
펴낸이 | 박연
펴낸곳 | 한결미디어

등록일자 | 2006년 7월 24일
등록번호 | 제25100-2006-152호
주소 | 서울시 마포구 모래내로 83 한올빌딩 6층
전화번호 | 02 · 704 · 3331
팩스번호 | 02 · 704 · 3360

ISBN 979-11-5916-106-3 979-11-5916-103-2(set) 04810

* 잘못 만들어진 책은 구입처나 본사에서 교환해 드립니다.

거인의 탄생 3

대한국인 2

한결미디어
HANGYEOL MEDIA

차례

1장
테러범 생포

이또만은 항상 이마다와 노카미 두 부하를 데리고 다녔는데 둘 다 중사로 사격과 격투기의 달인이다. 둘은 호위 역인 셈이다. 고르고 고른 정예대원이어서 이또만은 사령관인 마사에몬 중장보다 더 철저한 경호를 받는 상황이다.

"소좌님, 제가 집에 좀 다녀오겠습니다."

노카미가 다가와 말했을 때는 7시 40분, 늦게 업무를 마무리한 이또만이 사무실을 나왔을 때였다. 건물은 이미 짙은 어둠 속에 묻혀졌고 드문드문 불이 켜져 있을 뿐이다. 걸음을 멈춘 이또만이 노카미를 보았다.

"무슨 일인데?"

"예, 어머니가 좀 아프셔서 요코하마의 집에 다녀오려고 합니다."

"그래?"

이맛살을 찌푸린 이또만이 옆에 선 이마다까지 훑어보았다.

"좋아, 오늘은 내 경호를 안 해도 된다. 이마다, 너도 집에 갔다가 내일 오후 3시까지 나한테 오도록."

"예, 소좌님."

이마다의 얼굴이 활짝 펴졌다.

"감사합니다."

이마다와 노카미는 퇴근 후에는 교대로 이또만의 경호를 맡았다. 그러나 숙사가 영내에 있었고 이또만이 외출 시에만 동행해온 것이다. 숙사 생활도 둘 다 미혼인 처지여서 불편하지는 않다.

"오늘도 숙사에 계실 겁니까?"

이마다가 묻자 이또만이 쓴웃음을 지었다.

"이혼한 처지에 뭘."

와이프하고 3년 전에 이혼은 했지만 가끔 딸을 보려고 전처의 집에 찾아갔던 이또만이다. 이마다와 노카미가 절도있게 경례를 하고는 어둠 속으로 사라졌다. 몸을 돌린 이또만이 독신자 장교숙사를 향해 발을 떼었다.

그 시간에 시부야의 안가 응접실에서 이광이 다까노를 맞고 있다. 안학태와 함께 응접실로 들어선 다까노가 기다리고 있던 이광을 향해 허리를 꺾어 절을 했다.

"반갑습니다, 회장님."

"어서오십시오, 다까노 회장님."

이광이 다까노의 손을 잡고 웃음 띤 얼굴로 말했다.

"진즉 연락을 드렸어야 했는데 제가 좀 바빴습니다."

"사고가 났다는 보도를 보고 놀랐습니다. 비서실에 안부 전화를 드렸습니다만 이제야 뵙게 되는군요."

"걱정해주신 덕분에 이렇게 다시 뵙게 됩니다."

인사를 나눈 둘이 의자에 앉았다. 안학태만 참석해서 셋은 삼각으로 자리잡았다. 오늘은 다까노가 인사차 방문한 자리인 것이다. 다까노가 입을 열었다.

"리스타유통이 기반을 굳혀가는 것 같아서 기쁩니다. 며칠 전 기사를 보았더니 도쿄와 오사카에 백화점을 매입할 예정이라고 하더군요."

"잘 되어야 할 텐데요."

"잘 될 것 같습니다."

그때 이광이 주스 잔을 들고 다까노를 보았다.

"도대체 일본인들이 한국인을 무시하는 이유는 뭘까요? 지난 36년 동안 한국을 식민지로 지배했기 때문일까요?"

"그것은……."

놀란 다까노가 말을 잇지 못하고 시선을 내렸다. 이런 질문을 받으면 대부분의 일본인은 그런 경우는 극히 드물다고, 극소수의 우익 성향의 일본인들 소행이라고 변명한다. 하지만 아니다. 지금도 품질이 월등하고 가격이 배나 싼 한국산 제품이 일본 시장에 들어와도 판매는 저조하다. 그것은 한국인에 대한 무시와 선입견이 바닥에 깔려 있기 때문이라고 이광은 판단한 것이다.

어떤 선입견? 한국인을 종으로 지배했던 주인 의식과 한국인은 제 힘으로는 제대로 이룩한 일이 없으며 셋만 모이면 파당을 만들어 싸우고, 남이 잘되는 것을 시기한다는 것 등이다. 이것은 일제시대에 한국을 지배하면서 일본인들의 머릿속에 심어졌고 그것이 지금까지 이어져 왔다고 이광은 생각한다.

실제로 일본이 미국과의 전쟁에서 패망하지 않았다면 한국은 지금도 일본의 식민지로 남아 있을 것이라고 대다수의 일본인들은 믿고 있다. 그때 이광이 말했다.

“다까노 회장님 같은 분이 앞장서서 한일 우호 관계를 증진시켜 주시지요?”

“아, 그거야 최선을 다하겠습니다.”

다까노가 머리를 끄덕였다.

“제가 리스타연합 회원이 된 이유 중의 하나가 그것 때문이기도 합니다.”

“아직도 저에 대한 거부감이 많아요.”

“그럴 리가요, 이 회장님이 일본에 투자를 하시는 상황이신데…….”

“후미코 프로덕션 아시지요?”

다시 불쑥 이광이 묻자 다까노가 침을 삼키고 나서 대답했다.

“압니다.”

“후미코가 제 애인입니다.”

다까노의 눈동자가 흔들렸다. 그동안 수많은 루머가 떠돌았다. 심지어는 후미코가 이광의 아이를 낳았다는 잡지 기사가 난 적도 있다. 후미코는 루머와 인터뷰 공세에 시달렸지만 꿋꿋하게 버티어냈다. 그런데 지금 이광이 제 입으로 시인을 한 것이다. 이광이 말을 이었다.

“한일 간 문화교류를 목적으로 후미코를 지원한 것이지요, 애인 관계가 영향을 미친 것은 없습니다.”

“아아.”

“이번에 후미코 프로덕션에서 NHK의 100부작 드라마에 응모했습니다.”

“아아, 예.”

“경합이 심하지만 드라마 수준이나 배우, 그리고 자본금이 다른 프로덕션에 비교해서 뒤지지 않을 겁니다."

이광이 웃음 띤 얼굴로 다까노를 보았다.

"회장님이 NHK의 대주주 중 하나이시더군요."

"아, 예."

"회장님이 밀어주시면 후미코 프로덕션이 드라마를 맡게 될 것 같습니다."

다까노의 얼굴이 조금 상기되었고 숨이 가빠졌다. 가능한 일이다. 후미코는 지난번 <지즈코의 일생>으로 대박을 터뜨린 주인공이었고 그 여세를 밀고 나갈 수가 있다. 그때 머리를 든 다까노가 말했다.

"어려울 것 같습니다. 대주주가 나서면 주주들의 반발이 심하거든요."

다까노가 머리까지 저었다.

"특히 정부 관계자들이 눈에 불을 켜고 나설 겁니다. 제가 리스타연합 회원인 줄 알고 있거든요."

밤 11시 반, 이광이 안학태가 건네주는 전화기를 받아 귀에 붙였다.

"헬로우."

"접니다. 회장님."

해밀턴의 목소리다.

"여긴 오전 9시 반입니다. 새 아침이 시작되는 시간인데 거긴 잠드는 시간이군요."

해밀턴의 사설이 길었다. 쓴웃음을 지은 이광이 듣기만 했고 해밀턴이 말을 이었다.

"방금 후버 부장하고 이야기 끝내고 나왔습니다."

"아, 그래요."

"후버 부장이 그러더군요, 오무라란 쥐새끼 한 마리가 미일 관계는 물론이고 한일 관계를 똥통으로 끌고 가고 있다고 말입니다."

"그랬어요?"

"예, 후버 부장이 저하고 같이 있는 자리에서 주미 일본대사 마사요시한테 전화를 했습니다. 마사요시가 놀라서 당장 하시모토 총리한테 전화를 한다는군요."

"그래요?"

"아마 이 전화도 오무라란 쥐새끼가 도청을 하고 있을 겁니다. 하지만 쥐새끼는 쥐새끼지요, 내일 오전 12시 안에 일본 정부가 그놈을 제거하지 않으면 후버 부장이 자리를 내놓겠다는 말까지 했습니다."

"저런."

"제가 지금 오무라란 쥐새끼에게 말하는 것이나 같습니다, 회장님."

"……."

"하시모토 총리가 시간을 끈다면 미일 동맹관계에 치명적인 영향이 올 것이라고 후버 부장이 말했습니다. 당장 오무라에 대한 증거를 대통령과 미 의회에 제출해서 대통령 긴급명령을 가동시키겠다고 했습니다. 그러면 이틀 안에 무역과 자금, 출입국이 금지되면서 일본은 일주일 안에 국가부도 상태가 될 것입니다."

"……."

"그리고 오무라의 두 딸이 뉴욕과 달라스에서 유학 중이거든요, 만일 회장님께 무슨 일이라도 생기면 두 딸도 불의의 사고를 당할 것이라고 했습니다."

그러더니 해밀턴이 짧게 웃었다.

"참, 가소로운 쥐새끼가 시궁창에 숨어서 대국을 흩트리고 있었습니다. 회장님.”

“글쎄요.”

“그놈이 제정신이 박힌 놈이라면 어떻게 처신해야 할지를 알겠지요.”

“그럴까요?”

“회장님, 편히 주무십시오.”

해밀턴이 부드러운 목소리로 말했다.

“그놈은 회장님이 범의 입 안으로 들어왔다고 하더군요. 참, 그런 놈의 조상이 진주만 기습을 했지만 지금은 다르지요, 그놈은 부처님 손바닥의 원숭이입니다.”

해밀턴이 손오공까지 알다니.

마사에몬은 62세, 자위대 기동군 사령관이지만 경력이나 나이로 따져봐도 자위대 최고사령관인 오다 요시에몬보다 선배다. 정년이 내년인 터라 오다가 선배 대접으로 자위대 부사령관을 제의했어도 제대할 때까지 야전군 사령관으로 근무하겠다고 고집을 피운 것이다. 마사에몬이 도쿄 긴자의 카페 하루에에서 술을 마시고 있다.

긴자라고 해서 비싼 술집만 있는 것이 아니다. 골목에 있는 하루에는 시골 선술집 분위기로 문의 휘장을 젖히고 들어와 주방 주위로 둘러앉아서 마시는 한국식 포장마차 분위기다. 주방에는 주방장 겸 주인인 사꾸라이와 주방보조 아야메 둘이 하루에의 종업원이다.

오늘도 마사에몬은 후줄근한 양복 차림으로 주방 옆자리에 앉아 있었는데 앞에 정종병과 참치회 한 접시가 놓여졌다. 마사에몬은 여기서 정종 3병과 회 한 접시를 마시고 신주쿠의 관사로 돌아가는 것이다.

밤 11시 50분, 오늘은 조금 늦었지만 주방장 사꾸라이는 신경 쓰지 않았다. 마사에몬이 기분이 좋은 날에는 정종 5병에 참치 2접시를 비우고 갈 때도 있기 때문이다. 술고래였지만 마사에몬은 절제력이 강했다. 취한 모습을 보인 적도 없다.

"이봐, 아야메, 너 언제 나하고 잘 거냐?"

아야메가 4병째 술병을 앞에 놓았을 때 마사에몬이 은근하게 물었다. 주위 좌석에는 손님이 없고 반대쪽에 남자 둘이 앉아 있을 뿐이다. 하루에는 좌석이 꽉 차면 모두 13명이 앉는 작은 술집이다. 동그란 얼굴에 통통한 몸매의 아야메가 덧니를 보이면서 웃었다.

"아유, 그럼 오늘 자 드릴게요."

"정말이냐?"

"30분쯤 후에 끝나니까 제 집에 가요."

"그러지 뭐."

"20분쯤 후에 일어나시겠군요."

사꾸라이는 무표정한 얼굴로 그릇을 씻고 있었는데 50대 후반의 그는 자위대 중좌 출신이다. 마사에몬의 후배로 같이 근무하다가 15년 전에 제대하고 주점을 차린 것이다. 평소 요리에 취미가 있어서 긴자 골목에 자리를 잡고 지금까지 버티어 온다.

아야메가 예언한 대로 마사에몬이 4병째 정종을 마시고 나서 자리에서 일어섰을 때는 그로부터 20분쯤 후다.

"자, 그럼 오늘은 이만."

지갑을 꺼내면서 마사에몬이 말하자 사꾸라이가 불쑥 물었다.

"선배, 무슨 일 있어요?"

"없어."

묻고 대답하는 내용은 항상 똑같다.

하루에에서 나오면 바로 입구 오른쪽에 있는 화장실에서 소변을 보는 것이 마사에몬의 버릇이다. 오늘도 소변을 보려고 소변기 앞에 서서 바지 단추를 풀었던 마사에몬이 뒤쪽 인기척을 듣고는 헛기침을 했다. 소변기가 하나뿐이고 문에 잠금장치가 없어서 자주 이런 일이 일어난다. 그때였다.

"퍽!"

뒷머리에 격렬한 충격을 받은 마사에몬이 눈을 치켜떴다가 곧 소변 보는 자세 그대로 뒤로 쓰러졌다.

"쿵!"

몸이 뒤로 넘어지면서 문짝과 부딪혀 요란한 소리가 났지만 이미 의식이 끊긴 마사에몬은 듣지도 느끼지도 못했다.

"…그놈은 부처님 손바닥의 원숭이입니다."

해밀턴의 녹음테이프 마지막 부분을 세 번째 듣고 난 오무라가 숨을 들이켰을 때 전화벨이 울렸다. 밤 12시 25분, 직통전화다. 전화기를 귀에 붙인 오무라가 응답했을 때 보좌관 난세이의 목소리가 울렸다.

"기동군 사령관 마사에몬 중장이 화장실에서 쓰러져 현재 의식불명 상태입니다!"

오전 9시 반, 오무라가 다가가 서자 하시모토 총리는 신문에서 시선을 떼었다. 그러고는 신문을 접어 옆에 놓았지만 오무라는 펴진 신문면의 전면이 세탁기 광고로 덮여진 것을 보았다. 총리 집무실 안, 하시모토가 표정 없는 얼굴로 오무라를 보았다.

"오무라 군, 뭐, 길게 이야기할 것 없고, 내가 한 시간 전에 주미대사 마사요시의 전화를 받은 거 알고 있지?"

"예, 각하."

오무라도 무표정한 얼굴로 하시모토를 보았다. 마사요시의 전화는 오무라가 연결시켜 준 것이다. 하시모토가 다시 물었다.

"무슨 이야기를 했는지 아나?"

"모릅니다."

당연하지, 안다고 하면 도청했다는 말이 된다. 그때 하시모토의 얼굴에 쓴웃음이 번져졌다.

"오무라 군, 리스타의 이광을 암살하라고 지시했나?"

"아닙니다, 각하."

"역시 얼굴색도 변치 않고 부정하는군."

"예, 각하."

"뭐가 예야?"

"제 얼굴색 말씀입니다."

"자위대, 경찰, 그리고 각 대기업은 물론이고 해외 대사관, 대기업 해외지사로부터 정보보고를 받은 건 사실이지?"

"그건 각하도 알고 계십니다."

"공식 체계는 아니었지, 그렇지?"

"30년 전부터 비공식으로 인정되어 내려온 전통입니다. 총리 각하들께서도 승인을 하셨구요."

"어젯밤 자위대 기동군 사령관 구로다 마사에몬이 쓰러졌어, 지금도 혼수상태더군, 알고 있지?"

"예, 각하."

"언론 보도처럼 술 먹고 나서 자빠졌다고 생각하나?"

"이광 측의 테러 같습니다."

"그렇다면 왜 그랬을까?"

"모르겠습니다."

"오무라 군."

"예, 총리 각하."

"내 전화도 다 도청하고 있나?"

"아닙니다, 각하."

"나한테 오는 전화를 통제하고 있나?"

"아닙니다, 각하."

"날 경호한다는 이유로 감시하고 있나?"

"아닙니다, 각하."

"지금까지 다른 총리도 그랬나?"

"아닙니다, 각하."

"대일본을 건설하기 위해서였나?"

그때 오무라가 처음으로 입을 다물었고 하시모토가 말을 이었다.

"이런 내용을 내가 주미대사한테서 듣는 동안 자네도 같이 들었겠지, 그렇지 않은가?"

"아닙니다, 각하."

"주미대사는 CIA 고위층한테서 들었다는군, CIA는 그 증거를 다 갖고 있다는 거네."

하시모토가 여전히 표정 없는 얼굴로 오무라를 보았다.

"이야기를 같이 들었으니 나한테 오기 전에 해결 방법을 머릿속에 담아 넣고 왔겠지, 그래서 빨리 끝낼 수 있을 것 같군."

"……."

“자, 어떻게 하는 것이 낫겠나? 자네 말대로 그런 일이 없다고 저쪽이 내놓는 증거를 무시하고 미국과 한판 벌일까?”

“…….”

“자, 어떻게 하는 것이 낫겠나?”

“억울합니다.”

말은 그렇게 했지만 오무라의 표정은 여전히 차분했다.

“그들은 얼마든지 증거를 조작할 수 있습니다, 각하.”

그때 하시모토가 천천히 머리를 끄덕였다.

“오무라 군, 자네는 충신이네, 애국자이기도 하지. 내가 자네의 명예는 꼭 지켜주겠네.”

그러고는 외면한 채 말했다.

“자, 그럼 이만.”

오후 2시 40분이 되었을 때 이또만은 현관의 벨 소리를 들었다. 기다리고 있던 이또만이 문을 열었을 때 낯선 사내 둘이 서 있었다.

“누구요?”

눈을 크게 뜬 이또만이 물은 순간이다.

“퍽!”

옆쪽에서 둔탁한 발사음이 울렸고 동시에 이또만의 온몸에서 소름이 돋아났다. 총의 발사음이다. 물론 같은 순간 어깨에 격심한 충격을 받은 몸이 현관 구석에 부딪혔다. 옆쪽에도 한 놈이 있었던 것이다.

“끌고 들어가.”

옆쪽에서 다가온 사내가 한국어를 쓴 순간 이또만이 다시 숨을 들이켰다. 사내 둘이 달려들어 팔을 쥐었기 때문에 이또만이 발길로 차고 한 손으로 멱살을 쥐었지만 역부족이다. 총탄이 오른쪽 어깨뼈를 부숴 놓아서 힘을 쓸 수가 없다. 다음 순간 턱에 충격을 받은 이또만이 늘어진 채 집 안으로 끌려 들어갔다.

오후 5시 5분, 이마다와 노카미가 집안으로 들어서자 기다리고 있던 사다케가 물었다.

"소좌님은?"

"여기 오시지 않았어요?"

노카미가 안에 모인 대원들을 둘러보았다. 이곳은 제3 안가, 대원은 다 모였다. 팀장 이또만만 오지 않았다.

"얀마, 그걸 나한테 물어?"

조장(組長) 사다케가 신경질을 내었다. 이또만과 이마다, 노카미는 같은 조(組)나 마찬가지였기 때문이다.

"집이 비었던데."

노카미가 이맛살을 찌푸리며 말했다.

"관사에도 안 계시고."

이또만과 노카미 등이 만나기로 한 곳은 시내에 위치한 이또만의 아파트다. 대부분 영내 관사에서 생활하다가 외박 나왔을 때 묵는 장소로 사용하는 곳이다.

"사령관 병문안을 가셨을지도 몰라."

조장 중 하나인 오기가 생각났다는 표정을 짓고 말했다.

"이건 뭐요?"

다까노가 묻자 김필성이 알미늄 가방을 조금 더 밀어놓았다.

"서류하고 녹음테이프, 녹음기까지 들었습니다."

김필성이 차분한 얼굴로 말을 이었다.

"총리께 갖다 드리면 됩니다."

"그냥 드리면 돼요?"

다까노 투자금융의 회장실 안, 오후 5시 반이다. 김필성이 말을 이었다.

"총리께 다까노 회장께서 가신다고 말씀을 드렸으니까 기다리고 계실 겁니다."

"내가요? 누가 그랬는데요?"

"CIA의 후버 부장이라고 하면 놀라시겠군요."

"후버 부장이오?"

과연 놀란 다까노가 눈을 크게 떴다. 그때 김필성이 말을 이었다.

"비서실에 오무라 씨는 없을 겁니다."

"개새끼, 넌 이또 히로부미보다도 더 나쁜 놈이야."

씹어뱉듯 말한 사내는 기요타다. 기요타가 누구인가? 스미요시카이의 회장, 조직원 3,400명을 거느린 일본 제2의 야쿠자 조직의 회장이다. 지금 기요타의 앞에 앉은 사내는 이또만 소좌다. 총에 맞은 어깨에 우선 지혈제를 바르고 붕대를 감았지만 이또만의 눈빛은 또렷하다. 몸이 의자에 테이프로 묶여져 있는 것은 반항을 못 하게 하려는 것보다 떨어지지 않도록 한 것 같다.

오후 6시 10분이다. 주위는 조용하다. 이곳은 기요타의 대륙건설 아파트 공사장의 지하주차장 안이다. 사방이 밀폐된 시멘트 건물 안은 아직 공사 중이어서 벽에는 철근이 삐져나왔고 바닥도 파헤쳐서 있다. 주위에는 사내들이 둘러서 있었는데 모두 입을 다물고 있다. 기요타의 소리가 시멘트벽에 부딪혀 더 크게 울렸다.

"일제시대에 조선놈 경찰이 조선인을 더 악랄하게 고문하고 학살했다는 말만 들었더니 바로 너 같은 놈이었구나, 이 새끼 조상도 그런 놈이 틀림없어."

숨을 고른 기요타가 손가락 사이에 끼어져 있던 담배를 이또만에게 던졌다. 담배는 빗나갔다.

"더러운 개 같은 놈, 일본놈 똥이나 주워 먹는 놈."

그때 이또만이 입을 열었다.

"네 조상도 일본인 피가 섞여 있을지도 몰라."

또렷한 한국말이다. 순간 사무실 안이 조용해졌고 기요타가 숨을 들이켰다.

"뭐라고?"

"네 조상에 일본인의 피가 섞여 있을지도 모른다고 했다."

"뭐야?"

"임진왜란, 정유재란, 7년 동안에 일본군이 조선 땅을 점령했거든. 그때 조선 여자는 다 건드렸을 거다."

"아니, 이……."

"또 있지, 병자호란, 몽고족의 침입, 수많은 외침을 받아온 조선 땅이야. 말만 조선말을 쓰지 피가 어디 조선인만으로 이어져 왔나?"

"이런 개새끼가."

이또만의 눈빛이 더 강해졌다.

"그까짓 민족이 무슨 소용이냐? 이 병신아, 네놈이 추종하는 미국을 봐라. 소련 국적, 독일 국적, 일본 국적의 이민자가 들어가서 미국 시민이 되었단 말이다."

그때 기요타가 벌떡 일어섰지만 말을 내놓지는 못했다. 이또만의 말이 다시 쏟아졌다.

"그렇다. 난 일본으로 귀화해서 일본인이 되었고 군인으로 일본에 충성하고 있다. 내가 어쨌단 말이냐? 조선이 나한테 해준 것이 있단 말이냐?"

"이 역적 같은 놈."

"내 조상이 조선인을 학살한 일본인이라고 했지?"

이또만이 얼굴을 일그러뜨리며 웃었다.

"내 증조부는 관동대지진 때 요코하마에 사셨는데 일본놈들이 머리에 못을 박아서 비참하게 돌아가셨다."

기요타의 시선을 받은 이또만이 다시 웃었다.

"내 조부는 2차대전 때 징용으로 끌려 나가 사이판에서 돌아가셨는데 시체도 찾지 못했고."

주위가 조용해졌고 이또만의 말이 이어졌다.

"내 아버지? 조상의 원수를 갚는다고 몸부림을 치시다가 가족은 놔두고 한국으로 들어가시더니 6.25를 맞아 돌아가셨다."

"……."

"한국군에 입대하셨다가 낙동강인가 어딘가에서 전사하셨다는데 이번에도 시체를 찾지 못했지."

그러고는 이또만이 웃음 띤 얼굴로 주위를 둘러보았다.

"자, 이제 나는 여기서 죽는다. 어서 죽여서 시멘트로 묻어라."

녹음기가 공회전을 하자 하시모토 총리는 머리를 들었다. 얼굴에 허탈한 웃음이 떠올라 있다. 방금 하시모토는 오무라가 기동군 사령관 마사에몬에게 이광의 살해를 지시한 대화를 들은 것이다. 마사에몬은 339부대의 이또만 소좌를 팀장으로 삼아 대일본을 위해 작전을 수행하겠다고 맹세했다.

앞에 앉은 다까노는 외면한 채 굳어져 있다. 그리고 또 한 사람, 오무라의 보좌관 난세이는 하시모토의 가슴께를 똑바로 응시하고 있다. 난세이가 다까노와 함께 들어와 녹음기를 틀어주었다.

“이봐, 난세이 군, 오무라는 지금 어디 있나?”

“모릅니다, 각하.”

난세이가 시선을 내렸다.

“오전부터 연락도 없습니다.”

하시모토를 만나고 나서 사라진 것이다. 입맛을 다신 하시모토가 외면하고 말했다.

“이건 호가호위 정도가 아냐.”

다까노와 난세이는 숨을 죽였고 하시모토의 말이 이어졌다.

“일본 국기(國基)를 흔들어놓은 사건이야.”

“…….”

“역대 총리들을 허수아비로 만들어놓고 이놈이 일본 정관계, 야쿠자까지 주물렀어.”

“…….”

“CIA에서 말해주지 않았다면 이놈이 총리를 암살할 수도 있었어.”

기겁을 한 다까노가 숨을 들이켰다가 사레가 걸려서 얼굴이 시뻘게졌다. 그러나 다행히 기침은 나오지 않았다. 겨우 침을 긁어모아 삼켰더니 숨이 쉬어졌다. 하시모토의 시선이 난세이에게로 옮겨졌다.

"난세이 군, 자네가 오무라 옆에서 지켜보았을 테니까 수습을 하도록."

"예, 각하."

"오무라는 병가를 낸 것으로 하고 자네가 실장 대리를 맡아."

하시모토의 시선이 다까노에게로 옮겨졌다.

"이 상황을 리스타 측에 전해주시게, 다까노 씨."

"보류하는 수밖에."

조장 사다케가 말했다. 사다케와 오기는 같은 중위지만 사다케가 선임이다. 오후 8시 10분, 이또만을 기다린 지 3시간이 넘었다. 대원 9명은 모두 지쳤다. 이쪽저쪽에 늘어졌거나 몇 명은 마당 구석에서 서성거리고 있다.

팔짱을 낀 오기가 시선만 주었고 사다케가 말을 이었다.

"사령관이 혼수상태고 팀장이 실종되었어, 이건 작전이 노출되어서 역습을 당한 거야. 어떻게 생각하나?"

"글쎄."

"사령관 윗선이 그림자야."

"오무라 말인가?"

"그래."

사다케가 방안에 둘만 있는데도 주위를 둘러보았다. 그들이 오무라란 이름을 꺼낸 것은 처음이다. 그러나 그들은 알고 있는 것이다. 사다케가 입술만 달싹이고 말했다.

"젠장, 이광과의 싸움에서 당한 건가?"

말을 그친 기요타가 굳어진 얼굴로 이광을 보았다. 오후 10시 10분,

기요타가 이광의 안가에 찾아와 있다. 주위에는 안학태와 김필성, 특별보좌관 최국진까지 둘러앉아 있다. 기요타가 말을 이었다.

"죽이려고 잡아왔지요. 예, 자백을 다 받아놓고 죽이려고 했습니다. 그냥 간단히 죽이고 싶지 않았거든요."

기요타의 얼굴이 일그러졌다.

"그런데 그놈, 남자더구만요. 주관이 뚜렷한 사내자식이었습니다. 저도 사내라고 떠들고 다니던 인간이라 죽이기가 망설여지는군요."

지금 기요타는 이또만의 처리에 대해서 말하고 있는 것이다. 그때 안학태가 쓴웃음을 짓고 말했다.

"회장님, 그런 이야기를 여기서 하시면 어떻게 합니까? 회장님이 결정하셔야지, 그룹 회장님은 이또만 사건을 모르고 계셨습니다."

"압니다."

따라 웃은 기요타가 이광을 보았다. 기요타쯤 되면 안학태가 말한 저의를 알고도 남는다. 만약에 일이 벌어졌을 때 최고 경영자한테 연루가 되지 않도록 해야 되기 때문이다. 최고경영자는 모르는 일로 해놓아야 한다.

"회장님, 저는 이또만을 살려두고 싶습니다."

기요타가 말하자 안학태가 다시 물었다.

"살려서 어떻게 한단 말입니까?"

"그런 놈 한 명을 끌어들이면 나 같은 인간 열 명보다 더 리스타에 도움이 될 겁니다."

"이런."

마침내 안학태가 어깨를 늘어뜨리면서 이광을 보았다. 얼굴에 허탈한 웃음이 떠올라 있다.

"기요타 회장이 저렇게까지 말씀하시는데 저로서는 드릴 말씀이 없네요, 회장님."

그때 최국진이 말했다.

"제가 이또만이 말한 가족력이 사실인지 확인해보겠습니다."

이어서 김필성이 말했다.

"이또만 팀 중에서 유리시마와 오도리 중사, 그리고 경호 역인 노카미까지 우리가 포섭해 놓았기 때문에 그 팀은 제대로 운용이 안 됩니다. 이또만 혼자 발광을 하고 있는 것이나 같습니다."

경호 역 노카미가 3시에 시내 이또만의 사처에서 만나기로 했다고 정보를 준 것이다. 김필성이 말을 이었다.

"이또만의 처리 방법은 두 가지뿐입니다. 죽이든지 자위대에서 나와 리스타에서 일하게 하는 방법인데요."

김필성의 얼굴에도 쓴웃음이 번져졌다.

"왜냐하면 전향을 해야 살려줄 텐데 전향을 할 것 같지도 않고, 한다고 해도 자위대에 남아 있는 놈이 아니거든요."

"그렇죠, 이미 배신한 유리시마, 오도리, 노카미의 존재를 알게 되면 가만두겠습니까? 우리로서는 이놈들의 효용가치도 높습니다."

최국진이 거들었을 때다. 지금까지 듣기만 하던 이광이 입을 열었다.

"내가 한번 만나보기로 하지."

"미우라 씨, 요즘 바쁘지?"

다까노가 묻자 미우라가 여전히 굳어진 얼굴로 대답했다.

"아닙니다. 괜찮습니다."

다까노 투자의 회장실 안, 오전 9시 반, 미우라는 회사에 출근하지도 않고 이곳부터 들렀다. 어제 오후에 다까노가 만나자는 연락을 해왔기 때문이다. NHK 제작국장 미우라는 방송국의 실력자이며 외부제작사, 에이전시, 탤런트들에게는 신(神)과 같은 존재다.

생사여탈권을 쥐고 있다고 해도 과언이 아니다. 마음만 먹으면 군소 제작사는 며칠 사이에 망(亡)하게 만들 수도 있는 것이다. 그러나 미우라에게도 임자가 있다. 바로 대주주들이다. 특히 인사권을 가진 대주주 이사회 의장 다까노는 미우라에게 신(神)과 같은 존재다. 신의 신인 것이다. 다까노가 지그시 앞에 앉은 미우라를 보았다. 방안에는 둘뿐이다.

그것은 다까노가 밀담을 하겠다는 표시다. 다까노의 부름을 받고 미우라는 별별 생각을 다 했다. 인사문제, 방송출연문제, 이번에 문제가 된 도리코의 스캔들 문제, 영업이익 문제 등이다. 그때 다까노가 입을 열었다.

"저기, 100부작, 후미코 프로덕션에 줘."

혼다 와타루가 누구인가? 사이또구미의 사카이 사부로가 죽은 후에 조장이 된 인물, 도쿄 시내의 대공사(大工事)를 맡은 것을 시작으로 야쿠자 세계에서 확실하게 기반을 굳히는 중이다. 한국 이름은 안태동, 스미요시의 기요타, 이나카와의 이또와 함께 리스타연합 회원이 된 야쿠자 3인방, 물론 이 3인방은 그들 셋만 안다.

오늘, 혼다는 이또와 기요타와 셋이 긴자의 요정 파라다이스 밀실에서 술을 마시고 있다. 물론 술을 마시려고 모인 것은 아니다. 셋의 좌장격인 기요타가 소집한 것이다. 파트너도 부르지 않는 셋만의 자리여서 그저 술만 마셨다.

셋 다 분위기 따위는 신경 쓰지 않는 성격이어서 나서려고 들지는 않는다. 건성인 이야기로 위스키 한 병을 다 마시고 났을 때 기요타가 먼저 입을 열었다.

"오무라하고 다까노가 야마구치를 앞세워서 우리 야쿠자를 장악하려고 했지."

아는 사실이어서 둘은 듣기만 했다. 기요타가 말을 이었다.

"덕분에 야마구치가 시노다, 오타카에 이어서 사다요시까지 박살이 났고 조직은 사분오열이 된 상황이야."

술잔을 든 기요타가 한 모금에 술을 삼켰다.

"어때? 우리 3인방이 조각으로 나누어진 야마구치를 나눠 갖는 것이?"

"가능합니까?"

혼다가 정색하고 물었다.

"물론 가능성이 있으니까 그런 말씀을 하시겠지만 말입니다."

"야마구치 47개 지부장 중에서 조센징이 6명이야."

기요타도 정색하고 말을 잇는다.

"1만3천 명 야마구치 조직원 중에서 조센징이 4천 명, 3할이 넘어."

"정말요?"

놀란 혼다가 기요타를 보았다.

"우리 사이또조에도 조센징이 3할이오, 조센징이 모두 야쿠자로 빠졌다는 말이 정말이네."

"나도 조사는 안 했지만 우리 이나카와에도 그 정도는 될걸?"

이또가 말했을 때 기요타가 헛기침을 했다.

"자, 그럼, 이야기를 해보세."

기요타가 탁자 위에 놓인 벨을 누르자 곧 사내 하나가 들어섰다. 기요타의 보좌역이다.

"들어오라고 해."

보좌역이 몸을 돌렸을 때 기요타가 이또와 혼다를 둘러보며 말했다.

"야마구치 나고야 지부장을 오라고 했어, 조센징으로 도죠라는 놈이야."

"도죠입니다."

잠시 후에 방으로 들어선 사내가 허리를 꺾어 인사를 했다. 건장한 체격, 짧게 자른 머리, 단정한 양복 차림, 머리를 든 눈빛이 강했고 셋을 훑어보는 눈동자가 흔들리지 않는다.

"아, 아우님, 어서 와."

기요타가 자리에서 일어나 손을 내밀었기 때문에 이또와 혼다도 따라 일어섰다. 먼저 악수를 한 기요타가 이또, 혼다를 소개했다. 모두 안면은 있는 사이다. 넷이 둘러앉았을 때 기요타가 먼저 입을 열었다.

"그럼 바로 본론으로 들어가지, 이봐, 도죠 군, 야마구치를 우리가 갈라 먹을 계획인데, 그것이 가능할까?"

그때 도죠가 빙그레 웃었다. 30대 후반의 도죠는 유도선수로 이름을 날렸고 죽은 시노다 조장의 경호 역을 지냈다. 별명이 거머리'인 것은 남의 피를 빨아먹는 것이 아니라 싸움할 때 한번 붙으면 떨어지지 않았기 때문이다. 도죠의 야마구치 나고야 조직은 회원 380명, 야마구치의 47개 지부 중에서 중위권이다. 도죠가 입을 열었다.

"야마구치가 47개 지부로 갈라진 것은 오무라가 각각의 지부를 별동대로 운용할 생각이었던 것 같습니다. 우리 지부장 사이에는 각 지부가 오무라 경찰서라고 농담을 했을 정도니까요."

기요타까지 도죠의 말을 경청했다.

"오무라는 각 지역의 야마구치조를 기반으로 야쿠자를 통합시킬 계획이었습니다. 그런데 그것이 거꾸로 되는군요."

도죠의 얼굴에 웃음이 떠올랐다.

"도끼로 제 발등을 찍은 것입니다."

"도죠 씨, 가능성이 있겠어?"

따라 웃은 이또가 묻자 도죠는 천천히 머리를 끄덕였다.

"배후의 오무라가 사라진 지금 야마구치 이름에 집착할 지부장은 한 놈도 없습니다. 이또 회장님."

"그렇다면 흡수가 가능할까, 도죠 씨?"

"조건만 맞으면 할 겁니다."

"어떤 조건?"

"지부장 자리를 유지해주고 지금보다 소득이 더 많아야겠지요."

도죠가 말을 이었다.

"일단 47개 조직을 대여섯 개 정도로 구분해놓는 것입니다. 시간이 좀 걸리겠지만 능력이 안 되는 지부장은 도태되면서 다른 조직에 흡수되겠지요, 그때 자연스럽게 끼어드는 것입니다."

"머리 잃은 뱀이 꿈틀거리는 것 같군."

기요타가 혼잣소리처럼 말했다.

"하지만 거대한 뱀이야, 잘못하다가는 깔려 죽는 수가 있어."

그때 이또가 도죠에게 말했다.

"도죠 씨, 우리 셋하고 당신까지 넷이 야마구치를 갈라 먹기로 하지."

이것이 결론이다.

이곳은 저택이지만 어디인가는 분간이 되지 않는다. 그러나 정원이 있고 대문은 꽤 멀다. 도쿄 시내에는 이런 대저택이 있을 리가 없고 교외다. 어제 오후에 어깨 수술을 끝낸 후에 마취가 된 상태에서 이곳으로 실려 온 것이다. 눈을 떠보니 이곳에 누워 있었기 때문이다. 그러나 쾌적한 환경이다.

어깨에 붕대를 감아서 조금 불편했지만 20평쯤 되는 방안에서 마음대로 행동할 수 있다. 물론 문은 잠겼고 베란다 쪽 유리문도 봉쇄되었다. 감시자는 보이지 않았지만 방안에 CCTV가 4개나 있다. 사방이 밀폐된 화장실에도 있을지 모르겠다. 이또만은 리모컨으로 TV의 볼륨을 높였다. 마침 뉴스 시간이다. 그때 아나운서가 말했다.

"신임 총리 비서실장 난세이 씨는 전(前) 비서실장 오무라 씨가 신병 치료차 모처에서 요양 중이라고만 밝혔습니다."

이또만의 눈동자가 흐려졌다. 아나운서가 정치권 동향을 이야기하더니 화면에 마사에몬의 모습이 드러났다. 기동군을 사열하던 모습이다. 아나운서가 말을 이었다.

"전(前) 기동군 사령관 구로다 마사에몬 중장이 화장실에서 쓰러져 의식을 잃은 후에 투병 중이다가 오늘 아침에 사망했습니다……."

이또만은 리모컨의 버튼을 눌러 TV를 껐다. 갑자기 방안이 조용해졌다. 소파에 등을 붙이고 앉은 이또만은 문득 자신이 언제까지 이곳에 있을지 궁금해졌다.

오전 11시 반, 도쿄 신주쿠의 일본경제인연합회 빌딩 대회의장, 오늘은 수출진흥의 날이어서 하시모토 총리가 내각의 장관을 4명이나 이끌고 기념식에 참석했다. 일경련 회장 다까노가 주최인 자격으로 총리를 맡고 있다.

기념식은 10시 반에 시작해서 조금 전에 끝났고 지금은 다과회다. 수백 명의 경제인과 관리들이 모인 다과회 식장은 떠들썩했다. 총리와 경제인연합회장의 인사가 끝나고 이제는 끼리끼리 모여서 이야기를 나눈다. 이때 관리들과 기업인 간 의사소통이 이뤄지는 것이다. 하시모토가 다까노 옆으로 다가서더니 불쑥 말했다.

"오무라가 서둘렀어."

숨을 들이켠 다까노가 주위를 둘러보았고 하시모토가 말을 이었다.

"조금 더 기다렸다가 시작해도 되는데 너무 서두른 거야."

주위는 떠들썩하다. 총리가 다까노 옆에 서자 아무도 가까이 오려고 하지 않는다. 모두 둘이 경제 이야기를 하는 줄 알 것이다.

"마사에몬은 이광이가 죽인 건가?"

하시모토가 묻자 다까노가 웃음 띤 얼굴로 대답했다.

"그랬을 것입니다."

"오무라가 죽인 것이나 같아."

"예, 각하."

"이광의 암살단 팀장이었던 놈, 자네는 아나?"

"모릅니다, 각하."

"339부대 이또만 소좌야."

하시모토의 얼굴에 쓴웃음이 번져졌다.

"지금 그놈도 실종상태야, 다까노 군."

"각하, 그렇다면……."

그때 하시모토가 인사를 하는 대기업 야마노 회장 야마노의 손을 잡고 말했다.

"야마노 씨, 잘 부탁합니다. 마침 지금 막 다까노 회장한테 일경련의 지원을 부탁하는 중이었소."

"예, 최대한 노력하겠습니다."

야마노가 결의에 찬 얼굴로 말했다. 올해의 경제성장률 달성을 말하는 것이다. 야마노가 물러갔을 때 하시모토가 말했다.

"오무라가 없더라도 그걸 전해주는 사람이 있어, 다까노 군."

다까노는 숨만 쉬었다.

"그게 누구인 것 같나?"

녹음기의 버튼을 누른 윌슨이 의자에 반듯이 앉았을 때 후버가 물었다. 랭글리의 CIA 부장실 안, 후버와 윌슨, 그리고 방문자 해밀턴이 어제 도쿄 경제인연합회 다과회장에서 하시모토와 다까노 간의 이야기를 통역을 통해 들은 참이다.

"누구라니요?"

해밀턴이 모르는 시늉을 하고 물었기 때문에 후버가 혀를 찼다.

"능청 떨지 말고, 하시모토한테 이또만 실종을 알려준 사람 말이다."

"제가 어떻게 압니까?"

해밀턴은 어젯밤 갑자기 후버가 만나자는 CIA 측의 연락을 받고 찾아온 것이다. 그런데 난데없이 하시모토와 다까노 사이의 밀담을 들려주더니 이렇게 묻는다. 그때 후버가 윌슨에게 말했다.

"네가 말해줘라."

윌슨이 해밀턴을 향해 몸을 돌렸다.

"우리요."

"우리라니?"

해밀턴이 눈썹을 모았다.

"나도 포함되는 거야?"

"당신은 CIA가 아니지, 이젠."

"그럼 CIA가?"

해밀턴이 눈을 치켜떴을 때 후버가 대답했다.

"그렇다. 해밀턴."

"보스, 영문을 압시다."

"또 보스냐?"

"예, 보스."

"우리는 이광이 배후가 아니야."

"그럼 하시모토 배후시군요?"

"그것도 아니지."

의자에 등을 붙인 후버가 파이프를 집었다. 맥아더 파이프하고 비슷한 형인데 손잡이가 상아다. 후버가 말을 이었다.

"우리는 이광의 배후도 아니고 하시모토도 아냐, 한국과 일본 어느 한쪽 편을 들어주는 입장이 아니란 말이지."

후버가 파이프용 담배를 쟁여 넣느라고 잠깐 말을 멈췄을 때 해밀턴이 투덜거렸다.

"윌슨 저 파이프는 어디서 가져온 거야? 혹시 일본이야?"

그때 후버가 못 들은 척 말을 이었다.

"그래서 해밀턴, 너를 불러서 이 이야기를 해주는 거야, 이 선에서 일본과의 전쟁을 끝내도록 해."

말을 그친 후버가 성냥을 찾느라고 두리번거렸다. 해밀턴은 성냥이 바로 코앞에 있었지만 눈썹도 까딱하지 않았다.

밤 12시 반, 전화기를 내려놓은 이광이 옆에 선 안학태를 보았다. 방금 이광은 해밀턴의 전화를 받은 것이다. 안학태와 시선이 마주치자 이광이 빙그레 웃었다.

"당연한 일이지."

해밀턴의 말에 대한 이광의 첫 반응이다. 방금 해밀턴은 후버가 한 말을 그대로 전해준 것이다. 스피커폰으로 통화를 했기 때문에 안학태도 해밀턴의 말은 다 들었다. 안학태가 머리를 끄덕였다.

"지금까지 오무라의 행동을 미국 측이 지원은 하지 않았지만 방관하고 있었다는 증거입니다."

"그렇지, 일본 극우파가 득세하는 것은 나쁘지 않으니까."

쓴웃음을 지은 이광이 말을 이었다.

"모두 자국(自國)의 이익부터 따지는 거야, 그러고 나서 동맹국 간 균형을 유지하는 것이지, 지금은 한국 쪽으로 조금 기울었다고 생각하는 모양이야."

안학태의 얼굴에도 쓴웃음이 떠올랐다.

"리스타연합이 없었으면 영문도 모르고 당할 뻔한 일이 많을 것입니다."

그때 벽시계를 본 이광이 말했다.

"내일 소련으로 가지."

"예, 준비하겠습니다."

"이또만은 지금 안가에 있나?"

이광이 생각났다는 표정을 짓고 물었다.

아침식사를 마친 이또만이 오늘도 TV를 보고 있을 때 문이 열리는 기척이 났다. 머리를 돌린 이또만은 경비원의 뒤를 따라 들어서는 이광을 보았다. 이또만은 저도 모르게 벌떡 일어섰다. 이광의 뒤로 안학태와 경호실장 에릭센까지 따라 들어섰기 때문에 방이 넓은데도 꽉 찬 느낌이 들었다. 다가온 이광이 웃음 띤 얼굴로 앞쪽 자리에 앉으면서 말했다.

"앉아, 이또만 씨."

한국말이다. 이또만이 잠자코 자리에 앉았을 때 이광의 시선이 아직도 붕대를 감은 어깨로 옮겨졌다.

"어깨는 나아가고 있다더군."

이또만은 시선만 주었고 이광의 말이 이어졌다.

"네가 나한테 개인적인 원한은 없을 것이라는 생각이 들었다."

이제 이광이 '해라'를 했는데 이또만은 이것이 자연스럽게 느껴졌다. 이광이 말을 이었다.

"군인이었으니까 명령을 따른 것이지, 일본 군인."

잊었다는 듯이 뒤에 일본 군인을 붙인 이광이 똑바로 이또만을 보았다.

"너하고 이야기한 사람, 야쿠자 스미요시카이의 기요타 회장이다. 그 기요타 회장이 널 살려주자고 했다. 남자라고, 자신보다 10배는 나은 남자라고 하더구나. 그래서 네가 지금까지 살아 있는 거다."

"……."

"너도 알고 있겠지만 너한테 지시했던 마사에몬은 죽었다. 오무라도 사라졌고."

"……."

"네가 말한 가족력(歷)은 사실이더군, 네 말에 공감도 한다."

이광이 똑바로 이또만을 보았다.

"너, 대한민국, 대한국인이라는 말 들어본 적이 없을 거다. 넌 일본놈이 되어 있으니까."

의자에 등을 붙인 이광이 옆쪽에 앉은 안학태를 불렀다.

"안 사장."

"예, 회장님."

어깨를 편 안학태가 탁자 위에 한 묶음의 서류를 놓았다. 방안은 10여 명의 사내가 앉거나 서 있었지만 서류가 놓여지는 소리만 울렸다. 안학태가 입을 열었다.

"회장님 지시로 리스타의 역사, 사업규모, 사업 영역에서부터 앞으로의 추진 계획까지 가져왔다."

안학태도 '해라'를 했다.

"일본 역사보다는 재미있을 거다."

뼈 있는 말을 내놓은 안학태가 다시 이광을 보았다. 더 말하기 싫은 것 같은 자세다. 안학태도 로마에서 미사일을 맞아 갈비뼈가 4대나 부러졌으니까, 그때 이광이 자리에서 일어섰다.

"사흘 동안 읽고 생각해라, 하지만 결정은 내가 한다."

벨 소리가 다섯 번 울렸을 때 위연이 전화기를 들었다. 오후 3시 반, 코리아타운 서울빌딩 안의 사무실이다.

"헬로우."

"위연 씨, 나 머핀이오."

그 순간 위연의 얼굴에 웃음이 떠올랐다. 오늘은 토요일이다. 일요일까지 연락을 하라고 했더니 머핀이 선수를 쳤다.

"그래, 결정했어?"

"예, 위연 씨."

머핀이 고분고분 대답했다.

"제가 에디파를 인수하기로 했습니다."

"너 혼자 결심하면 되나?"

"아닙니다. 버크, 케인, 모란도도 저를 따른다고 했습니다."

버크 등은 에디파의 중간 보스급들이다.

"그럼 모간은?"

"어디론가 사라졌습니다."

"어디로?"

"모릅니다."

"네가 죽인 거 아냐?"

"천만에요."

"좋아, 그럼 오늘 만날 수 있지?"

"어디로 갈까요?"

"러브클럽으로 와."

"가지요."

"버크, 케인, 모란도까지 데려올 수 있어?"

"데려가지요."

"좋아, 11시까지."

"알겠습니다. 위연 씨."

전화기를 내려놓은 위연이 어느새 옆에 와 서 있는 용비를 올려다보면서 웃었다.

"이놈이 모간을 죽였군."

오늘도 존 강은 아리랑 부동산 건물 3층의 사무실로 출근했다. 존 강이 사흘 동안 한 일이라고는 매킨지의 장례식에 참석한 것뿐이다. 사무실에는 여직원 둘과 존 강의 경호 역인 피터, 깁슨, 둘까지 다섯이 있었는데 평소에는 20여 명이 바글대던 곳이다.

모두 이곳에 한 번씩 들렀다가 일을 받아나갔고 수금사원들의 떠들썩한 무용담으로 3층 전체가 떠들썩했었다. 오후 4시, 권철이 사무실로 들어서자 기다리고 있던 존 강이 맞는다. 권철은 피터 김, 반우성과 용비, 위연을 데리고 왔기 때문에 사무실이 금방 꽉 찼다.

"어서 오십시오."

존 강이 웃음 띤 얼굴로 손을 내밀었다가 움츠렸다. 앞장선 권철이 못 본 척했기 때문이다. 권철과 피터 김, 반우성이 자리에 앉았을 때 존 강이 굳어진 얼굴로 앞쪽에 앉는다. 사무실 안은 넷뿐이고 용비와 위연 등은 바깥 사무실에 남아 있다. 그때 먼저 피터 김이 말했다.

"존, 그동안 굉장히 바빴더구만."

존 강이 눈만 껌벅였고 피터 김이 말을 이었다.

"카잔스키한테까지 연락을 했지? 서울파 지분을 나눠줄 테니 같이 동업을 하자고 말야."

"그, 그것은……."

존 강의 얼굴이 굳어졌다. 그렇다. 어제도 하루 종일 카잔스키의 측근 보고프하고 서울파 지분과 리스타 대처 방안을 연구했다가 결론을 내지 못했다. 시간이 촉박했기 때문이다. 카잔스키 측은 지분 40퍼센트를 갖는 대신 존 강을 보호해주겠다고 했다. 물론 서울파의 영역 40퍼센트도 카잔스키파가 직접 관리하게 될 것이었다. 피터 김의 얼굴에 웃음이 떠올랐다.

"과연 천재 로비스트 존 강다운 짓이야. 이틀 동안에 서울파 지분 40퍼센트 처리 문제와 리스타를 말살시킬 방법을 강구해 내다니 말야."

"피터, 그것은 내가 제시한 것이 아니라 카잔스키 쪽에서……."

"보고프 측근한테서 직접 들었어, 존."

숨을 들이켠 존 강을 향해 피터 김이 말을 이었다.

"2인자로 지낼 때가 더 좋았던 것 같구나. 존, 넌 1인자 되기가 두려웠던 거야."

"피터, 내 말을 들어보세요, 난 서울파와 카잔스키파를 합치려는 생각을 한 겁니다. 그럼 리스타한테도 유리하지 않겠습니까? 물론 카잔스키 쪽에는 그렇게 말해야 끌려들겠지요."

그때 권철이 처음으로 입을 열었다. 얼굴에 웃음이 떠올라있다.

"훌륭해, 존, 임기응변이 뛰어나다."

존 강이 시선을 들었을 때 권철이 반우성에게 물었다.

"반, 어떻게 생각하나?"

"방바닥 카펫이 화학섬유로 되어서 방수장치가 잘 되어 있습니다."

반우성이 방바닥을 내려다보면서 말했다.

"그래서 피가 많이 흘러도 새지 않습니다, 형님."

"그렇군."

존 강까지 방바닥을 내려다보았고 반우성이 말을 이었다.

"여기서 죽이고 카펫으로 둘둘 말아 나가면 되겠습니다."

"그러지."

권철이 머리를 끄덕였고 반우성은 담배를 꺼내는 것처럼 양복저고리 안에서 소음기를 낀 리볼버를 꺼내었다. 너무 자연스러워서 존 강은 물끄러미 쳐다만 보았고 반우성은 그대로 방아쇠를 당겼다.

그로부터 30분쯤이 지난 오후 4시 반경에 카잔스키가 자택 풀장에서 손만 내밀어 전화기를 받아 쥐었다. 이곳은 LA근교의 산타모니카비치 아래쪽의 베니스비치에 위치한 카잔스키의 저택이다. 바닷가에서 1백 미터쯤 떨어져 있지만 짙은 숲에 가려진 2층 저택은 건평이 3백평이나 되었고 정원과 뒤쪽 숲까지 포함해서 2천 평이 넘는 대지를 보유하고 있다.

앞쪽 정원에 만들어진 풀장은 카잔스키의 자랑거리였는데 저택에 오면 대부분의 시간을 풀장에서 보낸다. 넓이 20미터 길이 50미터의 풀장에는 안쪽에 수중(水中) 바까지 갖춰져 있어서 밤에는 나체 파티까지 벌이는 곳이다. 전화기를 건네준 경호원이 말했다.

"지금 코리아타운에 있답니다."

보고프한테서 온 전화다. 전화기를 귀에 붙인 카잔스키가 물속에 머리만 내놓고 들어가면서 물었다.

"무슨 일이냐?"

"지금 서울파 사무실에 리스타 지사장 놈하고 피터 김, 그리고 7, 8명이 들어가 있습니다. 보스."

"오늘 만나기로 했다지?"

"예, 보스."

"그래, 이젠 우리가 리스타를 먹을 차례다."

그 순간 풀장 가에 서 있던 경호원은 갑자기 카잔스키의 머리통이 수박이 땅바닥에 떨어져 부서지는 것처럼 산산조각이 나는 것을 보았다.

"그 자식 특출합니다."

해밀턴의 목소리가 밝다. 오전 9시, 모스크바는 오후 5시다. 해밀턴이 모스크바에 있는 이광에게 전화를 하고 있다.

"조금 전 LA에서 보고를 받았는데 스트리트 갱단들을 다 뒤집어 놓았습니다."

"뒤집어 놓다니?"

해밀턴의 분위기에 휩쓸린 이광의 목소리도 밝아졌다.

"어떻게 말요?"

"예, 리스타 중심지역인 코리아타운 주변의 갱단을 뒤죽박죽으로 만들어 놓았군요."

리스타연합 본사는 뉴욕 로어맨해튼의 월스트리트에 위치하고 있다. 창밖의 거리를 내다보면서 해밀턴이 말을 이었다.

"저는 뉴욕 마피아를 처리하는 방식으로 한 개의 목표에 밖에서부터 조금씩 잠식해가는 방법을 쓸 줄 알았더니 이놈은 풍덩 뛰어들어서 몸뚱이로 물을 내려치고 있는 것 같습니다."

그때 송화구에서 이광의 웃음소리가 들려왔다.

"해밀턴, 당신 표현이 멋있어."

지금 해밀턴은 권철 이야기를 하는 중이다. 해밀턴이 따라 웃었다.

"내가 말보다는 보고서를 더 잘 씁니다, 보스."

"내가 그랬어요, 해밀턴, 그런데 요즘은 보고서가 줄어들고 있더구만."

"그러다 보니까 말 잘하는 놈들이 출세를 하더군요."

"그놈 이야기로 돌아갑시다."

이광이 말했다. 해밀턴이 린드버그가 교체되면서 아직 공석이 되어 있는 리스타 미국 법인장 대행까지 겸하고 있었기 때문에 권철은 해밀턴의 지휘 감독을 받는 중이다. 해밀턴이 말을 이었다.

"LA는 제가 도와줄 일이 거의 없습니다. 그가 개척해가고 있습니다."

"미국 시장을 잘 모를 텐데."

"적응력이 강하고 첫째 결단이 빠릅니다. 서부에 어울리는 스타일입니다."

"그래요?"

"LA가 서부 중심으로 자금 회전은 뉴욕의 절반도 안 되지만 난폭하고 변화가 빠르지요, 서부에서 기반을 닦고 중부를 거쳐 동부까지 진입하면 미국을 품 안에 안게 되겠지요."

"과연."

"보스, 뭐라고 하셨습니까?"

"말이 그대로 명문장이오, 해밀턴."

"말 잘하는 놈들이 출세를 한다고 누가 그랬지요? 방금 보스가 말하셨던가요?"

"아니, 당신이."

"난 가끔 내가 한 말도 잊습니다."

그러더니 목소리를 낮췄다.

"다시 보고 드리지요."

지금 이광은 소련의 수도 모스크바에 와 있는 것이다. 아직도 중국은 죽(竹)의 장막, 소련은 철의 장막을 친 시대다. 소련의 정보원들이 미국으로부터의 통화를 도청하지 않을 리가 없다.

전화기를 내려놓은 해밀턴이 정보국장 매디슨과 보좌관 사이엔을 둘러보았다.

"보스는 권철에게 후계자 트레이닝을 시키고 있는 거야."

"좀 이른 것 아닙니까?"

매디슨이 묻자 해밀턴은 머리를 저었다.

"미리 준비해 놓는 것이 나아, 어떤 대기업은 제 자식들에게 기업과 재산을 물려주려고 자식들을 훈련시키지만 보스는 다르지 않나?"

"아직 자식이 어리니까요, 20년쯤 후에는 생각이 달라질 수도 있습니다."

"이 자식은 매사에 비판적이군."

"의심하는 것이 제 업무올시다."

"그러다가 결혼 생활하기 힘들겠다."

"예, 그래서 별거 중입니다."

그 순간 해밀턴이 눈썹을 모았고 사이엔은 외면했다. 매디슨 또한 CIA 중견간부였다가 퇴직하고 리스타연합으로 옮겨온 케이스다. 정보분석 부서에만 20년을 근무한 정보전문가, 해밀턴이 작전국장 시절에 눈여겨보았다가 영입했다. 흑인, 48세, CIA에서 과장급으로 퇴직한 것은 본인이 흑인이었기 때문이라고 지금도 믿고 있다.

"별거야? 언제부터?"

"3년쯤 되었습니다."

"아이는?"

"전처가 키웁니다."

"잠깐만요."

그때 사이엔이 나섰다.

"지금 LA지사 업무를 지원하는 문제로 모였지 않습니까? 왜 이야기가 딴 데로 나갑니까?"

"그건 이 자식이 말을 그쪽으로 이끌었기 때문이야."

해밀턴이 턱으로 매디슨을 가리켰다.

"왜 와이프하고 이혼한 이야기를 갑자기 꺼내지를 않나? 보스 자식이 어리다고 하지를 않나……?"

"아니, 보스."

"왜?"

"제가 언제……?"

"그만!"

이제는 사이엔이 소리치듯 말했다. 사이엔이 해밀턴을 흘겨보았다.

"보스, 본론을 말씀하시죠? 일부러 딴 이야기만 하지 마시구요?"

"그러지."

정색한 해밀턴이 사이엔을 보았다.

"사이엔, 네가 LA에 가야겠다."

사이엔의 시선을 받은 해밀턴이 말을 이었다.

"LA지사하고의 연락과 나를 대신해서 지사장 업무를 보좌해주도록 해, 네 직책은 미국법인장이 파견한 업무조정관이다."

해밀턴이 매디슨에게로 머리를 돌렸다.

"매디슨, 넌 사이엔의 의뢰을 받으면 즉시 처리해주도록, 업무는 가능한 한 거치는 과정이 적을수록 능률이 높아진다."

"알겠습니다."

이것으로 회의가 끝났다는 표시로 해밀턴이 의자를 돌려 앉았을 때 매디슨은 방을 나갔지만 사이엔은 남았다. 사이엔이 해밀턴 옆으로 다가가 섰다.

"사장님, 현장 경험을 쌓게 해주셔서 감사합니다."

"천만에."

입맛을 다신 해밀턴이 지그시 사이엔을 보았다.

"네가 내 친구의 딸이라는 것이 작용을 했어, 소문이 다 났더구만."

"사장님이 퍼뜨리신 거 아녜요?"

"사이엔, LA는 네가 자원한 곳이지만 몸조심해라."

해밀턴이 정색하고 말했다.

2장
LA 전쟁

김필성이 앞쪽 자리에 앉았을 때 이또만이 말했다.

"난 자위대에서 더 이상 근무할 수 없는 상황이 되었소."

"그야 당연하지."

김필성이 몸을 젖히고 이또만을 보았다.

"아무래도 거북하겠지, 이렇게 된 것을 비밀로 한다고 해도 말야."

"난 내 능력을 인정받고 있다고 믿었어요, 자위대에서 말입니다."

오후 2시 반, 방안에는 둘뿐이다. 오늘 이또만은 자신의 거취를 결정해야만 한다. 그렇다고 그것이 다 받아들여지는 것은 아니다. 이또만을 향해 김필성이 빙그레 웃었다.

"능력을 인정받지 못하고 인생을 마치는 사람이 99.9퍼센트는 될 거야."

"내가 운(運)이 강한 인간이라고 생각하시오?"

"그 운(運)도 노력의 산물이라고 말할 참인가?"

"나를 어떤 용도로 데려갈 생각이시오?"

"내가 그것까지 설명할 수는 없어, 그런 지시도 받지 않았고."

김필성의 얼굴에 웃음이 떠올랐다.

"네가 우리하고 같이 일할 것이냐 안 할 것이냐 둘 중 하나의 대답을 들으라고만 지시받았어, 그 이유하고."

"하지요."

"같이 일한다고?"

"예."

"그 이유는?"

"살 방법이 그것밖에 없었기 때문입니다."

"어쩔 수 없었다고?"

"예."

"살고 싶어서?"

"예."

"우리가 꼭 너를 살려야 한다고 생각하고 있나?"

"이런 기회를 주신 걸 보면 그렇습니다."

"리스타 자료를 보고 느낀 소감은?"

"나는 리스타에 군대가 있다면 그쪽에 소용이 될 겁니다. 리스타유통에서 야쿠자나 마피아를 상대할 수도 있겠지요."

이또만의 얼굴에 쓴웃음이 떠올랐다.

"그런데 문제는 내 충성심입니다. 난 아직 누구한테 충성할 준비가 되어 있지 않았거든요, 무조건 기계처럼 일할 수는 없지 않겠습니까? 그럴 이또만을 데리고 온 것도 아닐 테구요."

사이엔이 LA에 도착했을 때는 오후 3시 반이다. 곧장 코리아타운에 위치한 LA지사로 들렀더니 지사장 비서실로 안내되었다.

"안에 손님이 계시니까 조금 기다려주시지요."

비서실 직원 하나가 홍콩식 영어로 사이엔에게 말했다. 비서실에는 여직원 둘에 남자 넷이 있었는데 남자들은 경호원 같았다. 대기실에서 10분쯤 기다렸을 때 열린 문밖으로 지사장실에서 나온 여자가 지나갔다. 날씬한 몸매에 미인인 동양여자다. 그때 비서실 직원이 다가와 사이엔에게 말했다.

"들어가시지요."

"어서 오시오."

자리에서 일어선 권철이 사이엔에게 다가왔다. 손을 내밀어 악수를 청하면서 권철이 웃음을 띠었다.

"미인이시군요."

사이엔은 웃기만 하고 앞쪽 자리에 앉았다. 자신이 누구이고 어떤 직책으로 LA지사에 오게 되었는지는 이미 공문으로 전달되었다. 그리고 오늘 3시 반 경에 도착한다고 비서실에도 연락을 해놓은 상황이니 소개할 것도 없다. 그때 권철이 말했다.

"업무조정관이 필요했습니다. 내가 직접 해밀턴 사장이나 오금봉 사장께 부탁하기도 어려웠거든요."

여직원이 둘 앞에 마실 것을 갖다 놓고 나갔는데 차에서 고약한 냄새가 났다. 그래서 사이엔은 손도 대지 않았다. 권철이 말을 잇는다.

"앞으로 바쁠 겁니다. LA는 지금 막 청소를 시작해서 말요, 오늘 저녁에도 일이 있는데 사이엔 씨는 쉬는 것이 낫겠네요."

"무슨 일인데요?"

사이엔이 처음으로 입을 떼었다.

"현재까지 상황은 대충 들었습니다. 말씀해주시지요?"

"오늘 밤에 카잔스키파 2인자인 보고프하고 내가 협상을 할 거요."

권철의 얼굴에 웃음이 떠올랐다.

"보고프는 카잔스키 머리가 수박이 10층에서 떨어진 것처럼 되고 나서 갈등하고 있지요."

"……."

"우리하고 전쟁으로 갈 것이냐? 아니면 보고프파로 새로 태어날 것이냐로 말요."

경호원에게 보고를 받은 보고프는 카잔스키가 심장마비로 사망했다고 발표했다. 손을 써서 심장마비사로 사망확인서를 받고 서둘러 화장을 한 것이다. 그때 사이엔이 물었다.

"보고프에 대해서 아세요?"

"알 필요가 있는 거요?"

"오늘 몇 시에 만난다고 했죠?"

"11시."

벽시계를 본 권철이 말을 이었다.

"코리아타운의 럭키클럽에서, 조금 전 내 방에 있던 여자가 럭키클럽 대표요."

"내가 오기 전에 LA 갱단 간부 리스트를 점검해봤는데요."

사이엔이 똑바로 권철을 보았다. 사이엔은 붉은색 가까운 금발로 눈동자는 진청색이다. 어두운 곳에서는 그 색깔이 파랑색으로 변하는데 그것이 신비스럽기까지 하다. 지금은 사이엔의 눈동자가 맑은 하늘색이 되어 있다.

"보고프가 라스베이거스의 이르쿠츠크파 바실리에게 도움을 요청했고 지금 LA에 이르쿠츠크파 30명이 파견되었더군요."

순간 권철이 숨을 죽였고 사이엔의 말이 이어졌다.

"보고프의 이력을 물어본 이유가 그겁니다. 보고프는 LA에 오기 전에 이르쿠츠크파 배달원이었죠, 마약 배달원을 하다가 카잔스키한테 와서 승승장구를 했죠, 그리고 3년 만에 2인자가 되었는데 그 이유가 뭔지 아세요?"

권철은 숨만 쉬었는데 눈빛이 강해졌다. 사이엔의 말투가 가르치려고 드는 것 같았기 때문일 것이다. 그러나 사이엔의 파란 눈동자는 깜박이지도 않았다.

"바로 보고프가 바실리 이바노프의 배다른 동생이기 때문이죠, 그 비밀을 아는 사람은 당사자 둘하고 CIA, 그리고 우리들뿐일 겁니다."

권철이 막혔던 숨을 길게 뱉었다. 이런, 젠장.

"무슨 일이야?"

오도넬이 이맛살을 찌푸리며 피터김을 보았다. LA경찰청 안, 오후 5시, 피터 김이 오도넬을 찾아온 것이다.

"이렇게 갑자기 찾아오면 어떻게 해? 내가 당신 만나려고 기다리는 사람이야?"

"나한테 할 이야기도 있을 것 같아서."

피터 김이 맨 얼굴로 말했더니 오도넬은 헛웃음을 지었다.

"나, 참, 스트리트갱 말대로 방탄조끼를 더블로 입고 다니는 인간이구만."

"서울파가 존 강까지 실종되었으니 이것들이 더 골치 아파지겠지?"

불쑥 피터 김이 묻자 오도넬이 눈을 가늘게 떴다. 경찰청 강력팀장실 안이다. 유리문 밖은 소란스럽다. 피의자가 반항하는 고함 소리가 났고 형사들이 떠들썩하게 소리친다. 오도넬이 그쪽은 신경도 쓰지 않고 피터 김을 노려보다가 말했다.

"이봐, 알리바이만 조작했다고 안심하지 마. 요즘은 살인사건 체포율이 90퍼센트가 넘어."

"존 강이 도망간 거야, 겁이 나서 말이지."

"추적 중이니까 곧 밝혀내겠지."

오도넬이 입술 끝을 비틀었다.

"너하고 권철도 용의자 중 하나라는 거 명심하라고."

"아, FBI도 나섰다던데, 해보라고 해."

"카잔스키까지 죽여서 미국 언론이 모두 이곳을 주목하고 있단 말야."

"갠 심장마비였고, 어쨌든 요즘 언론이 떠들썩했지? 특히 방송에서 말야."

담배를 꺼내던 오도넬이 담뱃갑을 내던지고 다가앉았다.

"이번에는 한국 방송국에 취직했냐?"

"내부 분위기가 어때? 팀원들이 뭐라고 하지 않아? 언론 보도를 보고 말야."

"분위기?"

"경찰청장 인터뷰 보았지?"

"갓댐."

오도넬이 어깨를 부풀렸다. LA의 대형스트리트갱 조직인 서울파, 에디파에 이어서 카잔스키파 두목까지 사망하자 언론은 처음에는 갱들의 전쟁 등의 제목으로 특집 보도를 하더니 갑자기 어제부터 갱들의 횡포와 시민들의 피해로 방향이 바뀌었다.

그리고 어제 경찰청장은 방송인터뷰에서 요즘 일련의 갱 사건들은 엄중히 수사할 것이지만 시민들에게 필요한 경찰력을 갱 수사에 낭비하지는 않겠다고 차갑게 잘랐던 것이다. 정확히 말하면 '너희들끼리 죽고 죽여라. 그것이 시민들에게는 득이다.'라는 의미다.

"그래서 마음이 놓이더냐?"

오도넬이 내쏘듯 묻자 피터 김이 길게 숨부터 내쉬었다.

"이봐, 우리끼리 말인데 탁 털어놓자구."

"난 너하고 안 친해, 친한 척 마라."

"나도 마찬가지야, 난 너 같은 썩은 놈은 질색이었거든."

"솔직히 피터, 넌 무능력자 아니었냐? 다리 다친 건 안됐지만 다리가 그렇게 안 되었어도 잘렸을 거다."

"맞아."

피터 김이 순순히 시인하자 긴장했던 오도넬이 어깨를 늘어뜨렸다.

"이젠 저한테 맞는 일을 찾은 것 같군."

"그래, 오도넬."

"부럽다."

"서울파에서 매달 1만 불씩 들어오던 기부금이 끊긴 것에 대해서 상의를 하려고 왔어, 오도넬."

숨을 들이켠 오도넬의 눈동자에 초점이 흐려졌다. 오도넬 정도의 전문가는 바로 그 말의 저의, 즉 바닥에 깔린 뜻을 체크하는 것이다. 피터 김이 말을 이었다.

"이 방에 도청장치가 안 돼 있는 거 알아, 내사과가 건의했지만 인권 문제로 시장이 반려시켰지."

"너, 나하고 막 놀자는 거야?"

“너한테 이로울 거야, 오도넬. 내 앞에서 천사 시늉하지 마, 구역질 나오려고 한다.”

“네가 지금 녹음기 가진 거 아니냐?”

“내가 내 목을 맬 일 있어?”

“네가 내 목에 개 줄을 매겠다는 말이지?”

“천만에, 서로 매는 것이지, 같이 살고 같이 죽는 거.”

“난 네가 싫다고 했지, 피터 김?”

“비벌리힐스 클럽에 가려면 월수입이 2만 불은 넘어야 될 텐데, 넌 카잔스키한테서도 딱 끊겼잖아?”

“개자식.”

“내년에 널 팀장에서 부장으로 승진시켜 줄 수도 있어, 내 배경 짐작은 하겠지, 오도넬?”

그때 처음으로 오도넬이 입을 다물었고 피터김이 말을 이었다.

“다른 거지 같은 놈들하고는 손을 털어, 오도넬. 그리고 대의(大義)를 위해서 살자, 우습게 들리겠지만 너도 곧 대의를 느끼게 될 거다. 네 능력도 발휘하게 될 것이고.”

피터 김의 목소리에 열기가 띠어졌고 오도넬은 숨을 죽였다.

“우리하고만 일하잔 말이다. 오도넬, 그리고 이번 달부터 수당으로 월 5만 불씩 주지, 대의(大義) 수당이다.”

오후 6시가 되었을 때 보고프는 전화기의 벨 소리를 들었다. 탁자 위에 놓인 전화기다. 가까운 곳에 있던 부하가 전화기를 들고 응답하더니 보고프를 보았다.

“보고프, 중국놈이야.”

잠자코 다가간 보고프가 전화기를 귀에 붙였다. 중국놈이라면 반우성일 것이다. 어제 반우성과 만나 오늘 리스타 지사장 권철과 회동 약속을 잡았던 것이다. 부하들과 같이 만났기 때문에 반우성을 안다. 보고프가 전화기를 귀에 붙였다.

"나, 보고프요."

보고프는 33세, 큰 키에 마른 체격이었고 금발의 미남이다.

"보고프 씨, 나 미스타 반인데요."

반우성의 목소리다.

"오늘 밤 약속은 다음 기회로 미루는 것이 좋겠다고 우리 보스가 말씀하십니다."

"다음에?"

"예, 사정이 생겨서요, 보고프 씨."

"이거 실례 아뇨?"

"라스베이거스의 이르쿠츠크파하고 먼저 이야기를 하겠다고 하십니다."

보고프가 숨을 들이켰고 반우성이 말을 이었다.

"그리고 카잔스키파 내부에서도 이르쿠츠크파 바실리 이바노프하고 보고프 씨가 이복형제라는 사실이 알려지는 바람에 동요가 심한 것으로 알고 있어요, 보고프 씨도 내부 수습부터 하시는 것이 나을 것 같습니다."

보고프가 먼저 전화기를 내려놓았다. 그렇다면 큰일이다. 조직원들이 알면 크게 반발할 것이 당연한 것이다.

권철이 사이엔에게 말했다.

"갱단을 소탕할 수는 없어요, 사이엔 씨, 나는 리스타를 갱단의 조정자 내지는 관리자로 만들 작정이오."

오후 7시, 권철과 사이엔은 아직 사무실에 앉아 있다. 오늘 밤 만나기로 한 보고프와의 약속은 뒤로 미루었지만 머핀과의 약속은 남은 상태다. 사이엔이 물었다.

"머핀은 어떻게 하실 예정입니까?"

"오늘 놈들이 우리를 공격할 거요."

권철의 얼굴에 웃음이 떠올랐다.

"내부에 심은 정보원의 연락을 계속 받고 있지."

"그래서 역습을 할 건가요?"

"당연히."

어깨를 편 권철이 사이엔을 보았다.

"그렇게 유도를 한 셈이지요."

머핀과 만나기로 한 것은 사흘 전 밤이었지만 권철은 시간을 미루었다. 그사이에 카잔스키가 죽고 에디파, 서울파, 카잔스키파의 수뇌부가 공석 상태가 된 것이다.

코리아타운을 중심으로 머리 잃은 뱀 3마리가 몸부림을 치는 형국이 되었다. 그때 사이엔이 권철을 보았다.

"지사장님, 오늘 어떻게 하실 겁니까?"

"만나는 장소를 알려주고 나서 그놈들이 기습을 해오면 역습으로 받아치는 것이지, 저격수를 배치시켰고 예행연습도 3번이나 했어요."

권철의 목소리에 열기가 띠어졌다.

"뉴욕에 있던 삼합회 회장한테서 특공요원 20명을 더 충원받았지요, 모두 LA지사 요원으로 보충이 된 겁니다."

"그건 들었어요."

"이제 전력(戰力)은 갖춰졌어요, 삼합회를 이끄는 반우성, 위연, 용비가 현지 실정에 적응도 되었고."

"……."

"오늘 밤 머핀과 보스급 세 놈까지 포함해서 에디파를 쓸어버리고 새 보스를 세우는 거요, 새 보스는 캔트라고 지금까지 에디한테 밀려서 주변으로만 돌던 자인데 인망이 있어요."

"……."

"오늘 밤에 에디파를 정리하고 서울파는 한국인이 중심이니까 우리가 흡수할 작정이오."

권철의 얼굴에 웃음이 떠올랐다.

"존 강을 내세웠다가 곧 제거할 계획이었는데 그놈이 장난을 치려고 하는 바람에 잘 된 것이지."

그때 사이엔이 입을 열었다.

"머핀에 대한 정보는 갖고 계시지요?"

"그놈이 게이에다가 산탄총을 갖고 다닌다는 것, 성격이 거칠지만 따르는 부하가 많다는 것."

말을 그친 권철이 사이엔을 보았다. 보고프의 경우가 떠올랐기 때문이다.

"또 있습니까?"

"머핀은 CIA 정보원입니다."

"갓댐."

외면한 권철이 욕을 했다.

"개 같은 CIA, 끼지 않는 곳이 없구만."

"CIA는 머핀을 통해 LA지역의 마약공급량, 판매과정, 갱 조직 간의 분쟁까지 관리하고 있었지요."

"이번 사건도 CIA가 머핀을 통해 개입할까요?"

"머핀이 협조요청을 할 것 같습니다."

"갓댐."

"지사장님의 오늘 밤 역습은 오히려 머핀한테 당할 가능성이 큽니다."

"개 같은 CIA."

"지금까지는 잘 해오신 것 같은데 앞으로가 문제네요."

"……."

"벌여놓기만 했지 전혀 수습할 준비가 되어 있지 않아요."

사이엔이 똑바로 권철을 보았다.

"보고프는 오늘 밤 당장 일을 일으키지는 않았겠지만 곧 리스타에 전면 공격을 해올 겁니다. 여론이나 언론이 갱들의 집안싸움을 방관하는 분위기이니까요."

"……."

"해밀턴 사장은 지사장 능력이 특출하다고 칭찬하시더군요, 전(前) 지사장하고 대조적이었던 것 같습니다."

"그만."

손을 들어 말을 막은 권철이 사이엔을 보았다.

"오늘 밤 머핀과의 약속도 다시 연기합시다. 내가 경솔했어."

"큰일 날 뻔했군."

해밀턴의 목소리가 가라앉았다. 얼굴은 보이지 않았지만 찌푸려져 있을 것이다.

"정보가 부족한 상태에서 무모하게 일을 벌인 거야."

사이엔이 이제는 듣기만 했다. 오후 8시 반, 빈 사무실에 앉아 사이엔은 해밀턴에게 보고를 한 것이다. 해밀턴이 말을 이었다.

"보고프는 그렇다고 치고 오늘 밤 머핀을 만났다면 전쟁이 일어날 뻔했나?"

"아마 우리가 당했을 겁니다."

"거기 CIA 지부장은 길패트릭이란 놈이야. 국내 일은 거의 상관하지 않는 것으로 알고 있었는데 넌 어떻게 알았어?"

"LA CIA 내부의 인맥이 있어요."

"너도 인맥이 있어?"

웃음 띤 목소리로 물었던 해밀턴이 곧 다시 물었다.

"길패트릭이 본부에 보고를 했다면 보스가 그렇게 하도록 놔두지는 않았을 텐데, 어떻게 된 거야?"

"지사장이 비밀리에 지원하는 것 같습니다."

"갓댐."

"머핀이 멕시칸 용병 10여 명을 고용했답니다. 모두 기관총, 저격총까지 준비를 했다고 해요."

"내가 회장한테 칭찬한 지 일주일도 안 되어서 권철이가 총 맞고 갈 뻔했구만."

"좀 경솔해요."

마침내 사이엔이 속마음을 털어놓았다.

"즉흥적이고 치밀하지 않습니다. 전쟁터의 특공대장으로는 어울릴지 모르지만 큰 조직의 장이 되기에는 무리인 것 같습니다."

"하하하."

참지 못한 해밀턴이 커다랗게 웃었다.

“네 말을 그대로 그룹 비서실장하고 회장께 전해드리고 싶구나.”

“오늘부터 재정비해서 대처해나가야 되겠어요.”

“권 사장이 말을 잘 들어?”

“어쩔 수 없는데 어떻게 합니까?”

“다행이야.”

해밀턴의 목소리가 다시 낮아졌다.

“권철이가 운이 좋군.”

사이엔의 얼굴에 쓴웃음이 번져졌다. 운 따지는 인간치고 실력 제대로 갖춘 인사는 보지 못했기 때문이다. 이것이 사이엔의 인간관이다.

“내가 개망신을 당한 거요.”

권철이 길게 숨을 뱉었다.

“개망신보다 오늘 밤에 머핀 만났다가 카잔스키 짝이 될 뻔했어요.”

“뭐, 그렇게까지 될 리가 있습니까?”

위로하듯 말했지만 피터 김도 시선을 마주치지 못했다. 옆쪽에 앉은 반우성과 용비, 위연은 외면하고 있다. 밤 10시 반, 다섯 명은 코리아타운 끝쪽의 전주식당 안에 둘러앉아 있다. 방금 권철은 사이엔한테서 들은 이야기를 다 해준 것이다. 벌려놓기만 했지 전혀 수습할 준비가 되어 있지 않다고 했다는 말도 털어놓았다. 그때 반우성이 물었다.

“이대로 놔둡니까?”

권철이 반우성을 보았다. 오늘 밤 머핀을 치려고 저격병 3개 조, 공격팀 2개를 편성해놓고 있었던 것이다. 이미 작전은 중지시켰지만 이대로 두면 서울파, 에디파, 카잔스키파까지 제멋대로 굴러가게 될 것이다.

"에디파는 당분간 놔두고 서울파부터 정리해야 될 것 같다."

모두 머리를 끄덕였다. 존 강까지 제거했기 때문에 서울파도 현재 무주공산(無主空山)이다. 그때 피터 김이 입을 열었다.

"CIA 문제는 어떻게 처리할 거요?"

"사이엔하고 상의를 해야겠어요."

권철의 얼굴에 쓴웃음이 번져졌다.

어쩔 수 없다는 표정이다.

"권철은 군인 출신이라 좀 단순한 것 같습니다."

리스튼이 말하고는 풀썩 웃었다.

"코리아타운을 중심으로 갱 조직을 흔들어만 놓았지 수습할 역량은 부족하군요."

유니온호텔의 객실 안이다. 사이엔은 코리아타운에 있는 유니온호텔을 임시 숙소로 사용하고 있었는데 6층의 나란히 붙은 방 2개를 리스튼과 함께 썼다. 리스튼은 사이엔의 보좌역으로 뉴욕 경찰 출신이다. 42세, 해밀턴이 골라준 마피아 전문가다.

"리스튼, 우선 CIA를 묶어놔야겠어요. 길패트릭 약점을 잡든지 아니면 압력을 넣든지 해서 머핀을 무력화시켜야 될 것 같아요."

"사장님은 뭐라고 하십니까?"

"이제 알게 되셨으니까 손을 써주시면 좋겠는데."

사이엔이 입맛을 다셨다.

"오자마자 부탁부터 하기가 그래요."

"이거, 지점장이 어질러놓은 것을 우리가 수습하는 꼴이 되었는데요."

투덜거린 리스튼이 자리에서 일어나 베란다로 다가갔다. 유리문을 열어놓아서 바람이 들어와 커튼이 펄럭이고 있었기 때문이다. 리스튼이 문을 닫은 순간이다.

"퍽!"

베란다 쪽에 비스듬히 앉았던 사이엔은 유리창에 돌멩이가 날아온 줄 알았다. 이곳은 6층이다. 머리를 돌린 사이엔은 리스튼이 뒤로 넘어지는 것을 보았다. 마치 통나무가 넘어지는 것 같다. 그 순간 사이엔이 방바닥으로 몸을 굴렸다.

CIA 경력 5년 차로 유럽에서 3년간 활동했던 사이엔이다. 이런 경우는 처음이었지만 훈련으로 단련된 몸이다. 몸을 굴린 사이엔이 침대 옆의 실내등 스위치를 눌러 껐다. 방안이 어두워지면서 베란다의 깨진 창문에서 바람이 휘몰려 들어왔다.

커튼이 펄럭였고 와락 피비린내가 맡아졌다. 그 순간 사이엔이 몸을 움츠렸다. 갑자기 공포가 몰려왔기 때문이다. 머리끝이 서는 것 같더니 온몸이 떨리기 시작했다.

유니온호텔로 가장 먼저 달려간 것은 용비의 부하 고정문과 비충, 우성보였다. 그 뒤로 이번에 충원된 특공의 5명이 몰려왔다. 이어서 용비와 피터 김, 권철까지 왔는데 사람이 많아서 정리를 해야만 했다. 피터 김이 정리를 했다.

"모두 나가고 사이엔 씨가 경찰에 신고를 하세요."

소파에 앉은 사이엔이 시선만 주었고 피터 김이 말을 이었다.

"사건이 일어난 지 20분이 지났으니까 서둘러야겠습니다. 우리는 모두 나가지요."

머리를 끄덕인 사이엔이 전화기를 들었을 때 권철이 혼잣소리를 했다.

"머핀의 저격병이 이곳으로 왔군."

"예, 청장님."

전화기를 고쳐 쥔 오도넬이 어깨를 폈다. 밤 11시 반, 유니온호텔의 프런트데스크, 경찰청 강력팀장 오도넬이 경찰청장 칼 모리스의 전화를 받고 있다. 모리스가 소리치듯 물었는데 술을 마신 것 같다.

"오도넬, 어떻게 된 거야?"

"예, 저격당한 겁니다."

"그건 들었다구, 이 병신아!"

"예, 청장님."

보고 라인을 따라 담당으로부터 반장, 팀장, 부장, 국장을 거쳐 청장까지 보고가 올라갔다가 내려온 것이다. 큰 사건이 일어나면 청장은 바로 실무 책임자인 오도넬에게 이렇게 묻는다. 모리스가 가쁜 숨소리를 내면서 물었다.

"죽은 놈이 리스타 직원이라구?"

"예, 청장님."

"뉴욕 경찰 출신이라는데."

"예, 뉴욕에서 온 지 만 하루 만에 죽었습니다. 청장님."

"여자하고 둘이 있었다구?"

"사이엔이라고 역시 리스타 직원입니다."

여기까지 다 보고가 된 사항인데 모리스가 또 물어본 셈이다. 그때 모리스가 물었다.

"오도넬, 지금 거기 언론사에서 왔나?"

"아직 안 왔습니다."

"구경꾼들 많아?"

"원숭이, 아니, 동양인들이 두어 명 있습니다. 리스타 직원들 같습니다."

"네 생각에는 누구 짓인 것 같으냐?"

자, 이제 본론이 나왔다. 오도넬이 소리 죽여 숨을 들이켰다.

"저격병까지 고용한 것은 드문 일입니다. 탄착점을 보면 5백 미터 거리의 아마존클럽 옥상에서 쐈습니다. 청장님."

"서울파, 에디파, 둘 중 하난가?"

"예, 아무래도……."

"이봐, 오도넬."

"예, 청장님."

"귓구멍 파고 잘 들어, 오도넬."

모리스의 목소리가 낮아졌다. 술기운이 싹 가셔져 있다.

"저격당했다고 말하지 마. 괴한이, 그렇지, 강도가 낫겠다. 강도가 와서 총질을 하고 도망간 거야, 그렇게 말해."

"예, 청장님."

"부하 놈들한테도 그렇게 말하고, 검시관한테는 내가 따로 전할 테니까."

"FBI 존슨이오."

사내가 신분증을 펴서 권철과 사이엔 앞에 내밀었다. FBI 마크가 선명했다. 오전 9시, 리스타 지점장실 안, 8시쯤 되었을 때 회사로 방문할 것이라는 연락을 받았기는 했지만 일방적이다. 사이엔과 함께 보자는 것이다.

존슨은 사내 하나와 동행이었지만 보좌관 같았다. 인사도 하지 않았다. 넷이 마주보고 앉았을 때 존슨이 물끄러미 권철을 보았다. 존슨은 흑인이다. 장신에 거구였지만 비대한 체형은 아니다. 곱슬머리, 두꺼운 입술, 넓고 낮은 콧날, 존슨이 굵은 목소리로 입을 열었다.

"리스타가 CIA 퇴직자 집합소라는 말도 있고 제2 CIA라는 말도 있더군요."

존슨의 시선이 사이엔에게 옮겨졌다.

"사이엔 씨도 6개월 전까지 CIA에 근무하셨지요?"

사이엔은 시선만 주었고 존슨의 말이 이어졌다.

"최근의 LA지역 스트리트갱 사건은 모두 리스타가 일으켰고 CIA 관계자들이 연관되어 있다는것도 알고 있습니다."

"잠깐만요."

사이엔이 말을 잘랐다.

"증거를 갖고 말씀하세요?"

"아, 그럼요."

존슨이 똑바로 사이엔을 보았다.

"해밀턴 씨가 뒤에서 조종하고 있는 것도 다 알고 있습니다."

"지금 FBI가 수사를 맡으신 겁니까?"

"맡고 자시고 할 것이 없어요, 이미 우리 소관으로 되어 있는 겁니다."

"경찰은 손을 떼었나요?"

"경찰이 우리 지휘를 받습니다."

그때 권철이 물었다.

"용건이 뭡니까? 제2의 CIA 혐의가 있으니까 우리를 체포한다는 겁니까?"

"상당히 도전적이시군, 미스터."

존슨이 입술 끝을 비틀고 웃었다.

"우리는 당신이 사건의 핵심 인물인 것으로 추정하고 있소, 미스터."

"추정?"

그렇게 말을 받은 것은 사이엔이다. 사이엔의 얼굴에도 웃음이 떠올랐다.

"그렇게 말하면 됩니까? 증거가 확실해도 재판에서 결정되기 전까지는 범죄자 취급하면 안 되죠."

"당신이 법을 전공했다는 것도 알아요, 사이엔 씨."

"추정을 말해주려고 오셨나요?"

"경고하려고 온 거요."

"FBI가 경고하러 다니는 조직인가요?"

"어젯밤 당신은 위증을 했어요, 사이엔 씨."

존슨이 여전히 차분한 목소리로 말을 이었다.

"경찰하고 말을 맞춰서 말요, 당신은 강도를 만나지 않았어요. 베란다 유리창이 박살났지만 그건 안에서 쏜 것이 아냐."

"그것도 추정이겠군요, 존슨 씨?"

"증인이 있기 때문이지."

존슨이 의자에 등을 붙였고 사이엔은 입을 다물었다. 그렇다면 할 말이 없게 된다. 그때 권철이 물었다.

"증인이 있다면 바로 대조를 시키든지 하면 될 것 아닙니까? 이렇게 앉아서 이야기할 필요도 없을 텐데요, 존슨 씨?"

사이엔이 권철을 보았다. 입을 다물고 있었지만 '쓸데없는 말 하지 마'라는 표정이 역력했다. 그때 존슨이 다시 쓴웃음을 짓더니 권철에게 물었다.

"내가 경고하려고 왔다고 했지요?"

"들었습니다."

"어젯밤 리스튼은 전문 저격수한테 당한 거요, 경찰이 증거물을 치웠지만 아마존클럽 옥상에서 쏘았고."

"……."

"다음 순서는 미스터 권, 당신이오."

"고맙습니다, 존슨 씨."

존슨의 얼굴에도 웃음이 떠올랐다.

"선의의 경고로군요."

그때 자리에서 일어선 존슨이 사이엔을 보았다.

"CIA도 스트리트 갱만큼은 아니지만 내부에서 문제가 있는 것 같더군요, 사이엔 씨."

존슨은 사이엔의 대답도 듣지않고 몸을 돌렸다.

"갓댐."

존슨이 방을 나가고 둘이 남았을 때 권철이 투덜거렸다.

"FBI까지 나섰군."

사이엔은 옆쪽 창밖만 보았고 권철 말이 이어졌다.

"사이엔, 어떻게 생각하시오?"

"뭘 말인가요?"

"존슨의 경고 말요."

"더 이상 움직이지 말라고 했잖아요?"

"그것뿐일까?"

그때 사이엔이 자리에서 일어섰다.

"존슨 말대로 당분간 움직이지 않는 것이 낫겠어요."

사이엔이 나가고 이제 혼자가 되었을 때 권철이 인터폰을 눌러 비서실에 지시했다.

"피터 김과 반 팀장을 들어오라고 해."

곧 비서실에서 대기하고 있던 피터 김과 반우성이 들어서자 권철은 존슨과의 회동 내용을 전해주었다. 사이엔의 생각도 말해준 권철이 둘을 번갈아 보았다. 둘은 권철의 양팔이나 같다. 그때 피터 김이 말했다.

"사이엔 씨 말대로 하는 것이 낫겠습니다. FBI까지 와서 경고를 하고 간 마당에 더 이상 진전시키기가 불안하네요."

반우성이 있었기 때문에 영어로 한다. 그때 반우성이 권철을 보았다.

"보스, 이러다간 아무것도 못 합니다. 잔뜩 벌여놓고 물러난 것 아닙니까? 밀고 나가지요."

반우성의 목소리가 커졌다.

"더구나 우리도 당했지 않습니까? LA에 온 지 하루밖에 안 되었다고 해도 우리 리스타 LA 직원입니다. 이대로 물러나면 앞으로의 관리에도 문제가 있습니다."

권철의 시선이 반우성에게서 피터 김에게로 옮겨졌다.

"김 선생, 내가 느낀 점을 말해볼까요?"

피터 김은 시선만 주었고 권철이 말을 이었다.

"CIA는 말할 것도 없고 FBI까지 우리 일에 개입하고 있는데 공통점이 있어요, 그것이 뭔지 압니까?"

피터 김이 머리만 기울였다.

"그건 모두 공식적, 공개적으로 나서지 않는다는 거요. CIA는 지사장이 은근하게 갱단을 지원하고 FBI는 증인을 확보했다면서 경고만 하고 갔습니다. 이건 어떤 상황 같습니까?"

방안에 잠시 정적이 덮여졌다.

"길패트릭은 LA지역 마약 수급 조정을 잘하고 있었습니다."

폴 로이드가 말했다. 랭글리의 CIA 부장실 안, 후버 앞에는 마약업무 책임자인 총무국장 폴 로이드와 해외작전국장 윌슨이 나란히 앉아 있다. 로이드가 말을 이었다.

"하지만 이번 사건에는 개입하지 않았다고 합니다."

"그놈이 거짓말을 잘하는 놈이야."

불쑥 후버가 말하는 바람에 딴전을 피우고 있던 윌슨까지 머리를 들었다. 후버가 파이프를 꺼내 들고 말했다.

"몇 년 전인데 내가 네 양복 명품이냐고 물었더니 아니라고, 1백 불짜리라고 했어, 그래서 조사시켰더니 1,800불짜리였어."

"……."

"그렇지, 그때 해밀턴이 조사했군."

"……."

"그, 망할 자식."

둘이 긴장했을 때 후버의 말이 이어졌다.

"그 자식이 LA가 서부활극 무대인 줄 아나? 막 죽이고 지랄이야?"

권철한테 욕한 것이어서 둘은 어깨를 늘어뜨렸다. 후버가 눈을 부릅

떴다.

"FBI 지부장 놈이 증인을 확보하고 있다는 거야?"

"예, 부장님."

로이드가 찌푸린 얼굴로 말했다.

"사이엔한테 경고를 했습니다."

"개판이군."

"우선 길패트릭을 정리해야 될 것 같은데요, 부장님?"

이윽고 윌슨이 나섰다.

"리스타가 무모하게 일을 벌이긴 했지만 길패트릭이 갱단을 지원하는 모양새가 좋지 않습니다."

후버는 초점이 흐려진 눈으로 쳐다만 보았고 윌슨이 말을 이었다.

"멕시칸 용병을 소개시켜 준 것도 길패트릭입니다. 사이엔이 막지 않았다면 리스타 LA지사는 어젯밤 폐쇄되었을 것입니다."

"갓댐, 개자식."

후버가 이번에는 길패트릭을 욕했다.

"그놈은 갱하고 거래를 하고 있었던 거다. 틀림없어, 뇌물을 받아온 거야."

"……."

"윌슨, 네가 처리해."

"예, 부장님."

"길패트릭을 본부로 소환시키고 사람을 FBI 지부장 놈한테 보내."

"예, 부장님."

"증인이 누구냐고 물어봐서 대답하지 않으면 수단을 써."

"예, 부장님."

"그리고."

어깨를 늘어뜨린 후버의 눈동자가 다시 흐려졌다.

"그 빌어먹을 리스타 지부장 놈."

윌슨과 로이드가 숨을 죽였을 때 잠깐 침묵했던 후버가 말을 이었다.

"방법은 어수선했지만 잘 시작했어."

둘의 시선을 받은 후버의 얼굴에 웃음이 떠올랐다.

"더러운 물이 고인 제방을 허물어뜨린 것 같다."

"……."

"이번에 LA갱 지도를 다시 만들어야 돼, 마약까지 포함해서 말야."

후버의 시선이 로이드에게로 옮겨졌다.

"LA 마약은 리스타를 통하도록 해, 그래야 더러워지지 않는다."

결국 이것이 목적이었던 것이다. 마약이 권철은 물론 사이엔의 목숨까지 살린 셈이다. 비밀거래여서 부패해질 수밖에 없었던 마약 거래를 리스타를 통함으로써 정화시키고 물량까지 늘릴 계획인 것 같다. 윌슨과 로이드가 자리에서 일어섰고 후버는 파이프에 담배를 쟁였다.

로드리게스가 어깨를 부풀리고 머핀을 보았다.

"계약금 절반만 받고 돌아갈 수는 없어, 작전은 보류되었지만 계약대로 잔금 25만 불을 내."

"이봐, 로드리게스, 한 달만 기다려, 지금은 어려워."

머핀이 앞에 앉은 로드리게스와 부하들을 둘러보았다. 오후 1시 반, 이곳은 다운타운의 폐차장 사무실 안, 지저분한 사무실에는 멕시칸 용병 6명과 머핀의 부하 3명이 앉거나 서 있었는데 분위기가 험악했다.

"어젯밤에 일 끝내고 오늘 마약 대금을 받을 예정이었는데 스케줄이다 어긋나서 그래."

"그건 네 사정이고."

로드리게스는 검은 머리에 눈동자가 검고 피부도 황갈색인 멕시칸이다. 서부를 돌아다니면서 마약 밀매, 살인청부업을 전문으로 해오다가 이번에 머핀의 용역을 받았던 것이다. 로드리게스가 옆쪽의 멕시칸들을 턱으로 가리켰다. 한낮이지만 어두운 실내에서 로드리게스의 두 눈이 번들거리고 있다.

"이 친구들은 네 일 때문에 2백 마일이나 떨어진 곳에서 왔어, 빈손으로 갔다가 한 달 후에 다시 돌아올 수 없단 말이다."

"왜 빈손이냐? 내가 선금으로 15만 불이나 줬지 않아?"

"그건 외상값 다 갚고 지금 모두 빈털터리다."

"나도 빈털터리야."

"여기 있는 차라도 팔어."

로드리게스가 창고 앞에 주차된 차들을 가리켰다. 도난차가 대부분이지만 고급차들이다.

"개자식."

머핀이 눈을 부릅떴다.

"그러다가 내가 연방교도소로 가란 말이냐?"

일 끝나고 오늘 마약대금을 받기로 했던 길패트릭이 연락이 끊긴 것이다. 그때다.

"퍽!"

낮고 무딘 충격음이 울리더니 로드리게스가 머리를 홀떡 젖혔다. 그러나 사무실 안에 있던 모두는 로드리게스의 이마에 아이 주먹만 한 구멍이 뚫려져 있는 것을 보았다. 아직 피는 나지 않았다. 구멍만 파여진 것이다.

다음 순간 주위의 로드리게스 일행이 일제히 총을 뽑았다. 그것을 본 머핀과 부하들도 총을 뽑았는데 누가 먼저 쏘았는지는 알 수가 없다.

"탕! 탕! 타타타! 타탕!"

상대방과의 거리는 1미터, 가장 먼 상대가 4미터쯤 될까? 눈감고도 다 맞출 수 있는 거리다. 모두 상대방을 향해 쏘아 갈기기 시작했는데 영화나 드라마에서처럼 한 방에 나가떨어지는 법은 없다. 서로 상대방의 몸에 여러 발을 쏘았고 머리에 맞은 놈은 일찍 넘어졌다.

해밀턴의 얼굴에 웃음이 떠올랐다.

"그럼 머핀과 멕시코 용병들이 서로 총질을 해서 다 죽었단 말이지?"

"예, 사장님."

사이엔이 전화기를 고쳐 쥐었다.

"폐차장 안에 14명이 있었는데 한 명만 중상을 입었고 나머지는 다 죽었습니다."

"그거 대량학살인데 해외토픽 감이다."

해밀턴이 입맛 다시는 소리를 냈다.

"대통령이 나서겠는데."

"갱 조직과 멕시칸 청부업자들 간의 전쟁입니다. 양쪽 다 없어져야 할 악당들이죠."

"아, 그렇다고 해도……."

"경찰청장이 현장에 가 있지만 이쪽에서는 잘 되었다는 분위기입니다, 사장님."

"청장이 노골적으로 그러면 안 되는데."

"물론 그러지는 않죠."

그러나 며칠 전에 청장은 갱들의 전쟁에 경찰이 개입하여 시민들의 치안에 소홀하도록 경찰력을 낭비하지 않겠다는 인터뷰를 했다. 오후 2시 반, 사건이 일어난 지 1시간도 되지 않았다. 이미 폐차장은 경찰과 기자들로 가득 차 있다. 그때 해밀턴이 목소리를 낮추고 물었다.

"어떻게 된 거야?"

"잘 모르겠습니다."

사이엔은 낮게 대답했다. 폐차장에서 머핀 일당과 용병으로 고용했던 멕시칸 청부업자들이 서로 죽인 사건이다. 이 총격전으로 머핀과 부하 5명, 멕시칸 청부업자로 수배 중인 로드리게스와 그 일당 6명이 죽고 1명이 중상을 입은 대형사건이 터진 것이다.

살아남은 멕시칸 용병의 증언을 들으면 용병 계약 잔금 때문에 싸움이 일어났다는 것이다. 보고를 마친 사이엔이 전화기를 내려놓았을 때 사무실로 위연이 들어섰다.

"지부장은 어디 갔어요?"

사이엔이 묻자 위연이 대답했다.

"지금 숙소에서 쉬고 계시는데요."

"폐차장사건 보고받았겠지요?"

"아, 보고받으셨을 겁니다."

위연의 옆모습을 보던 사이엔이 다시 물었다.

"숙소에 누가 있어요?"

"글쎄요."

머리를 돌린 위연이 사이엔을 보았다.

“지부장께 용건 있으십니까?”

“아니, 사무실에 출근하지 않으시는 것이 궁금해서요.”

“요즘 바쁘게 일하셨는데 좀 피곤하신 것 같습니다.”

할 말이 없었기 때문에 사이엔이 입을 다물었다. 자신은 리스타 LA 지점 업무조정관 직책이다. 지부장이 쉰다고 상관할 위치도 못 된다. 그런데 권철은 오늘 아침에 출근도 하지 않고 숙소에만 있는 것이다. 더구나 오후에 대형 사건이 터졌는데도 사무실에 지부장을 포함해서 간부급이 아무도 출근하지 않았다가 이제야 위연 하나가 온 것이다.

소외감이 느껴졌기 때문에 사이엔이 어금니를 물었다. 리스튼의 유해는 뉴욕으로 옮겨져서 내일 장례식이 치러질 것이었다. 리스튼 대신 위연이 사이엔의 상대역이 되어주고 있지만 실제 업무는 경호역이었다. 그리고 위연은 보스급이어서 사이엔이 부릴 입장도 아니다.

그 시간에 FBI 지부장 존슨은 사무실로 찾아온 손님과 악수를 마치고 마악 자리에 앉는 참이다. LA의 FBI 지부 사무실은 다운타운 중심부의 모간빌딩의 3개 층을 사용하고 있다. 10층에서 12층까지인데 주위의 고층 빌딩에 가려져서 경관은 별로다.

이곳은 12층의 지부장실 안, 손님은 CIA 본부에서 온 국장보 알란, 40대 후반의 알란은 조직은 다르지만 존슨보다는 3계단쯤 서열이 높다. 알란은 아일랜드계 백인으로 조상이 독립전쟁 때 영국군과 싸웠고 남북전쟁 때는 남군 대령을 지낸 가문이다. 물론 집안에서 흑인노예를 수백 명이나 소유하고 있었다.

후버의 지시를 받은 윌슨은 해외작전국 소속의 정보부 국장 알란을 골라 존슨에게 보낸 것이다. 물론 의도적이다. 작전국장이 계산을 안

하고 보낼 리가 없다. 존슨은 알란이 온다는 연락을 받고 즉시 알란의 신상을 조사했다.

FBI는 국내 인사의 발바닥 무좀까지 다 파악하고 있는 것이다. 알란은 금발의 날씬한 체구다. 거구의 존슨과 시선이 부딪치자 입술 끝을 비틀며 웃었다.

"존슨 씨, 내가 여기 온 이유를 알고 계시지요?"

"압니다."

존슨이 따라 웃었다.

"거물이 오실 줄 예상하고 있었습니다."

"내가 거물은 아니지요."

"조금 전에 폐차장에서 연극의 클라이막스가 상영되었더군요."

"들었어요."

"우리 요원들이 모두 거기 가 있습니다. 나도 갈 건데 오신다고 해서 여기 남은 거죠."

"이번 사건으로 CIA, FBI 지부장들이 괴롭겠어요."

"난 괜찮습니다."

"증인을 확보하셨다던데."

알란이 지그시 존슨을 보았다.

"저격범 말입니다."

"그래서요?"

존슨이 알란의 시선을 맞받았다.

"어쩌란 말입니까?"

"보호하고 있는 겁니까?"

"대답할 필요가 없는 것 같은데요."

“바꿉시다.”

“뭘 바꿔요?”

“모르카니하고.”

순간 존슨이 숨을 들이켰다. 실핏줄이 깔린 흰창이 커지면서 존슨의 어깨가 부풀려졌다. 숨소리도 나지 않는다. 그때 알란이 말했다.

“우리 선조들은 독립전쟁 때 영국군의 총에 맞아 죽었지요, 조상이 셋이나 죽었어.”

“…….”

“남북전쟁 때는 여섯 명이나 죽었고.”

알란의 얼굴에 웃음이 떠올랐다.

“이번 일도 마찬가지야, LA를 정화시키려고 길패트릭 그놈을 소환시켰어. 그런데 FBI 지사장이란 인간이 러시아계 저격범을 감춰두고 카드 패를 만지작거리는군.”

“…….”

“미국에 대해서 하나도 공헌을 하지 않은 족속이 말야, 더구나 호모 자식이.”

존슨은 남자 애인이 있다. 애인 이름이 모르카니인 것이다. 러시아계다.

“리스튼을 저격한 놈은 러시아계로 말리크라는 이름입니다.”

알란이 윌슨에게 보고하고 있다.

“존슨은 제 애인 모르카니를 통해서 말리크가 리스튼을 저격했다는 것을 알고 있었습니다.”

이곳은 다운타운에 위치한 CIA의 안가다. 빌딩의 사무실을 개조해서 숙소와 은신처까지 만들었는데 건물 2개 층을 모두 사용하고 있다. 알란이 말을 이었다.

“말리크의 은신처만 알고 있지 그놈과는 전혀 관계가 없다고 합니다. 그리고 말리크가 누구의 사주를 받았는지도 모른다고 합니다.”

“개 같은 FBI."

윌슨의 목소리가 수화구를 울렸다.

“그놈들도 다 썩었어.”

도청방지 장치를 해놓고 있지만 보통 이런 이야기는 통화로 하지 않는다. 그런데 윌슨이 대놓고 FBI를 까는 것은 의도적이다. 들으라고 하는 것이나 같다.

“존슨, 그놈이 카잔스키파 보고프하고 통한다는 증거가 있나?”

“찾으면 나오겠지요, 카잔스키는 죽었지만 LA에 기반을 굳힌 조직이니까요.”

“존슨이 뭐래?”

“말리크의 은신처를 알려줄 테니 없던 일로 하자는 군요.”

“그렇다면 말리크를 잡아야겠군.”

윌슨이 혼잣소리처럼 말했다. 그런데 그것이 바로 FBI 일이다. 존슨은 지금까지 말리크의 은신처를 알고도 놔두었던 것이다. 그리고 그것으로 CIA 출신인 사이엔에게 경고했다. 윌슨과 알란은 잠시 입을 열지 않았다. 그때 먼저 알란이 말했다.

“이 일은 내가 알아서 처리하지요, 윌슨.”

오후 6시가 되었을 때 사이엔이 응접실로 들어섰다. 안가의 응접실이다. 기다리고 있던 권철과 반우성이 사이엔을 맞는다. 리스트의 피살

후로 사이엔은 경찰 조사를 받느라고 반나절을 시달렸다. 사이엔 옆에 위연이 붙어 있었지만 권철과는 이틀 만에 만나는 셈이다.

지난번 사이엔과 함께 존슨을 만난 후에 전화 연락도 하지 않았다. 그 사이에 머핀과 로드리게스 일당의 죽고 죽이는 사건이 일어났고 갱스트리트는 더 혼란에 빠졌다.

스트리트갱의 갱스트리트가 아수라장이 된 것이다. 이것은 LA타임스의 타이틀이다. 자리에 앉은 사이엔이 권철의 얼굴 옆쪽에 시선을 준 채로 말했다.

"존슨이 증인을 내놓았어요."

권철과 반우성은 쳐다만 보았고 사이엔이 말을 이었다.

"CIA에 내놓은 것이지만 존슨은 CIA가 처리할 수 없다는 것을 알고 있지요."

"……."

"결국은 우리한테 내놓은 것이죠."

권철이 머리를 끄덕였다.

"어디요?"

증인 위치를 물은 것이다.

"베니스비치의 프린스 빌라 502호."

반우성이 재빠르게 메모했고 권철이 다시 물었다.

"그놈의 배후는?"

"존슨도 모른다고 했답니다."

"거짓말이군."

"제 입으로 말하기가 거북했기 때문이지 그놈이 발설할 줄 예상하겠지요."

권철의 시선을 받은 반우성이 벌떡 일어나더니 방을 나갔다. 방에 둘이 남았을 때 사이엔이 권철을 보았다.

"머핀과 로드리게스 간 총격전은 어떻게 된 겁니까?"

"우리도 저격병이 있어요."

당연한 것을 묻는다는 표정을 짓고 권철이 말을 이었다.

"450미터 거리였다더군, 반우성의 부하가 건물에서 폐차장 사무실에 있던 로드리게스의 머리통을 날린 것이지."

"……."

"그랬더니 갑자기 서로 쏘고 난리가 났다는 거요, 처음에는 로드리게스와 머핀을 쏴 죽일 작정이었는데 저희들끼리 다 죽인 거야."

권철의 얼굴에 웃음이 떠올랐다.

"한국에서도 일거양득이란 말이 있는데 LA에서는 돌 한 개에 14마리의 까마귀를 잡은 셈이라니까."

사이엔은 권철의 말이 중간쯤 나갔을 때 머리를 돌려 딴 곳을 보았다. 제 자랑처럼 말하는 것이 역겨웠기 때문이다. 목소리도 듣기 싫은 인간이 있다. 아무것도 아닌 이유지만 사이엔의 권철에 대한 입장이 그렇다.

피자 배달원이 동양인인 것은 흔히 있는 일이다. 말리크는 지갑에서 20불짜리 지폐를 꺼내 내밀었다.

"잔돈은 가져."

"감사합니다."

30분 걸린다고 했다가 5분쯤 늦었지만 그냥 봐주기로 했다. 피자를 받아 쥔 말리크가 몸을 돌렸을 때다. 뒷머리를 쇠뭉치로 얻어맞은 말리크는 피자와 함께 앞으로 엎어졌다.

그로부터 2시간쯤이 지난 오후 10시 무렵, 라스베이거스의 단골 식당에서 저녁을 먹고 나오던 이바노프에게 부하 요세프가 말했다.

"이바노프, 보고프하고 연락이 안 돼."

멈춰선 이바노프가 요세프를 보았다. 이곳은 칼튼호텔의 지하 1층 러시안 식당이다. 최고급 양갈비가 1인분에 500불이다.

"그 새끼, 어디 나간 거 아냐?"

"당분간 빌라에 박혀 있겠다고 했어, 부하들하고 같이 오늘 오전에 통화를 했었는데……."

"그 병신이."

다시 발을 뗀 이바노프가 주차장 입구 쪽으로 향했고 부하들이 따른다. 이바노프가 요세프에게 말했다.

"CIA 놈들이 에디파 머핀을 밀어주다가 이번에 박살이 났어, 그러다 보니까 존슨이 몸을 사리는 모양이야."

주차장으로 나온 이바노프가 말을 이었다.

"존슨 그 병신도 오후부터 연락이 안 되는데 당분간 숨을 죽이고 있겠다는 모양이다. 병신."

말리크를 보낸 것도 이바노프다. 이바노프는 보고프를 바지로 내세워 카잔스키파를 접수할 계획이었던 것이다. 그것도 존슨과 합의를 했던 이바노프다.

차가 다가왔기 때문에 이바노프가 발을 뗀 순간이다. 갑자기 이바노프가 주춤 멈춰 서더니 머리를 숙여 제 가슴을 보았다. 양복저고리가 금방 피로 젖었다. 놀란 이바노프가 손을 올리려고 했다가 그대로 뒤로 쓰러졌다.

전화기를 귀에 붙인 이광의 얼굴에 웃음이 떠올랐다. 상대는 해밀턴이다. 해밀턴이 말을 이었다.

“이제는 해일이 라스베이거스까지 밀려간 분위기입니다. 6시간 전에 라스베이거스의 러시아갱단 두목 이바노프가 주차장에서 저격을 당해 죽었습니다.”

해밀턴이 말을 이었다.

“LA 카잔스키파 2인자였던 보고프도 실종되었구요.”

“언론이나 시민들 반응은 어떻습니까?”

“잘 되어간다는 의견이 지배적입니다.”

“공포 분위기는 아닙니까?”

“천만에요, LA의 유흥가로 밤에 놀러 오는 손님이 늘어났다고 합니다.”

“그럴 리가…….”

“코리아타운에 스트리트갱이 없어져서 유흥가 매출이 30퍼센트나 늘어났다는 것입니다.”

에디파, 서울파 수뇌부가 폭망하는 바람에 졸개들은 감히 밖에 나가 텃세를 부릴 엄두도 내지 못하고 있는 것이다. 통화를 끝낸 이광이 전화기를 내려놓았을 때 안학태가 말했다.

“LA지역이 스트리트갱만으로 어지럽혀져 있었던 것이 아니었습니다. 그 혼란을 이용해서 정치권, 관리, 심지어는 FBI와 CIA까지 사복을 채우고 갱단을 조종하고 있었던 것입니다.”

이광이 머리를 끄덕였다. 그것을 잘 알고 있던 CIA 부장 후버가 권철을 지원해주고 있는 것이다. CIA가 국내 문제에 개입할 수는 없다. 그래서 권철을 이용하는 셈이다. 그때 안학태가 말했다.

"이또만이 오늘 저녁에 한국에 도착합니다."

"아, 그래?"

이광의 얼굴이 밝아졌다.

"이또만 한국 이름이 뭐라고 했지?"

"강정규입니다."

"앞으로는 강정규로 불러야겠구만."

"예, 회장님."

"직책이 뭐야?"

"리스타상사 해외영업본부 소속의 수습사원으로 발령이 났습니다."

이광은 가만있었고 안학태가 잊어먹었는지 분주하게 파일을 찾더니 한참이 지나서 이광 앞에 다시 섰다. 이마에 땀이 배어나 있다.

"예, 정확히 말씀드리면 해외영업 제5부 4과 제3팀의 수습사원입니다."

"그, 강정규 나이가 몇이지?"

"32세입니다."

"32세? 내가 알기로는 33살인데?"

"만으로 32세가 한국 나이로 33살이 되겠습니다."

"두 번 말하지 말고 똑바로 말해."

"예, 회장님."

"그, 몇 부 몇 과라고?"

"4과입니다. 회장님."

"5부는 뭐하는 부서야? 내가 있을 때는 5부가 없었는데."

"5부는 스포츠용품을 취급합니다."

"그렇군, 강정규는 몇 과라고?"

"예, 4과인데 4과는 신발 담당입니다. 운동화에서 구두, 슬리퍼까지 신발을 다 취급합니다."

"강정규가 신발담당이야?"

"담당이 되기 전 수습사원이지요."

"거기 과장은 몇 살이야?"

"그것은."

다시 안학태가 이번에는 전화기를 들더니 비서를 불러 지시했다. 그러고 나서 허리를 폈을 때 이광이 다시 물었다.

"숙소는?"

"강정규 숙소 말씀입니까?"

"그럼 내가 누구를 묻겠나?"

"죄송합니다."

이제는 진땀을 흘리면서 안학태가 다시 전화기를 쥐었다. 이광은 의자에 등을 붙였다. 이또만, 강정규는 리스타상사에서 일을 하고 싶다고 요청한 것이다. 그것도 한국에서 일을 해보겠다고 요구했다.

영업 5부 4과도 강정규가 선택한 것이다. 도대체 신발 영업을 왜 택했는지 물어본 사람도 없으니 본인만 알겠지, 이곳은 모스크바의 러시아호텔 펜트하우스다. 18층 최상층에 위치한 방 7개짜리 독채를 빌려 이광 일행이 투숙하고 있다. 오전 10시 반, 서울은 오후 4시 반일 것이다. 다시 서울 본사의 연락을 기다리면서 이광이 물었다.

"그놈이 서울 영업부의 신발무역 담당을 자원한 이유가 뭐라고 생각하나?"

안학태의 눈동자가 흔들렸다. 강정규는 본인이 원하기만 하면 상사 기조실은 말할 것도 없고 해외지사, 유통이나 금융, 리스타연합의 핵심 부서에서도 근무할 수가 있었던 것이다. 이윽고 안학태가 입을 열었다.

"리스타상사는 회장님께서 시작하신 리스타그룹의 원천입니다. 신발무역은 그중에서도 의류와 함께 가장 먼저 시작한 수출업종이기도 하지요."

"……."

"강정규는 리스타 바닥에서부터 체험해보고 싶은 것이 아닌가 하고 생각합니다만."

"그럴까? 너무 그놈을 높게 평가한 것 아냐?"

"회장님께서 관심을 보이고 계시다는 것을 알고 있을 것입니다. 그래서 그랬는지도 모릅니다."

그때 비서가 다가와 안학태에게 종이를 건네주고 돌아갔다. 안학태가 종이를 보면서 말했다.

"강정규 숙소는 신촌의 일신아파트입니다. 20평형으로 회사에서 독신자 숙소로 임대해준 곳입니다."

안학태가 말을 이었다.

"강정규의 직속상관인 팀장 유연숙은 27세, 리스타 입사경력 3년으로 미혼, 일성대 경영과 졸입니다."

"……."

"그 위의 상관인 제3과장 김철호는 30세, 경력 5년, 육군 병장 만기제대를 했고 이성대 영문과 졸입니다."

"……."

"5부장 박상동은 34세, 경력 8년, 해병대 제대, 이성대 법학과 졸입니다.”

“강정규가 부장급하고 나이가 비슷하군.”

이광의 얼굴에 쓴웃음이 번져졌다.

“난 27살 때 입사해서 대리급이 나하고 동갑이었어.”

이광의 눈앞에 김성규의 얼굴이 떠올랐다. 바로 어제 일 같았는데 어느새 10여 년의 세월이 지나갔다. 그동안 승승장구하던 김성규는 정치권에서 입문 직전에 사고로 죽었다. 화무십일홍이다. 그것을 권불10년이라고도 한다. 그 10년을 몇 번만 차지한다고 해도 인간은 자연사(自然死)를 맞게 되지 않는가?

3장
러시아 마피아

안학태와 해밀턴은 친하다. 둘 다 리스타그룹의 핵심이면서 이광과 가장 잘 통하는 4인방이다. 그러나 하사드는 이광을 친동생 이상으로 따르지만 내성적이고 오금봉은 사적 대화를 즐기지 않기 때문이다. 모스크바의 밤, 해밀턴의 전화가 왔을 때는 11시경, 이광이 리스타연합 일로도 모스크바에 갔기 때문에 해밀턴은 자주 연락을 한다. 안학태가 물었다.

"무슨 일입니까?"

"안 사장, 내일 서기장을 만났다고 했지?"

"예, 내일 오전에."

"서기장한테 보스가 안부 전해달라고 부탁했어."

보스란 후버다. 해밀턴이 말을 이었다.

"정중한 안부인사야, 안 사장, 당신도 같이 갈 것 아닌가?"

"우리 보스하고 둘이오."

"우리라고 강조하는 걸 보니까 내가 방금 보스라고 한 것이 걸리나?"

해밀턴의 목소리에 웃음이 섞여졌다.

"그럼 구(舊) 보스, 신(新) 보스, 이렇게 부를까?"

"난 보스가 하나뿐이오, 해밀턴 사장."

"내가 구 보스한테 보스라고 부르는 건 좀 뭉개려는 분위기야, 그 양반이 보스라고 부르면 경기를 일으키거든."

오늘따라 해밀턴의 사설이 길다. 안학태는 내일 이광을 수행하고 소련 공산당 서기장 브레즈네프를 만나는 것이다. 안학태의 긴장을 풀어주려는 의도도 있는 것 같다.

"안 사장, 보스한테, 아니, 회장님한테 꼭 말씀드려. 내가 방금 연락을 받아서 그래."

"왜 회장님한테 직접 말씀드리지?"

"안 사장이 내일 아침에 전해드려, 늦은 시간에 전화 드리기가 그래."

"알겠습니다."

"아마 회장님한테 서기장이 전갈을 전해줄지도 몰라."

해밀턴의 목소리가 낮아졌다.

"미국 측에서 긴장하고 기다리는 중이네."

비공식 비밀회동인 것이다. 그래서 이광 일행의 소련 방문은 소련의 언론 매체 어느 곳에도 보도하지 않았고 미국, 일본 측도 마찬가지였다. 이광의 이번 소련 방문 목적은 리스타그룹의 소련 현지법인 설립 건이었는데 나흘 만에 허가를 받았다. 그사이에 리스타연합 회원인 군정보국장 로스토프와 3번이나 만났고 마침내 내일 서기장 브레즈네프를 만나는 것이다.

다음날 오전 11시, 이광과 안학태는 크렘린궁의 접견실에서 브레즈네프를 기다리고 있다. 레오니트 일리지 브레즈네프는 제4대 소련공산당 서기장으로 1906년생이니 올해 74세가 되었다. KGB의장으로 리스타연합 회원이었던 브레즈네프와는 이름이 같지만 그는 작년에 병사했다. 그래서 현재 KGB의장은 공석이다. 10분쯤 기다렸을 때 군 정보국장 로스토프의 안내로 브레즈네프가 들어섰다. 짙은 눈썹 밑의 번들거리는 눈이 철권독재자 스탈린을 연상시켰지만 이광을 향해 웃음 띤 얼굴로 손을 내민다.

"내가 이야기 많이 들었어."

브레즈네프의 영어는 유창했다.

"영광입니다, 각하."

안학태하고도 악수를 나눈 브레즈네프가 자리에 앉았다. 브레즈네프는 1964년부터 지금까지 17년째 소련을 통치하는 중이다.

"자네가 중국의 등소평 씨하고 친하다지?"

불쑥 브레즈네프가 물어서 이광이 얼굴을 굳혔다.

"많이 가르쳐주십니다."

"흥, 그 영감한테서 뭘 배우나?"

"지난번에 뵈었을 때 앞으로 10년간 중국은 무섭게 성장하겠지만 호응은 하되 쏟아 붓지는 말라고 하셨습니다."

이광이 또박또박 말했더니 브레즈네프의 눈빛이 강해졌다. 그러고는 그 말뜻을 새기는 것처럼 한동안 초점이 흐려진 눈으로 이광을 보다가 머리를 끄덕였다.

"그 영감이 자네를 아끼고 있구만."

"항상 감사하고 있습니다."

"자네가 중국 경제발전을 위해 엄청난 기여를 하고 있지."

"아닙니다. 저도 이득을 얻고 있습니다."

"자네는 중국의 은인이야."

이광이 입을 다물었을 때 브레즈네프가 지그시 시선을 주었다.

"이봐, 이 군."

"예, 서기장 각하."

"그 등 영감이 나보다 두 살 위야, 알지?"

"예, 각하."

"자네가 보기에 소련과 중국은 어떻게 다른가?"

"소련은 미국과 자웅을 겨루는 강국(強國)이고 중국은 이제 막 개발을 시작하는 개발도상국입니다."

"아까 등 영감이 말한 것처럼 중국은 앞으로 경제 부분에서 무섭게 성장할 것 같네, 20년 후에는 중국이 소련을 제치고 공산주의 대표국가가 될지도 몰라."

브레즈네프의 얼굴에 웃음이 떠올랐다.

"우리는 쓸데없는 미국과의 경쟁에 국력을 소비했어."

"……."

"그 난쟁이 영감이 미국과 재주를 넘는 것을 보면 그럴 가능성이 많아."

브레즈네프가 앞에 놓인 물잔을 쥐자 로스토프가 재빨리 탁자 위에 놓인 보드카 병을 들더니 잔을 채웠다. 브레즈네프가 보드카 잔을 들고 이광을 보았다.

"마시겠나?"

"저는 독한 술에 약합니다, 각하."

머리를 끄덕인 브레즈네프가 냉수 마시듯이 보드카 잔을 비우더니 입맛을 다시면서 말했다.

"이봐, 이 군, 부탁이 있어."

"예, 각하, 말씀하십시오."

이광이 긴장했다. 오늘 만남은 인사다. 리스타 소련 현지법인 설립과 리스타연합 회장으로서의 인사를 하려는 것이다.

"우리가 작년 말부터 전쟁을 하고 있는 거 알고 있지?"

브레즈네프가 묻자 이광은 침부터 삼켰다. 아프간전쟁이다. 소련은 1979년 12월, 아프가니스탄을 침공했다. 아프간은 반군을 조직하여 소련군과 전쟁을 치르는 중이었는데 미국은 반군을 지원했다. 이슬람 극렬주의자들을 지원한 셈이다. 그때 브레즈네프가 말을 이었다.

"미국은 수십억 달러를 퍼부어 반군에게 무기를 지원해주고 있어, 사기꾼 같은 프랑스 무기상을 통해 프랑스, 미제 무기를 구해서 반군에게 준단 말이야."

브레즈네프의 두 눈이 번들거렸다.

"이 군, 자네가 후버한테 말해서 무기상이 되도록 해. 그리고 그 돈으로 우리 소련제 무기를 사도록 하게, 싸게 줄 테니까. 고장 난 무기는 팔지 않아, 정품으로 주겠네."

이게 무슨 말인가? 이광의 머릿속이 뒤죽박죽되었다. 소련제 무기를 사서 반군에게 줘? 그리고 그 반군이 그 무기로 소련군하고 싸워?

그때 브레즈네프가 간단히 결론을 냈다.

"전쟁은 전쟁이고 경제는 경제야, 그리고 서로 좋은 거야, 이 군."

브레즈네프가 어깨를 폈다.

"멍청이 카터는 이해 못 하겠지만 후버는 알아들을 거야."

비즈니스다. 브레즈네프와 헤어져 크렘린궁 안의 붉은색 양탄자가 깔린 긴 복도를 걸으면서 이광의 심장 박동이 거칠어졌다. '모든 일은 비즈니스로 통한다.' 쉬운 말로 쓰면 '국가 간 사업도 장사다.' 시쳇말로는 '장사가 잘되어야 나라도 산다.' 이것이다. 그때 옆으로 다가온 소련 연방군 로스토프 대장이 이광을 보았다.

"이 회장님, 서기장 동지의 특별 부탁입니다. 잘 되기를 바라겠습니다."

로스토프가 이 작전의 실무 책임자인 것이다. 정색한 로스토프가 말을 이었다.

"이 작업이 성사되면 서기장 동지께서 크게 기뻐하실 것입니다."

로스토프는 60대 후반의 비대한 체격이다. 양탄자 위를 천천히 걷는데도 숨소리가 거칠다. 숨결에서 보드카 냄새가 났다.

"아프가니스탄 전쟁에서 승리하는 것보다 이번 무기사업이 성사되는 것이 더 가치가 있습니다."

복도를 지나던 장성들이 경례를 올려붙였지만 로스토프는 본 척도 않고 말을 이었다.

"서기장 말씀대로 후버한테만 서기장 동지의 부탁을 전해주시오."

"제 거래 수수료는 얼마지요?"

이광이 묻자 로스토프의 걸음이 늦춰졌다. 로스토프가 이광을 보았다.

"오퍼 가격의 10프로를 드리지요."

"20프로를 주십시오, 들어가는 데가 많으니까요."

"그러지요."

선선히 머리를 끄덕인 로스토프가 이광에게 손을 내밀었다. 어느덧

출구까지 와 있었던 것이다.

"전했나?"

호텔로 돌아온 이광이 바로 연락을 했을 때 후버가 그렇게 물었다.

"예, 했습니다."

후버 부탁대로 전하지 않았지만 이광이 그렇게 대답했다. 그러나 전한 것보다 1백 배는 더 값진 대답을 듣고 왔다. 브레즈네프는 미국 대통령 카터보다 후버를 더 능력자로 보는 것 같다. 그때 후버가 물었다. 조금 들뜬 목소리.

"그래, 뭐라고 하셔?"

지금 모스크바와 미국 간의 통화다. 100퍼센트 소련 측이 도청하고 있을 테니 후버의 말이 젊잖다. 딴 때, 딴 곳이라면 '그 영감태기가 뭐라고 씨부려?' 정도로 물었겠지, 그때 이광이 말했다.

"안부를 전했더니 서기장께서 상의해보라는 일이 있습니다."

"어? 그래?"

"부장님을 봬야겠는데 제가 어디로 갈까요?"

"이리 오지그래?"

"급한 일인데요."

"그럼 파리로 와, 나도 곧장 날아갈 테니까."

"강정규 씨?"

방으로 들어선 여자는 날씬한 몸매에 눈이 좀 가늘었지만 미인이다. 눈이 크다고 다 미인인가? 곤충과 비교하기는 그렇지만 잠자리가 잘생긴 곤충이냐? 보는 관점, 또는 시대의 미인 기준도 달라진다. 중세 유럽에서는 지금 기준으로 비만 여성이 미인이었다. 그때의 미인 그림을 보면 배가 오겹살에 체중이 1백 킬로는 나간다.

강정규가 자리에서 일어나 여자를 맞았다. 팀장 유연숙일 것이다. 27세, 일성대 경영과졸, 경력 3년, 유연숙의 3팀에는 팀원이 둘, 이제 강정규까지 셋이 되겠다. 강정규가 인사했다. 한국말로.

“강정규입니다. 잘 부탁합니다.”

“내가 부탁드려요.”

유연숙이 웃으며 손을 내밀었다. 말랑하고 가는 손가락이 잡혔다. 따뜻하다. 이곳은 영등포 대림동에 위치한 리스타상사 영업본부 안, 둘은 상담실에서 마주보고 앉아 있다. 유연숙이 강정규의 인사기록을 드려다 보았다. 인사기록이 총무부 인사과에서 보내졌을 것이다.

이윽고 유연숙이 머리를 들고 강정규에게 물었다.

“독신자 숙소에 계세요?”

“이혼했습니다.”

“아아, 그렇군요.”

기록을 본 유연숙이 다시 물었다.

“도쿄대를 졸업하시고 납품업을 하셨다고 적혀 있는데 어떤 일이죠?”

“각 기관에 도시락이나 과일 종류를 납품했습니다.”

“아아.”

이 빌어먹을 기록은 그룹 기조실에서 멋대로 만들어서 강정규에게 무조건 외우라고 한 것이다. 그래서 유연숙이 묻는 질문에 대답할 준비가 다 되어 있다. 유연숙이 다시 물었다.

“납품업을 하시다가 갑자기 리스타에 입사하시게 된 동기는 뭐죠?

더구나 일본에서 죽 사시다가요."

"납품한 도시락을 먹고 식중독에 걸린 사람이 있어서요."

"아아."

"그래서 면허가 취소되고 일본에서는 사업을 못 하게 되었습니다. 그래서 일본법인에서 모집하는 리스타 신입사원 모집에 응시하게 되었지요."

강정규가 덧붙였다.

"그리고 이왕이면 내 조국에서 일하고 싶었습니다."

"내 팀원이 둘인데 각각 25살, 24살이에요, 괜찮으시죠?"

"그럼요."

"그럼 오늘부터 수습교육을 받으시죠."

유연숙이 자리에서 일어나려고 해서 강정규가 물었다.

"팀장, 내가 나이가 좀 많은데 거북하지 않으십니까?"

"아뇨, 전혀."

유연숙이 이를 드러내고 웃었다.

"제각기 일이 다른데 그럼 나이 많은 사람이 대통령 하는 건가요?"

할 말이 없어진 강정규가 머리를 끄덕이다가 다시 물었다.

"과장, 부장께 인사 안 해도 됩니까?"

"모두 바빠서요, 저만 만나면 돼요."

유연숙이 일어나 방을 나가자 강정규는 심호흡을 했다. 붙잡혔을 때 자위대로 복귀할 수 없다는 것은 이미 예상하고 있었다. 죽느냐 사느냐 둘 중 하나였고 산다면 전혀 다른 세상에서 살아야 한다는 것도 예상했다. 그런데 신발 무역 수습사원이라니, 자신이 선택은 했어도 황당하다.

"아, 이 회장, 반가워."

후버가 활짝 웃은 얼굴로 다가와 손을 내밀었다. 이광은 후버가 이렇게 웃는 것은 처음 보았다. 이곳은 파리 인터컨티넨탈호텔의 프레지던트 룸.

"어서 오십시오, 부장님."

이광이 후버의 손을 잡고 따라 웃었다. 이광은 비서실장 안학태와 둘이 왔는데 후버는 해외작전국장 윌슨, 마약 담당인 피터슨, 윌슨의 부하인 부국장 모리슨, 그리고 묘령의 여자까지 대동했다. 다른 사람들은 안면이 있어서 악수만 했는데 후버가 여자를 소개했다.

"재크린이야, 내 보좌관이지. 자네가 요즘 여자관계가 뜸하길래 신선한 분위기를 조성해보려고 대동했네."

당사자를 옆에 두고 이만큼 뻔뻔하게 이야기를 하려면 경력, 나이, 권위, 얼굴두께까지 상당해야 될 것이다. 이광이 숨을 죽였지만 정작 당사자는 눈썹 하나 까닥하지 않았다. 못 들은 것 같은 표정이다. 그래서 이광이 못 들은 척 말했다.

"브레즈네프 서기장의 전갈입니다, 부장님."

"누구한테 말인가?"

긴장한 후버가 앉은 자세까지 바꾸면서 이광을 보았다. 응접실의 소파에는 이광과 후버가 나란히 앉고 수행원들은 둥그렇게 둘러앉은 구조다. 이광의 얼굴에 웃음이 떠올랐다.

"후버 부장께 직접 말씀드리라고 하셨습니다."

"나한테 말이지?"

"그렇습니다. 여기 있는 안 사장도 같이 들었습니다."

"그럼 됐고, 용건이 뭐야?"

"저도 놀랐습니다."

주위는 숨소리도 들리지 않았다. 모두의 시선이 모여졌는데 그들을 둘러보던 이광의 시선이 재크린의 미모에 조금 더 머물렀다. 옅은 금발을 짧게 잘라서 목이 드러났고 날씬한 몸매, 젖가슴의 볼륨도 큰 편이지만 하반신은 날씬하다. 그때 후버가 말했다.

"딴전 피우지 말고 계속해."

"아프간 전쟁 이야기입니다. 부장님."

"옳지."

후버가 눈을 치켜떴다.

"잘못 찌른 거야, 여자인 줄 알고 덤볐는데 상대는 남자였어, 철군할 테니까 도와달라던가?"

"미국이 반군에게 수십억 불을 쏟아 부어 무기를 구입해주는 것을 알더군요."

"그건 세계가 다 아는 사실이야."

"프랑스 구입상이 그 자금으로 프랑스산, 미국산, 독일산, 파키스탄제 쓰레기 같은 무기를 구입해서 아프간 반군에게 전해준다는 것도 알고 있었습니다."

"그래서 어쩌라는 거야?"

후버의 눈동자가 흔들렸고 목소리가 높아졌다.

"우리 돈 우리가 쓰는데 지가 뭐라고?"

"서기장께서 제가 무기상을 하는 것이 낫겠다고 하셨습니다."

"뭐야? 이 회장 자네가?"

후버가 입을 딱 벌렸다가 다물었다.

"가만, 브레즈네프 나이가 몇이지?"

"75세쯤 되었을 겁니다. 왜요?"

"치매가 있다는 말은 못 들었는데……."

"저하고 이야기하면서 보드카를 물컵으로 넉 잔이나 마셨습니다."

"우리 예산을 이 회장이 쓰라고?"

"예, 부장님."

"이 회장이 무기를 구입하라고?"

"예, 소련제 무기를 사가라고 합니다."

그 순간 이쪽저쪽에서 숨 들이켜는 소리가 났다. 후버는 초점이 먼 눈으로 이광을 쳐다보고만 있다.

한 시간쯤 후에 응접실에는 셋이 남았다. 후버를 배웅하고 셋이 돌아온 것이다. 셋이 누구냐? 이광과 안학태, 그리고 재크린이다. 후버가 재크린을 연락관 역할로 이광 측근에 남겨둔 것이다. 후버는 브레즈네프의 제의를 받아들일 것은 분명했다.

아프간 반군이 소련제 무기로 소련군과 전쟁을 하게 되더라도 다 돌고 도는 것이 세상사다. 베트남 전쟁에서는 미군용 M-16으로 월맹군이 미군과 싸웠다. 자리에 앉았을 때 비서실장 겸 사장인 안학태가 재크린에게 텃세를 부렸다.

"재크린 씨는 이곳에 파견 형식으로 오게 되었지만 비서실 소속이 됩니다. 아시겠습니까?"

"네, 압니다."

재크린이 맑은 목소리로 대답했다. 안학태가 말을 이었다.

"리스타 규칙상 인사기록서를 제출해주시고 재크린 씨 직급은 비서실 부장급으로 하겠습니다. 그리고……."

이런 경험이 많은 터라 안학태가 술술 말했다.

"회장실 출입은 꼭 전속비서의 허가를 맡으시고 문제는 나한테 직접 상의해주시지요."

"알겠습니다."

"한국 회사는 위아래가 분명합니다. 맞춰주시기 바랍니다."

그때 이광이 안학태에게 말했다.

"이젠 됐으니까 실장은 나가 봐."

"예, 회장님."

안학태가 나갔을 때 이광이 재크린을 보았다. 시선이 마주치자 재크린이 웃음 띤 얼굴로 말했다.

"갑자기 제가 연락관 업무를 맡고 남게 되었네요, 하지만 중책을 맡게 되어서 기쁩니다."

"나도 미인을 자주 만나게 되어서 기쁜데, 재크린 씨."

"인사기록을 나중에 보시게 되겠지만 전 미혼으로 4살짜리 아이가 있습니다. 켄터키에서 제 부모님이 키우고 계시죠."

"그렇군."

"부장 보좌역은 3개월째고 그전에는 아프리카에서 작전팀에 소속되었지요, 5년 동안 작전을 했습니다."

"그렇다면 내 옆에 있는 것이 낫겠군, 알고 있겠지만 난 로마에서도 테러를 당했거든."

"알고 있습니다."

재크린이 다시 눈웃음을 쳤다. 희고 매끄러운 피부, 파란 눈동자가 흔들리지도 않고 이광을 주시했다. 눈동자 속으로 빨려 들어가는 느낌이 들자 이광은 빙그레 웃었다. 심장 박동이 빨라졌고 온몸이 더워지는 느낌을 받은 것이다.

"난 후버 부장한테서도 선물을 하나 받은 것 같구만."

참지 못한 이광이 그렇게 말해버렸다.

"서기장한테서 받은 선물보다 더 자극적이고 감동적이야."

이바노프의 피살 이후로 세상이 조용해진 느낌이 든다. 이틀쯤 이바노프의 살해 사건을 특종으로 다루던 언론이 시들해지더니 일주일이 지났을 때는 '이바노프가 누구였지?' 하는 분위기로 변해졌다. 그래서 LA는 스트리트갱 사건이 옛날이야기처럼 되었지만 거리의 갱들이 없어진 것은 아니다.

코리아타운을 중심으로 활동하던 서울파, 에디파, 카잔스키파 수뇌부가 사망, 또는 구속, 또는 실종되어 사라지고 지금 LA에는 대변혁이 일어나는 중이다.

"서울파와 에디파가 통합되어 모두 리스타유통 사원이 되었습니다."

강력팀장 오도넬이 모리스 청장에게 보고했다. 오도넬은 오늘 100불짜리 중국산 기성복을 입었다. 넥타이는 5불짜리 멕시코산이다. 오도넬이 말을 이었다.

"그러고는 갱단이 모두 리스타유통의 사원이 된 것이죠, 직업을 갖게 되었단 말씀입니다."

모리스가 혀를 찼다.

"그것 참, 뭐라고 말해야 될지 모르겠네. 이 자식이 하원의원에 나올 참인가?"

이 자식이란 권철을 말한다. 리스타 미국법인 LA지사장 권철이 리스타유통 소속의 영업장에 갱단 173명을 취업시킨 것이다. 모리스의 말을 무시한 오도넬이 서류를 읽었다.

“모두 직업인 등록을 했고 다음 달부터 월급에서 세금도 뗄 겁니다.”

“직업이 술집 종업원, 마켓 판매원, 경비, 사무원, 건설회사 직원이군.”

“예, 확실한 직장입니다.”

“시장이 좋아하겠다.”

“시장 보좌관이 벌써 자료를 가져갔습니다. 주지사실에서도요.”

“이놈이 정치를 하는구만.”

“언론사에도 보냈으니까 곧 보도가 될 겁니다. 청장님.”

그때 모리스가 머리를 들고 오도넬을 보았다.

“카잔스키파가 75명이구만.”

“그렇습니다.”

“지금 보고프까지 실종된 상태라 이놈들도 리스타가 먹을 작정인가?”

“벌써 취업 신청서를 내고 있다고 합니다. 이달 안에 카잔스키갱도 직장인이 될 겁니다.”

그러고는 오도넬이 지그시 모리스를 보았다.

“청장님, 시장이나 주지사가 손을 쓰기 전에 내일이라도 권철을 만나시는 것이 어떻겠습니까?”

모리스가 딴전을 피우자 오도넬이 빙그레 웃었다.

“제가 부탁하면 권철도 거부하지는 않을 겁니다. 청장님의 요청으로 카잔스키 일당을 리스타유통 직원으로 취업시키는 것으로 언론에 보도하지요.”

모리스가 헛기침을 했다. 그러나 오도넬의 시선을 맞받지는 않았다.

"이것이 한국식이야."

권철이 둘러앉은 간부들에게 말했다. 오후 5시 반, 코리아타운의 서울빌딩 5층 회의실에는 이제 리스타유통 사원이 된 서울파, 에디파 간부들이 모여 있다. 그중에는 카잔스키파 간부 2명도 끼어 있었는데 모두 10여 명이다. 권철이 말을 이었다.

"지금까지 너희들은 스트리트갱, 그대로 말하면 거리를 돌아다니는 강아지나 마찬가지였다."

몇 명이 킥킥 웃었고 몇 명은 투덜거렸지만 밝은 분위기다. 창가에는 반우성과 용비, 위연이 제각기 팔짱을 끼거나 창틀에 엉덩이를 걸치고 서 있다. 권철이 말을 이었다.

"리스타그룹은 기업이다. 리스타그룹 소속의 리스타유통이 너희들을 고용한 거야, 그러니까 기업이 먼저고 너희들은 나중에 고용이 된 것이란 말야."

힘주어 또박또박 말한 권철이 간부들을 둘러보며 물었다.

"이해가 가냐?"

"갑니다."

몇 명이 그렇게 대답했고 목에 도끼 문신을 한 중대가리가 권철에게 물었다. 에디파 중간보스를 지내던 놈이다.

"그러니까 한국식 갱은 직장에 다니면서 갱 일까지 하는 겁니까?"

"이런 병신 같은 놈."

권철이 흘겨보면서 나무랐다.

"그냥 직장에 다니는 거지 또 무슨 갱 일이란 말이냐? 넌 이제 스트리트에 나갈 필요가 없단 말이다."

사내가 눈만 껌벅였을 때 서울파 중간보스인 흑인이 설명했다.

"넌 직장만 다니면 되는 거다. 조지, 그럼 월급 타고 세금 내고 와이프 데리고 영화 보고, 애 낳으면 학교 데려다주면 되는 거야."

"갱 일은 언제 하는데?"

"네 직장이 갱 사업이야, 병신아."

누가 대신 대답해줬고 뒤쪽에 앉은 털보가 조지의 뒤통수를 손바닥으로 쳤다.

"한국에선 갱이 모두 직장인이란 말이야."

권철은 가만있었다. 털보는 물론이고 흑인 엘마도 한국은 물론 아시아에 가 본 적도 없다. 그러나 대부분이 새 직장이 어색하면서도 한 사람도 거부하지 않고 받아들이고 있다. 권철이 결론을 냈다.

"앞으로 LA에서 스트리트 갱은 없어지는 거야."

"권철이 갱들을 모두 직장에 넣었습니다."

사이엔이 전화기에 대고 말했다.

"일주일쯤 전에 에디파, 서울파 중간보스급을 리스타유통 소속의 영업장에 취업시키더니 갑자기 하루에도 10명, 20명씩 취업시켰습니다."

해밀턴은 듣기만 했고 사이엔이 말을 이었다.

"현재 유통의 17개 사업장에 서울파, 에디파의 대부분의 갱이 취업되었는데 앞으로 한 달분 지급 경비가 20만 불씩은 될 것 같습니다."

"그것, 참."

듣고만 있던 해밀턴이 입을 열었다.

"야쿠자도 유흥업소나 건설회사에 직원 명함을 갖고 다니지만 다 취업하는 건 아닌데 말야, 10퍼센트나 많아야 20퍼센트 정도인데……."

"여긴 100퍼센트예요, 사장님."

"그만한 여유가 있나? 사업장 말야."

"여긴 정원의 2배가 넘는 곳이 많아요."

사이엔이 주위를 둘러보았다. 이곳은 서울빌딩의 4층, 사이엔의 사무실이다. 지금 권철은 간부들을 모아놓고 정신교육을 시키고 있다. 웬 정신교육?

"반우성, 너, 집에 다녀와."

권철이 반우성에게 다가가 말했다.

"지금은 너도 알다시피 급한 일은 다 끝났다."

"형님."

주위를 둘러본 반우성이 목소리를 낮췄다.

"저만 빠질 수 없습니다."

"급한 일이 있는 놈은 빠져도 돼."

응접실 안, 저녁 식사를 저택 식당에서 같이 먹고 응접실로 옮겨온 참이다. 이곳은 베니스비치 바닷가에 위치한 저택 안, 바위 위에 지은 시멘트 건물로 주변 경관도 좋지 않았지만 넓었고 안전했다. 반우성이 고른 저택이다. 오후 9시 반, 코리아타운에서 이곳까지는 차로 2시간 반 거리다. 창밖의 마당을 내다보면서 권철이 말을 이었다.

"15일이면 되겠지? 가서 어머니 보살펴드리고 돌아와, 내가 보냈다고 하면 돼, 내가 곽 회장 허락을 받을 필요는 없으니까 말야."

곽 회장이란 지금 뉴욕에서 오금봉과 해밀턴의 일을 거들어주고 있는 삼합회장 곽기윤을 말한다. 곽기윤은 삼합회원을 관리하고 있지만 리스타 각 영업장에 파견된 삼합회원은 영업장 책임자의 지휘를 받는다. 이것이 원칙이다. 삼합회원 간 소통은 별개다. 그때 반우성이 상기

된 얼굴로 말했다.

"죄송합니다, 형님."

"내가 알게 된 이상 내 지휘를 받는 부하가 그런 상황에 놓였는데 그냥 둘 수는 없어, 내일 출발해."

"형님."

"그리고 이것."

권철이 탁자 밑에서 노란 봉투를 꺼내 반우성 옆에 놓았다. 묵직한 봉투다.

"15만 불이다. 가서 쓰고 와."

"형님."

놀란 반우성이 봉투를 보았지만 말을 잇지 않았다. 이제는 권철의 성품을 알기 때문이다. 권철은 통이 컸고 돈 씀씀이도 시원했다. 돈 관리는 위연에게 맡겨놓고 자신의 개인 몫은 1달러도 챙기지 않았다.

물론 리스타 LA지부의 운영자금과 활동자금은 본사에서 넉넉하게 송금되어 온다. 현재 LA에서 매입했거나 개장한 영업장이 33개나 되어 있지만 관리비들을 제외하면 적자인 상황이다. 반우성은 옆에 놓인 15만 불이 지난번 권철이 받았던 개인 돈인 것을 알고 있는 것이다.

"형님, 저, 이 돈은……."

"잔소리 말고."

반우성의 말을 자른 권철이 불빛을 받아 반짝이는 눈으로 바라보았다.

"난 누구한테 남겨줄 인연이 없어."

숨을 죽인 반우성이 권철을 보았지만 이미 시선은 비껴진 후다. 권철이 마당을 응시한 채 말을 이었다.

"네가 부럽다, 반우성. 돌보아 드릴 어머니가 계신 것이."

권철의 신상 이야기를 처음 듣는 터라 반우성은 몸을 굳혔다. 그때 권철이 몸을 돌렸다. 반우성의 어머니는 고향인 중국 산둥(山東)에서 위 수술을 받아야 한다고 했다. 시골에 있는 어머니와 겨우 연락이 된 것이다. 수술을 받으려면 베이징까지 와야 하는데 엄두도 내지 못하고 있었을 것이다.

반우성은 권철 어머니가 6살 때 자식을 버리고 재혼한 것을 알 리가 없다. 그때 소파에 앉던 권철이 말했다.

"이번에는 돈을 신고하고 상납하지 않도록 해, 내가 그러라고 준 돈이 아니니까."

지난번에 반우성과 위연, 용비에게 보너스를 나눠 주었을 때 셋이 모두 삼합회 본부에 상납했던 것이다. 반우성이 숨을 죽였으니 당연히 말을 따를 것이었다. 이것으로 반우성과 권철과의 인연이 직접 엮이게 되었다는 것을 아직 둘은 느끼지 못하고 있다.

사이엔의 숙소도 바위 위의 저택이다. 밤 10시 반, 3층의 응접실과 벼랑 쪽 방을 사용하고 있어서 사이엔의 방이 저택에서 가장 경관이 좋다. 창밖을 내다보던 사이엔이 벨 소리에 몸을 돌렸다. 탁자 위에 놓인 전화벨이 울리고 있다. 이것은 사이엔만 사용하는 직통전화다. 사이엔이 전화기를 귀에 붙였을 때 예상했던 대로 해밀턴의 목소리가 울렸다.

"나다."

"예, 사장님."

"혼자 있는 거냐?"

"그럼요."

사이엔의 얼굴에 웃음이 떠올랐다.

"사장님은 뭘 예상하셨는데요?"

"네 옆에 권철이가 있어도 놀라지 않을 거다."

"그럴 가능성은 없습니다."

"그놈이 여자는 꽤 밝히는데 너는 좀 어려운 모양이군."

"예민한 점도 있으니까요."

"무슨 말이냐?"

"제 분위기를 눈치 채고 있을 것 같다는 말씀입니다."

"네 분위기라니?"

되물었던 해밀턴이 곧 혀 차는 소리를 냈다.

"오버하는 걸 보니까 오히려 네 분위기를 권철이 간파했겠다."

"무슨 말씀이세요?"

"아니다."

말을 자른 해밀턴의 목소리에 웃음기가 지워졌다.

"오후에 FBI 고위층과 만났는데 이번에 권철이 스트리트갱을 리스타에 정식 직원으로 고용한 것을 듣고 대통령이 칭찬하셨다는 거다."

"대통령이오?"

"그래, 대통령이."

해밀턴이 짧게 웃고 나서 말을 이었다.

"리스타가 대통령 칭찬을 받은 건 이번이 처음이야."

"……."

"권철이 회장님한테 점수 땄겠어, 그런데 너도 일조는 한 셈이 아니냐?"

"아뇨, 저는 반대했었어요."

"반대를?"

"네, 제대로 읽지도 쓰지도 못하는 놈들을 취직시켜서 뭘 할 거냐고 했죠."

"……."

"쇼한다고 사람들이 비웃을 것이라고 했는데도 강행하더군요."

"……."

"사람들도 제정신이 아녜요, 권철이 쇼를 하는 것이 분명한데도 다 받아들여요, 모두 더위 먹고 돌았나 봐요."

"얘가 오버를 하는 게 분명하군."

해밀턴이 굳어진 목소리로 말했다.

"제정신으로 돌아와야 할 텐데……."

"내버려둬."

권철이 웃음 띤 얼굴로 위연에게 말했다.

"그러다가 지치겠지."

"하지만 형님, 우릴 도우려고 온 것이 아니라 오히려 방해가 됩니다."

정색한 위연이 말을 이었다.

"매일 상황 파악을 한답시고 꼬치꼬치 묻는데 머리가 빠질 지경입니다."

듣고 있던 용비가 풀썩 웃었다.

"네가 잘 구슬려봐. 일주일에 한 번 이야기 하자든지, 아니면 그 여자가 직접 형님 따라 다니게 만들든지."

지난번 위연이 사이엔에게 권철과 함께 다니는 것이 당연한 일 아니냐고 물었다가 내가 비서로 온 것이 아니라는 대답을 들었던 것이다.

오전 9시 반, 아침 식사를 마친 셋이 저택의 응접실에 둘러앉아 있다. 바로 위층에 사이엔이 있는 것이다. 그때 권철이 말했다.

“내 책임이야, 내가 그 여자 거부감을 없애야 했는데 노력을 하지 않았다.”

“구체적으로 어떤 거부감입니까?”

따지기 좋아하는 위연이 물었다. 이제 위연, 용비는 권철에게 허물없이 대한다. 권철이 권위의식을 보이지 않았기 때문이기도 할 것이다. 권철이 쓴웃음을 지었다.

“내 난잡한 여자관계가 첫째일 것이고.”

“그건 말도 안 됩니다.”

용비가 나섰을 때 권철이 손을 들고 막더니 말을 이었다.

“스트리트갱을 처리하는 방식이 기준도 없이 무조건 저질러놓고 본다는 것으로 보였을 거다.”

“그 여자는 무슨 방법이 있답니까?”

위연이 되묻고는 혀를 찼다.

“제가 일부러 통신 감청하는 건 아니지만 그 여자는 하루에도 몇 번씩 해밀턴 사장한테 전화를 합니다. 고자질을 하는 것이죠, 이건…….”

“그만.”

다시 말을 막은 권철이 둘을 보았다.

“무시해.”

그러나 무시한다고 머릿속에서 지워지는 것이 아니다. 본사에서 온 업무조정관이 지사장에게 비판적이면 지사원들의 분위기가 좋을 리가 없다. 권철이 자리에서 일어섰다.

그렇다. 무시하는 것이다. 한국인에 대한 선입견도 있는 것 같다. 개발도상국인 동양의 조그만 반도국가, 그것도 두 쪽으로 나누어진 한국, 사이엔은 영국계 이민자 자손인 미국인이다. CIA 유럽 주재원으로 3년을 보냈으니 유럽인의 세련된 문화와 매너를 비교하는지도 모르겠다. 하지만 위연의 말대로 사이엔은 도우러 온 것이 아니라 오히려 방해만 된다.

지금까지 도움이 된 적이 한 번도 없다. 업무조정관 역할이 이루어지지 않은 것이다. 오직 리스타연합과 미국법인 사장을 겸하고 있는 해밀턴의 정보원 역할로 옆에 붙어 있는 중이다.

오후 3시, 코리아타운 위쪽 아리랑 볼링장 안, 한국인이 주인이지만 손님 대부분은 흑인과 멕시칸이다. 한국인은 1할도 안 된다. 이곳이 코리아타운과 그 주변 동네의 마약 거래처다. 권철이 볼링장 안으로 들어서자 10여 명이 모여 있던 흑인 한 그룹이 일제히 시선을 주었다.

볼링장 안에는 5, 60명의 남녀가 모여 있었지만 이쪽 흑인 그룹은 모두 남자다. 권철이 다가가자 이제 그들은 모두 이쪽을 향해 섰다. 권철은 용비, 위연이 이끄는 동양인 10여 명에게 둘러싸여 있었으니 흑인과 황인종의 만남이다. 볼 만한 구경거리였는지 볼링공 굴리는 소리가 딱 그쳤다.

사람들이 공을 굴리다 말고 모두 이쪽을 바라보고 있다. 다가간 권철이 이미 앞으로 나와 있는 거구의 흑인 앞에 섰다. 권철을 맞으려고 나와선 것이다. 흑인 주위에 자연스럽게 10여 명이 둘러섰고 권철 주위에도 그렇다.

넓은 볼링장 안이 조용해졌다. 그때 권철이 입을 열었다.

"네가 버틀러야?"

거구의 흑인에게 묻는 것이다. 그러자 거구가 어깨를 부풀리며 되물었다.

"네가 권이야?"

"내가 먼저 물어보았잖아? 이 돼지야."

권철의 목소리가 넓은 볼링장을 울렸다.

"병신같이 왜 따라서 하는 거냐?"

"뭐라고? 이 노랭이가?"

거구의 목소리도 높아졌다.

"너, 죽고 싶어?"

거구는 LA 북쪽 맨다린파의 보스 버틀러다. 맨다린파는 빈민가의 흑인들로만 구성되었고 마약거래만 했다. 이곳 아리랑 볼링장이 그들의 주(主) 시장 중 하나인 것이다. 그때 권철이 버틀러 앞으로 한 걸음 다가섰다. 그러자 주위의 흑인들이 와락 긴장했고 주머니에 손을 집어넣는 놈도 있다.

권철과 버틀러 사이가 1미터 정도로 좁혀졌다.

"이 검정 돼지 같은 놈, 네가 죽고 싶은 모양이구나?"

권철의 목소리가 볼링장을 울렸다.

"노랑 원숭이 새끼가 어디서?"

버틀러가 고함을 쳤다. 그때 한 걸음 더 다가선 권철이 바로 버틀러의 코앞에 대고 말했다. 이번에는 목소리가 낮아서 옆쪽의 두어 명만 겨우 듣는다.

"2주일에 한 번 20킬로씩 줄 테다."

"알았어, 보스."

버틀러가 웅얼거리듯 말했지만 보스라는 단어는 분명하게 발음했다.

"결산은 그때마다 하고."

"오케이."

그러고는 권철이 몸을 돌리자 버틀러가 버럭 등에 대고 소리쳤다.

"원숭이, 어디 가는 거냐?"

권철은 용비와 위연을 데리고 볼링장을 나왔다. 안에 들어갔다가 나온 시간은 5분도 안 되었다. 물론 버틀러와는 오늘 초면이지만 위연과 용비가 세 번이나 만나 마약 사업을 상의했던 것이다.

버틀러는 거구에 어울리지 않게 세심했고 치밀해서 마약 사업에 적당했다. 그래서 오늘은 상견례 겸 최종합의를 하려고 권철과 버틀러가 만난 것이다. 이로써 버틀러는 권철의 보호 하에 2주일에 한 번씩 마약 20킬로를 받게 되었다. 엄청난 양이다. 대신 LA의 다른 조직은 마약 거래가 동결되는 것이다.

"그 자식, 소리를 지르면서 찔끔 쌌을 것 같은데요."

차에 올랐을 때 앞자리에 앉은 용비가 권철에게 몸을 돌리면서 말했다.

"오늘 만날 때 별일 없겠느냐고 저한테 10번도 더 물었거든요."

권철은 쓴웃음만 지었다. 이것도 사이엔이 보면 쇼라고 할 것이다. 그런데 이런 쇼가 필요하다. 오늘 밤부터 리스타 지부장과 맨다린파 버틀러가 볼링장에서 만나 으르렁거렸다는 소문이 퍼질 것이다.

그 이유를 추측하는 것은 당사자들의 몫이고 이것이 바로 권철의 방식이다. 버틀러의 선정, 만나는 장소와 배역까지 다 권철이 정해놓았다.

"버틀러하고 마약 공급이 합의되었어요, 이건 CIA 마약담당 책임자

피터슨하고 먼저 이야기가 된 거요."

권철이 응접실에 선 채로 말했다. 오후 10시 반, 지금 권철은 저택의 3층 응접실로 올라와 있다. 창가의 의자에 앉은 사이엔은 외면한 채 듣기만 했고 권철이 말을 이었다.

"버틀러의 맨다린파는 자연스럽게 우리한테 흡수되었지만 자회사 식으로 관리할 거요."

"라스베이거스의 이바노프파가 뉴욕의 보리스 말렌코프한테 합병을 요청한 거 알고 있지요?"

사이엔이 불쑥 물었는데 '알고나 있냐?'라는 분위기다. 지난번 처음 권철을 만났을 때 머핀과 보고프의 배후에 대해서 이런 식으로 알려주었다. 만일 사이엔이 정보를 주지 않았다면 권철과 삼합회 부대는 전멸당했을지도 모른다. 그때 권철이 되물었다.

"그 정보를 CIA 정보원 티노프한테서 얻었지요?"

놀란 사이엔이 숨을 들이켰다. 뉴욕에서 리스튼과 함께 올 때부터 LA주재 CIA 정보원 티노프한테서 정보를 받고 있었던 것이다.

"그래서요?"

사이엔이 되묻자 권철이 쓴웃음을 지었다.

"지난번에 머핀과 보고프 배후 정보를 얻고 나서 나도 정보팀을 강화시켰지요. 자극을 받았거든요, 그래서 티노프가 당신의 정보원인 것을 알 수 있었습니다."

"다행이네요."

"티노프가 나한테 고용되었다는 말을 안 하던가요?"

사이엔이 시선만 주었고 권철이 말을 이었다.

"하긴 나한테 고용되었으니 당연히 당신한테 말을 했을 것이라고 생각했겠네요."

"……."

"보리스 말렌코프가 내일 선발대 3명을 보냅니다. 그 3명이 이바노프파의 중간보스 3명과 만나지요, 티노프가 그 이야기는 하지 않았지요?"

"……."

"그건 티노프 선에서는 알 수가 없지요. 정보원도 급수가 있어서 티노프는 1급에서 5급이라면 3급 정도나 될까?"

"……."

"난 티노프 윗선인 2급까지는 확보한 셈이오."

그러고는 권철이 지그시 사이엔을 보았다.

"당신의 충고가 자극이 되었지요. 고맙게 생각하고 있어요, 사이엔."

"이곳에서 내가 할 일은 없는 것 같은데요, 권철 씨."

사이엔이 권철의 시선을 받은 채 말을 이었다.

"앞으로도 별로 도움이 될 것 같지가 않구요."

"그래서 업무조정관 역할보다 내 보좌관이 어떻습니까? 내가 해밀턴 사장께 부탁하지요."

권철이 정색하고 사이엔을 보았다.

"내 일을 보좌해주는 역할 말이오."

"결국 비서 역할 아닌가요?"

되물은 사이엔이 머리를 저었다.

"그건 싫습니다. 본사로 복귀시켜달라고 하겠어요."

"그렇다면."

머리를 끄덕인 권철이 자리에서 일어섰다.

"사이엔 씨는 리스타연합 소속이니까 해밀턴 사장이 결정하시겠지요."

파리에서 카이로에 도착한 이광은 나일강 변의 신축호텔 리스타에서 이틀째 휴식을 취하는 중이다. 리스타호텔은 27층 건물로 외관이 유리벽으로 장식되었다. 그래서 한낮이면 청색 유리가 나일강의 전경을 그대로 비치고 있어서 장관을 이룬다. 거울처럼 유리벽에 비치는 것이다.

오후 5시 반, 27층 별관에 투숙한 이광이 손님 둘을 맞는다. CIA 해외작전국장 윌슨과 부국장 모리슨이다. 이쪽은 이광과 안학태, 그리고 며칠 전부터 이광의 연락관 역할을 맡게 된 재크린이다. 그 후부터 재크린은 이광과 동행하고 있다.

이광이 이곳에서 이틀 동안 휴가를 보낸 것도 윌슨을 기다렸기 때문이다. 미국 정부의 결정을 기다린 것이다. 자리에 앉은 윌슨이 주위를 둘러보는 시늉을 했다.

"왕궁 같군요, 이곳을 하렘으로 만들어도 되겠습니다."

"그렇지 않아도 이곳이 왕족들의 숙소지요."

이광이 웃으면서 말했다.

"얼마 전에 사우디 왕자 일행이 투숙하고 갔습니다."

"오늘 밤은 이곳에서 자야겠군."

윌슨의 시선이 재크린에게 옮겨졌다.

"재크린, 감상이 어때?"

"보고서로 써 올리죠."

재크린이 정색하고 말했기 때문에 입맛을 다신 윌슨이 이광에게 돌아앉았다.

"대통령 허가가 났습니다."

이광도 정색했고 윌슨의 말이 이어졌다.

"다음 주에 1차분 12억 불 예산이 나옵니다. 그것으로 구입할 무기 리스트를 가져왔습니다."

윌슨의 눈짓을 받은 모리슨이 서류를 꺼내더니 이광에게 넘겨주었다. 서류를 본 이광의 얼굴에 웃음이 떠올랐다. 소련제 무기가 주욱 적혀 있는 것이다. 무기 종류와 수량, 예상 단가까지 적혀져 있다. 이광의 표정을 본 윌슨이 따라 웃으면서 말했다.

"우리도 소련제 무기가 무기 시장에서 얼마로 팔린다는 것쯤은 다 알고 있습니다. 그러니까 괜히 가격 올릴 생각은 안 하는 게 낫다고 말하세요."

"알겠습니다."

"가격 합의는 일주일 안에 마치고 무기 공급방법을 이야기해야겠지요."

"이곳에서 할까요?"

"좋습니다."

다시 별관을 둘러본 윌슨이 말을 이었다.

"가격 합의는 여기 있는 모리슨이 할 겁니다."

"나도 암만에 있는 리스타 법인장을 부르지요."

암만의 리스타 법인장 타미란이 무기상인 것이다. 이광은 타미란에게 업무를 넘기면 된다. 그때 윌슨이 말을 이었다.

"전쟁이 시작된 지 1년 되었지만 앞으로 얼마나 계속될지 알 수가 없습니다. 우리가 매년 비밀예산을 끌어다가 무기를 산다는 것도 무리

구요."

그러더니 윌슨이 쓴웃음을 지었다.

"이것 참, 소련은 전쟁을 끌수록 무기장사가 잘 되겠군요, 이걸 반군들이 알면 돌아버리겠는데……."

그런데 그 말을 듣고 아무도 웃지 않았다.

장사의 원칙, 주고받는 것이다. 미국이 봉인가? 소련제 무기를 사서 반군에게 공급해주고 전쟁을 끌어? 아니다. 무기를 사주는 대신으로 조정 역할 내지는 조언 역할, 그것도 안 된다면 연락 통로라도 만들려는 것이다. 어차피 무기구입 자금이 나가는 상황이다. 미국 무기제조업체, 무기상이 좀 서운하겠지만 그들을 만족시켜주는 것보다 이쪽이 훨씬 국익에 도움이 되지 않겠는가? 이것이 국가 간 장사, 거래다.

전쟁 중에도 접촉 통로는 만들어 놓는 것이 대국(大國), 노련한 선진국들의 방식인 것이다. 그날 밤 이광과 윌슨 일행이 별관에서 나일강을 내려다보며 저녁을 먹었다. 호텔 요리사들이 올라와 테라스에서 요리를 해준 것이다. 과연 하렘에 사는 왕처럼 저녁을 먹고 있다.

술은 서울에서 공수해온 막걸리다. 이광의 특별지시로 리스타 이집트법인 사장 나영찬이 서울에서 막걸리를 가져온 것이다. 그 막걸리를 프랑스에 고급 포도주병에 담고 영국에서 특별제작한 상표와 스티커를 붙인 다음 스페인산 코르크 마개를 박았더니 CIA의 까다로운 윌슨이 봐도 고급주가 분명했다. 포도주잔에 흰 막걸리를 따르고 나서 에릭센까지 여섯 명이 건배를 했다.

"자, 아프간 반군을 위하여."

잔을 들었던 윌슨이 막걸리를 한 모금 삼키더니 포도주처럼 입 안에서 굴려보고는 아끼는 것처럼 삼켰다. 그러고는 긴 숨을 뱉으면서 탄성을 내질렀다.

"오오, 굳, 기가 막히군."

모리슨도 한 모금 삼키고는 물었다.

"향이 끝내줍니다. 몇 년을 묵힌 겁니까?"

"한 70년쯤 되었을 거요."

"으악."

"비싸겠는데?"

걱정스런 표정으로 윌슨이 묻자 이광이 머리를 끄덕였다.

"한 잔에 1백 불쯤 된다고 생각하면 돼요."

안학태는 숨만 쉬었고 에릭센은 막걸리를 이곳에서 재작업했다는 것을 모르는 터라 눈만 깜박였으며 재크린은 믿는 눈치다. 그렇게 카이로의 밤이 깊어갔다.

"안 돼."

해밀턴이 한마디로 잘랐다. 더 말을 잇지 않았기 때문에 사이엔은 전화기를 고쳐 쥐고 5초쯤 기다렸다. 말을 더 했다면 이쪽도 말끝을 잡고 뭐라고 했을 것이다. 그런데 노, 하고는 끝이다. 마침내 사이엔이 다시 입을 열었다.

"여기서는 할 일이 더 이상 없습니다. 기반도 잡혔고 정보망도 확보가 되었으니까요, 제가 업무조정을 할 필요가 없습니다."

"안 돼."

다시 한마디 했던 해밀턴이 2초쯤 뜸을 들였다가 말했다.

"난 받아들일 수 없어."

"……."

"넌 스스로 느끼지 못했지만 동양인에 대한 편견이 있는 것 같다. 동양인의 지휘를 받고 일한다는 것에 대한 거부감이 원인이었어."

"……."

"무의식중에 그것이 나타났더라도 곧 너는 그 원인을 알았을 거다. 그런데 그것을 다른 이유로 위장한 것 같군."

"……."

"받아들일 수 없으니까 거기서 있든지 사직서를 내고 떠나든지 둘 중 하나를 선택하도록 해."

그러고는 해밀턴의 전화가 끊겼다.

"이고르 로마노프 씨?"

송화구에서 사내의 목소리가 울렸다.

"그래서?"

이고르가 이맛살을 찌푸리며 되물었다.

"너, 누구야?"

오후 12시 반, 이고르는 이제 막 옷을 걸친 참이다. 이곳은 라스베이거스 변두리의 주유소 2층 방 안, 창문을 열어놓아서 후덥지근한 바람이 휘몰려 들어왔다.

"지금 일어났어?"

대답 대신 그렇게 물은 사내가 혀를 찼다.

"병신, 술만 먹고 욕질이나 한다고 일이 되나? 주유소 2층 방에 숨어서 말야."

"너 이 새끼, 누구야?"

정신이 난 이고르가 버럭 소리쳤다. 그렇다. 이곳 주유소 2층 방에서 지낸 지 오늘로 5일째, 이바노프가 죽고 나서 장례식을 치른 후부터다. 그때 사내가 말을 이었다.

"이고르, 오늘 밤에 유리, 마카린, 차스킨 셋이 뉴욕 말렌코프가 보낸 세 놈하고 만나는 거 넌 모르지?"

"이 개자식이."

했지만 이고르의 가슴이 철렁 내려앉았다. 셋이 결국 이바노프 조직을 말렌코프한테 넘기려는 것이다. 셋은 이바노프 시절에는 변방으로 떠돌던 소두목이다. 셋 다 이바노프한테 찍혀서 조직에서 나가지도 못하고 그렇다고 먹고살 만한 직책을 배정받지 못한 채 클럽이나 식당, 수영장에서 푼돈을 받아 살아가던 양아치 급이었다.

그런데 그놈들이 이바노프가 죽자마자 단합을 하더니 주도권을 쥐었다. 그러고는 이바노프의 측근이었던 가가린, 마세노프 둘을 은퇴시켰다. 둘이 이바노프의 장례식장에서 은퇴를 선언하고 제각기 잠적한 것이다. 놀란 이고르도 그날 저녁에 이곳 주유소 2층으로 피신했는데 연락은 딱 한 사람하고만 했다.

마약 소매상이자 정보원인 조바다. 종업원이 둘뿐인 이 주유소가 조바의 배다른 형이 운영하는 곳이었다. 그때 사내가 말을 이었다.

"이고르, 내가 네 적이면 벌써 널 죽이러 갔을 거다. 이제 정신 좀 차렸어? 내 이야기를 들어, 이고르."

이고르는 전화기를 귀에 붙이고는 창문을 닫았다. 에어컨이 없어서 금방 찜통이 되겠지만 바람에 모래가 섞여져서 눈을 뜰 수가 없다. 그때 사내가 말을 이었다.

"어떠냐? 그 세 놈만 없애면 네가 이바노프파를 잡을 수 있을까?"

"너……."

"이제 내가 누구냐고 물을 필요는 없겠지?"

"……."

"지금 당장 그 고물 전화기를 들고 개자식들한테 연락을 해, 탁 까놓고 이야기 하는 거다. 내가 그 개놈 셋을 죽일 거라고, 그러니까 너희들은 구경만 하라고 말이다. 그러고 나서 셋이 다 뒤졌을 때 네가 딱 나타나는 거다. 그전에 너는 심복 서넛쯤은 만들어놓고 나타나야겠지? 그 개새끼들도 믿지 못하겠지만 말이다."

이고르의 심장박동이 빨라지더니 나중에는 숨결까지 가빠졌다.

전화기를 내려놓은 권철이 용비와 위연을 돌아보았다.

"자, 이고르 엉덩이는 차 놓았으니까 일을 시작하자."

이고르한테 권철이 직접 전화를 한 것이다. 권철이 말을 이었다.

"말렌코프 조직이 가만있지 않겠지만 도전을 해온 것은 그쪽이야, 이 기회에 뉴욕으로도 발을 뻗친 셈이 되겠다."

"형님."

위연이 굳어진 표정으로 권철을 보았다.

"여기도 아직 수습이 안 되었는데 그렇게까지는……."

"수습은 어떻게 되는 건데?"

권철이 웃음 띤 얼굴로 물었다. 위연이 눈만 껌벅이자 권철이 말을 이었다.

"어렵고 복잡하게 생각할 것 없다. LA지역 수습한다고 뉴욕놈들이 끼어 들어온 것을 못 본 체하란 말이냐? 그렇게 방어적, 수동적으로 대처는 안 한다."

권철의 얼굴에 웃음이 떠올랐다.

"오늘 밤 이바노프 조직 간부놈 셋과 말렌코프가 보낸 놈 셋을 모두 죽일 거다."

"……."

"이 기회에 라스베이거스의 이르쿠츠크파까지 장악하고 말렌코프 꼬리를 밟은 셈이 되겠구만."

그때 용비가 활짝 웃었다.

"형님, 저는 우리 앞쪽의 문이 하나씩 열리는 것 같습니다. 두드리지도 않았는데 말씀이오."

맞는 말이다. 코리아타운의 서울파, 에디파와의 분쟁을 수습하던 중에 카잔스키파가 끼어들었고 다시 라스베이거스의 이르쿠츠크파가 덤볐다가 이제는 뉴욕의 말렌코프파까지 연결이 되었다. 그런데 그것을 위연의 말처럼 하나씩 잘라서 수습할 수가 없는 것이다.

권철이 위연과 용비를 번갈아 보았다. 반우성은 고향에 갔기 때문에 둘이 삼합회 40여 명을 이끌고 있다. 위연과 용비는 각각 개성이 다르다. 위연은 해사한 용모에 꼼꼼하고 계산이 치밀한 반면에 방어적이다. 그러나 용비는 적극적이고 앞뒤 안 가리는 성격이지만 흘리는 것이 많다. 권철이 입을 열었다.

"나는 실수가 두려워 망설이는 성격이 아니야, 심사숙고할 여유가 없으면 저지르고 나서 책임을 진다. 그게 내 스타일이야."

이것으로 권철의 입장이 정리된 셈이다.

"슈테판, 너 나하고 같이 일 할 건지 안 할 건지 대답만 해."

이고르가 묻자 슈테판이 버럭 소리쳤다.

"이바노프 장례식이 끝나자마자 도망쳐놓고 지금 와서 무슨 수작이야?"

"이 개자식아, 그래서 지금 나타났지 않아? 이 병신 같은 놈이 어디서 큰소리야?"

따라서 소리친 이고르가 다그치듯 물었다.

"어쩔 테냐? 너도 벌써 유리 놈 밑으로 들어간 거냐!"

"무슨 다른 방법이라도 있어?"

"방법이 없으면 유리 그 여우 같은 놈 밑에서 빌어먹겠단 말이지?"

"이고르, 이젠 늦었어."

슈테판의 목소리가 낮아졌다.

"네가 도망친 사이에 유리가 세력을 모았어."

"안다. 마카린, 차스킨하고 손을 잡고 애들 끌어모으고 있다는 거."

이고르가 전화기를 고쳐 쥐었다.

"그리고 뉴욕 말렌코프이 지원을 받는다는 것도 말이다."

"잘 알고 있구만."

"너, 내가 잡을 테니까 내 보좌관 할래?"

이고르가 묻자 슈테판이 입을 다물었다. 슈테판은 이바노프 휘하에서 소두목이었다. 그래도 서열이 10위권 안에 들었던 것이다. 이바노프의 측근으로는 가가린, 마세노프, 이고르 셋이었고 슈테판도 신임을 받는 간부급에 끼었던 것이다. 그런데 이바노프가 주차장에서 저격당한 후에 세상이 뒤집혀졌다.

며칠 사이에 밀려났던 유리, 마카린, 차스킨이 뉴욕의 말렌코프의 지원을 받는다는 소문과 함께 부상했고 가가린과 마세노프는 장례식장에서 은퇴 선언을 하고 사라졌다. 이어서 이고르까지 잠적을 해버렸으니 유리 일당이 이르쿠츠크파를 자연스럽게 접수하게 되었다. 그리고 오늘 밤 말렌코프파에서 보낸 협상단과 동맹을 맺고 나면 유리 일당의 조직 기반도 굳혀진다. 그때 이고르가 말했다.

"슈테판, 내일 아침에 네가 애들한테 연락해서 내 전화를 기다려."

"무슨 전화를 기다리란 말야?"

"9시에 전화할 테니까."

이고르가 전화기를 내려놓고는 앞에 앉은 용비를 보았다.

"이만하면 됐지요?"

"장소는 라스베이거스 바빌론호텔 펜트하우스입니다."

베라트가 정색한 표정으로 권철을 보았다.

"이 시간은 오후 8시, 그쪽 일행은 모두 6명인데 경호원까지 대동하고 오기 때문이지요."

"공항에서 차를 타고 호텔로 옵니까?"

위연이 묻자 베라트가 머리를 저었다.

"아니, 헬기로 호텔 헬기장에 내립니다."

"그놈들이 갑부 흉내를 내는구만."

투덜거린 위연이 권철을 보았다.

"형님, 펜트하우스에 20명 가까운 갱단이 모입니다. 유리 일당이 10명이 넘는 부하들을 모았다고 하거든요."

그때 권철이 베라트에게 물었다.

"베라트, 유리 일당은 언제 펜트하우스로 오는 거요?"

"호텔에는 6시까지 펜트하우스에 오겠다고 했습니다."

베라트의 검은 눈동자가 반짝였다. 베라트가 바로 권철의 고급정보원이다. FBI의 캘리포니아지역 정보관리자로 근무하다가 작년에 은퇴한 베라트를 권철이 고용한 것이다. 베라트는 역시 은퇴자를 중심으로 한 정보팀을 구성했는데 별도의 사무실을 차려놓았다. 그러나 리스타 LA지사의 자회사 역할이다. 권철이 머리를 끄덕였다.

"베라트 씨, FBI 분위기는 어때요?"

"존슨이 본부로 소환되고 나서 뒤숭숭합니다. 부지부장 마크 트린스가 관리를 하고 있지만 존슨이 갱하고 연관되었다는 소문이 퍼져 있어서요."

베라트의 얼굴에 희미하게 웃음이 번져졌다. 그 소문을 퍼뜨린 것도 베라트의 정보회사다. 권철은 베라트를 적절하게 운용하고 있는 것이다. 이것도 사이엔이 자극을 주었기 때문이다. 만든 지 열흘밖에 안 된 자회사지만 리스타 지점의 지원역할을 충분히 한다.

4장
라스베이거스의 도살

“야, 신호 잘 지켜, 이 새꺄.”

유리가 버럭 소리쳤다. 차가 신호등 색깔이 붉은색으로 바뀌었는데도 사거리를 통과했기 때문이다.

“쏘리.”

핸들을 쥔 조가 백미러를 바라보며 웃었다. 조는 유리의 단짝이자 경호원이다. 장신에 거구였지만 머리 회전이 좀 늦어서 일에는 끼워주지 않고 경호만 맡는다. 거구인데도 반사신경이 빨라서 경호에는 적격이었기 때문이다. 그래서 별명이 산돼지다.

뒤를 따르는 경호차가 바뀐 신호 때문에 멈춰 서서 앞차가 길가에서 기다려야만 했다. 그때 유리 옆에 앉은 마카린이 입을 열었다.

“말렌코프가 어떤 조건을 내놓는 거야? 우리한테 자금 지원도 해주는 거야?”

유리가 대답하기 전에 조 옆에 앉은 차스킨이 조를 나무랐다.

“얀마, 조, 뒤쪽 경호차하고 맞춰서 가야지, 자식아, 멧돼지처럼 달리기만 하면 되냐?”

"미안, 찰리."

차스킨은 35세로 가장 나이가 많다. 10년 전 이바노프와 이르쿠츠크파를 같이 창립했지만 돈 문제로 싸우고 나서 5년 전부터 변두리로 빙빙 돌던 차스킨이다. 소문으로는 공금을 횡령했는데 이바노프가 죽이려다가 놔뒀다는 것이다. 조를 흘겨본 차스킨이 뒷좌석에 앉은 유리에게로 몸을 돌렸다.

"유리, 너 괜히 말렌코프 애들 앞에서 질질 끌 거 없어, 걔들하고 50대50쯤으로 끝내자고, 자금 지원을 받고 말야."

"나한테 맡겨."

유리가 가는 눈으로 차스킨을 보았다.

"내가 말렌코프를 끌어들였으니까 나한테 맡기란 말야."

"아, 그거야……."

입맛을 다신 차스킨이 시선을 피했을 때 유리가 다짐하듯 말했다.

"리스타 개새끼들을 겁낼 이유가 없어, 간부급 몇 놈만 없애면 돼. 그것도 말렌코프를 통해서 말야."

그때 뒤쪽 신호가 풀리자 경호차가 서둘러 다가왔다. 기다리고 있던 조가 차를 발진시켰고 2대의 리무진이 바빌론호텔을 향해 달려갔다. 오후 5시 반이다. 유리 옆자리에 앉은 마카린이 입을 열었다.

"전쟁은 말렌코프한테 맡기지 뭐, 우린 쑥 빠졌다가 전쟁 끝나면 나타나자고."

그러고는 덧붙였다.

"자금 지원도 먼저 받아야지."

"얼마나 지원해줄 것 같으냐?"

차스킨이 묻자 유리가 머리를 기울였다.

"글쎄, 5백만 불쯤……."

"현금으로?"

"그럼 당연히 현금이지."

"그 정도면 괜찮은데."

차스킨이 유리와 마카린을 번갈아 보았다.

"지분 50퍼센트에다 말야."

"자금 이야기는 우리 넷만 알고 있자고."

유리가 신경질적으로 회색빛 머리칼을 손가락으로 걷어 올렸다. 셋 다 러시아계 이민자였고 조만 스페인계 혼혈이다. 그때 바빌론 호텔이 보이는 사거리에서 차가 신호에 걸려 멈춰 섰다. 사거리는 혼잡하다. 5시 40분, 가장 번화가여서 차가 멈추자 앞쪽 보행로는 통행인이 가득 찼다.

"조, 알겠지? 너도 입 다물고 있어야 된다고."

유리가 말하자 조가 활짝 웃었다.

"걱정 마, 그 5백만 불 우리 넷이 나눠 갖는 거지?"

셋은 입을 다물었고 조의 말이 차 안을 울렸다.

"나눠 갖고 도망가자고, 지분 같은 거 나눠 가져서 뭘 해? 그건 돈도 아니잖아? 그냥 한몫 챙겨서 나가는 거야."

"얀마, 조."

옆에 앉은 차스킨이 입을 연 순간이다.

"퍽!"

옆쪽 유리창이 하얗게 부서지면서 차스킨이 조 옆으로 쓰러졌다. 머리에 주먹만 한 구멍이 뚫려져 있다.

"앗! 습격이다!"

외침을 뱉은 유리가 몸을 숙였지만 그 순간이다.

"퍽퍽퍽퍽!"

다시 뒤쪽 유리창이 부서지면서 총이 난사되었다. 유리와 마카린이 비명도 지르지 못하고 두 손을 휘저으며 쓰러졌다.

"앗!"

뒤쪽의 경호차에 탄 경호원들이 그것을 보았을 때는 이미 늦었다. 놀란 앞쪽 둘이 밖으로 뛰어나왔을 때다.

"퍽! 퍽! 퍽! 퍽!"

이번에는 옆쪽에서 발사음이 울리더니 둘이 길바닥에 쓰러졌다.

"퍽! 퍽! 퍽! 퍽!"

뒷좌석에서 밖으로 나오던 경호원 둘도 손에 뽑아 쥔 권총을 쏘아보지도 못하고 그 자리에서 당했다.

보리스 말렌코프가 전화기를 귀에 붙였다.

"나다."

말렌코프는 62세, 뉴욕에 5개 마피아 패밀리가 있지만 말렌코프의 러시아갱은 조금도 위축되지 않는다. 뉴욕에 러시아 갱의 기반이 굳혀진 지 25년, 지금 마피아 5대 패밀리 중 25년간 패밀리를 이끈 회장이 있는 조직은 메세냐 가문 1곳뿐이다.

그것도 메세냐의 대부 지오바니는 암으로 투병 중이다. 말렌코프의 권위는 5대 패밀리에 뒤지지 않는 것이다. 그때 수화구에서 니콜라이의 목소리가 울렸다.

"보스, 접니다."

"그래, 무슨 일이냐?"

오후 9시 반, LA는 오후 6시 반이 되어 있을 것이다. 회의가 8시에 시작된다고 했으니 뉴욕시간은 11시, 아직 1시간 반이나 남았다. 그때 니콜라이가 말했다.

"협상하러 오던 놈들이 다 죽었습니다."

말렌코프는 숨을 죽였고 니콜라이의 말이 이어졌다.

"바빌론호텔 앞 사거리에서 유리, 마카린, 차스킨 셋이 다 총에 맞아 죽었습니다. 경호원 다섯 중 셋이 죽고 둘이 중상을 입었는데 우리는 호텔에 들어가지도 못했습니다."

"……."

"그들이 호텔에 방을 빌렸다고 해서 경찰들이 방에 가득 찼습니다."

"누구야?"

말렌코프가 마른 목소리로 묻자 니콜라이가 헛기침부터 했다.

"소문이 났습니다. 죽은 셋이 조직을 우리한테 팔아먹으려고 해서 이바노프의 부하들이 배신자들을 처치했다는 겁니다."

말렌코프가 어금니를 물었다.

"경찰에선 뭐라고 그래?"

마크 트린스가 묻자 콘라드가 입맛부터 다셨다.

"글쎄요, 지금 소문은 유리 일당에게 반발한 정통 세력의 짓이라는데요."

"도망가버린 가가린, 마세노프 짓이란 말야?"

"그럴 가능성이 가장 크지요."

콘라드는 라스베이거스 지역 FBI 담당관이다. 대형 사건이 터졌기 때문에 FBI 측도 비상이 걸렸지만 아직 경찰로부터 사건 인계를 받지는 않았다. 콘라드가 말을 이었다.

"오늘 8시에 뉴욕의 말렌코프 조직에서 온 3명의 대리인과 동맹 협상을 할 예정이었거든요. 현금 지원 1천만 불에 이르쿠츠크파 지분의 50퍼센트를 가져가는 조건이었답니다."

방안에 잠깐 정적이 덮여졌다. 지부장실 안에는 간부급 요원 10여 명이 모여 있는 것이다. 오후 7시 10분, 사건이 일어난 지 1시간이 조금 지났다. 콘라드는 라스베이거스에서 헬기로 날아온 것이다. 그때 트린스가 다시 물었다.

"리스타에 대해서는 혐의를 두지 않는 거야?"

"글쎄요, 아직 혐의점을 찾지 못한 것 같습니다. 이르쿠츠크파 갱단 놈들도 그렇게 생각하고 있다는 겁니다."

"우리가 이 사건 인수합니까?"

간부 하나가 묻자 트린스가 헛기침부터 했다. 트린스는 45세, 백인, FBI 경력 20년으로 존슨이 본부로 소환되고 나서 권한대행을 맡은 지 6일, 이 사건을 맡으면 첫 대형 사건이 되겠다.

"우선 보고부터 하고."

트린스가 주위를 둘러보며 말했다.

"무조건 사건 가져와서 이미지 깨지 말도록 하자고."

이것이 트린스의 첫 결정이다.

"더럽게 되었구만."

니콜라이가 술잔을 내려놓으면서 말했다. 오후 7시 반, 이곳은 바빌론호텔 건너편의 르네상스호텔 객실 안이다. 8시 협상이 무산되자 말렌코프파의 대리인 3명은 객실로 돌아와 술을 마시고 있다. 말렌코프에게 보고를 했더니 '사태를 주시하면서 기다리라'는 지시를 받았기 때문이다.

말렌코프는 나이가 들면서 점점 권위의식이 강해졌고 말씀도 품격 있는 단어를 골라 썼다. '어떻게 돌아가는가 보고 기다리라'고 하면 될 것을 '사태를 주시하라'고 한다. 무식한 놈은 잘 알아듣지도 못하고 따라서 조직의 고위층이 되려면 좀 배워야 했다.

"이봐, 니콜라이, 언제까지 기다리라는 거야?"

창밖을 내다보던 알렉세이가 묻자 니콜라이는 이맛살을 찌푸렸다.

"지금 우리가 여기서 도망가면 경찰놈들이 따라올 것 아니냐? 이 병신아."

"그건 그래."

3인 대리인 중 하나인 슈바로프가 술기운으로 벌게진 얼굴을 들고 말했다.

"경찰들을 끌고 뉴욕으로 돌아갈 수는 없지."

"그럼 경찰이 우리를 의심한단 말이냐?"

알렉세이가 눈을 치켜떴다.

"우린 알리바이가 있잖아? 그 시간에는 여기 있었다고, 여기서 나가지도 않았단 말이야."

"어쨌든 그 죽은 놈들이 우리하고 만나기로 한 걸 경찰이 아니까 조사는 할 거다."

니콜라이가 잔에 술을 채웠다.

"조사도 받지 않고 도망가는 것처럼 떠날 수는 없단 말이다."

"젠장, 그럼 빨리 조사를 받자고."

알렉세이가 버럭 소리쳤다.

"이놈의 곳은 덥고 답답해서 나는 10시간도 안 되었는데 짜증이 난다."

그때 문에서 노크 소리가 들리더니 경호원 빌이 들어왔다.

"경찰이 왔는데요."

빌이 니콜라이한테 말했다.

"형사 둘, 정복경찰 둘입니다."

"어, 들여보내."

알렉세이가 먼저 대답했을 때 니콜라이가 물었다.

"확인했어?"

"예, 신분증 봤습니다."왜 온 거야?"

짐작은 하면서도 묻자 빌이 대답했다.

"사거리 살해사건에 대해서 물어볼 것이 있다는데요, 니콜라이."

니콜라이가 머리를 끄덕이자 곧 빌의 안내로 형사 차림의 사내 둘과 정복 경찰관 둘이 따라 들어섰다. 앞장선 사내가 방안을 둘러보면서 물었다.

"뉴욕에서 오셨지요?"

"예, 그런데요?"

술에 조금 취한 슈바로프가 먼저 대답했다.

"여긴 뉴욕 사람은 못 오는 곳이오?"

그러자 다른 사복이 물었다.

"말렌코프파에서 오셨고, 맞지요?"

"영장 좀 봅시다."

기분이 나빠진 알렉세이가 한 걸음 다가가서면서 말했다.

"변호사 불러오지 않으면 한마디도 대답하지 않겠어."

"들었겠지만 우린 살인사건 조사를 온 거요, 영장 필요 없이 당신들이 비협조적이면 연행해갈 수가 있어, 잘 알겠지만 말야."

형사 하나가 말하자 알렉세이는 주춤했다. 맞는 말이다. 저러다가 끌려갈 수가 있는 것이다. 그때 니콜라이가 나섰다.

"좋습니다. 앉아서 이야기합시다. 자, 앉으시오."

경찰들에게 자리를 권한 니콜라이가 옆에 서 있는 빌에게 말했다.

"넌 나가 있어."

그때 다가와 섰던 형사가 셋을 둘러보며 물었다.

"말렌코프파의 대리인으로 여러분 셋이 온 거지요?"

"나, 참."

알렉세이가 투덜거렸을 때 니콜라이가 대답했다.

"맞아요, 우리 셋이오."

그러고는 덧붙였다.

"사건이 일어나서 우리도 황당한 상황이오. 그래서 여기서 기다리고 있었단 말이오."

니콜라이의 얼굴에 쓴웃음이 떠올랐다.

"이렇게 오실 줄 알고 말요, 자, 우리는 오후 2시부터 여기 있었으니까 확인해보쇼."

그때 형사가 머리를 끄덕이며 말했다.

"됐어, 그럼, 죽여."

그 순간 뒤쪽에 서 있던 형사가 양복 가슴에서 권총을 꺼내더니 쏘았다.

"퍽! 퍽! 퍽! 퍽! 퍽! 퍽!"

연달아 쏘아 갈긴다.

해밀턴이 이맛살을 찌푸리고 말했다.

"말렌코프 부하들을 이바노프 패들이 해치웠다고 경찰이 믿을까?"

앞에 앉은 매디슨이 머리를 기울였다.

"안 믿을 겁니다."

"그럼?"

"권철이 짓으로 의심하겠지요, 사거리에서 이바노프 패거리를 죽인 것까지 포함시키게 될 가능성도 있습니다."

"이 자식이 너무 과격해."

"지금까지는 이쪽저쪽에 줄을 대어서 무마하고 덮었지만 말렌코프를 건드린 건 문제가 될 것 같습니다."

"권철을 당분간 외국으로 빼돌리면 어떻게 될까?"

"LA에 그동안 만들어 놓은 기반이 순식간에 허물어질 겁니다."

"벌어먹을."

그때 옆쪽에 앉은 올리버가 말했다.

"증거는 없습니다, 증인도 없구요. 다만 언론에서 사건의 중심인물로 보도를 하고 여론이 나빠지면 권철뿐만이 아니라 리스타에 영향이 올 겁니다."

올리버는 리스타연합의 총무부장이다. 올리버가 말을 이었다.

"권철을 당분간 공식석상에 나타나지 말도록 하고 휴가를 보내도록 하지요."

"휴가?"

"예, 잠잠해질 때까지 쉬게 하는 것입니다. 리스타가 자주 언론에 나오는 건 좋지 않습니다."

"말렌코프가 보복을 해올 것 같은데."

"곧 조사단이 오겠지요."

"권철한테 혐의를 줄까?"

"권철이 베라트를 통해 이바노프파 소행으로 소문을 뿌렸지만 그놈들도 정보원이 있으니까요."

올리버가 말을 이었다.

"베라트가 지금은 권철의 가장 강력한 방어막이죠."

그때 해밀턴이 머리를 들었다.

"사이엔은 지금 권철과 같이 있나?"

"그런 것 같습니다."

"같습니다라니?"

"사직서를 낼 줄 알았는데 연락도 없는 걸 보니까 아직 LA에 있는 것 같습니다."

올리버도 사이엔의 상황을 알고 있는 것이다. 해밀턴이 말을 이었다.

"사이엔에게 권철과 함께 행동하라고 해, 옆에 보좌역이 필요해."

"같이 갈까요?"

"안 가겠지."

올리버를 향해 해밀턴이 빙그레 웃었다.

"그리고 아마 사직서를 내고 LA를 떠날 거야."

"그럼 제 지시가 사이엔에게 사직서를 독촉하는 셈이 되겠습니다."

"그런 셈이지."

해밀턴이 먼 곳을 보는 눈으로 올리버를 보았다.

"권철에게도 전해, LA 근처 바닷가가 많으니까 그쪽으로 옮기라고."

"예, 사장님."

"LA지사장 대리는 권철이 임명하라고 해."

해밀턴이 그렇게 결론을 내었다.

캘리포니아 주지사 커크 챔버린이 라스베이거스 시장 조나산 해리슨의 전화를 받았을 때는 오후 6시 반이다. 기다리고 있던 챔버린이 해리슨의 목소리를 듣자마자 물었다.

"어떻게 된 거야? 범인 잡았어?"

"커크, 범인이 닭장 안에 있는 닭이오?"

포커 친구인 해리슨이 투덜거렸다.

"이바노프파 미친놈들 짓이라는 소문이 있지만 리스타가 개입했다는 소문도 있습니다."

"증거는?"

"증거가 있으면 잡아넣었지요."

해리슨이 말을 이었다.

"LA에서 일어난 피바람이 라스베이거스까지 옮겨오는군요."

"뉴욕 놈들이 왜 와서 지랄이야?"

"이바노프파 지분을 나누는 협상을 할 예정이었다는 겁니다."

"그 자식들이 캘리포니아를 밥으로 보나?"

"어쨌든 이번에 몰살을 당했으니까 뉴욕에서 몰려올 것 같습니다."

"와서 뭐하게?"

"복수를 해야겠지요."

"누구한테?"

"그걸 내가 어떻게 압니까?"

"내가 LA에는 이미 지시를 했으니까 라스베이거스도 그놈들 경계를 단단히 하라구, FBI하고 협조를 해서 말야."

"알겠습니다."

"선거가 얼마 안 남았는데 여론이 나빠지면 곤란해."

그것은 챔버린뿐만이 아니다. 해리슨도 마찬가지인 것이다. 전화기를 내려놓은 챔버린이 혼잣소리를 했다.

"개 같은 갱 놈들, 그나저나 캘리포니아가 갱들의 무덤이 되어가는군."

"아래층으로 내려오시랍니다."

경비원이 말하자 사이엔이 눈살을 좁혔지만 대꾸하지는 않았다. 오후 6시 반, 창밖으로 붉은 저녁해가 기울어지고 있다. 사이엔이 옷매무시를 가다듬고는 계단을 내려갔다. 권철이 보자고 한 이유는 알 수 없었지만 가슴은 담담하다.

이미 리스타와 관계를 끊기로 마음먹었기 때문일 것이다. 권철과 얼굴을 마주치지 않은 지 며칠이 되었는가 이젠 세어보지도 않았다. TV에는 어제 오후에 일어난 라스베이거스 도살 사건이 지금도 이어지고 있다. 이 사건도 권철의 소행인 것이다. 집에서 TV만 보고 있어도 사이엔은 알 수 있었다.

응접실로 들어서자 자리에 앉아 있던 권철이 눈인사를 했다.

"어서 와요."

응접실 안에는 위연과 용비, 그리고 낯선 사내까지 넷이 모여 있다. 사이엔이 자리에 앉았을 때 권철이 사내를 소개했다.

"베라트 씨요, 내 정보책임자지."

"반갑습니다. 사이엔 씨."

사내가 사이엔에게 목례를 했다.

"말씀 많이 들었습니다."

사이엔은 권철의 고급정보 진원지를 이제야 알게 된 셈이다. 사이엔이 머리만 끄덕였을 때 권철이 말을 이었다.

"이번 말렌코프파 도살 사건으로 좀 시끄러워질 것 같은데 내가 당분간 사무실 근무를 못 할 것 같아서."

그러나 권철의 목소리는 밝다.

"물론 경찰이나 FBI한테서 출두 요청이 오면 나가야지."

권철의 시선이 위연과 용비에게로 옮겨졌다.

"너희들 둘이 지부장 대리를 해, 베라트 씨가 도울 것이고."

그러고는 권철이 사이엔을 보았다.

"나하고 같이 갑시다."

권철이 말했을 때 위연과 용비가 놀란 듯 서로의 얼굴을 보았다. 권철의 시선을 받은 사이엔의 얼굴에 쓴웃음이 떠올랐다. 방안에 잠깐 정적이 덮여졌고 위연과 용비는 숨도 죽였다. 둘은 곧 사이엔이 회사를 그만둘 것으로 알고 있었기 때문이다. 권철과 이야기를 나누지 않았어도 분위기를 짐작하고 있었던 것이다. 그때 권철이 다시 입을 열었다.

"본사에서 연락을 했다고 하던데, 앞으로는 내 보좌역이 되라고 말요."

위연과 용비가 동시에 숨을 들이켰다. 조정관 역할도 마다하는 판에 옆에 붙어 있는 보좌역이라니, 본사의 조치는 곧 얼른 정리하라는 통보나 같았기 때문이다. 그때 사이엔이 말했다.

"그러죠."

위연과 용비가 몸을 굳혔을 때 사이엔이 말을 이었다.

“준비하지요.”

“그럼 오늘 밤에 떠날 테니까.”

머리를 끄덕인 권철이 위연과 용비를 보았다.

“내가 황규하고 몇 명만 데려갈 테니까.”

“저희들이 선발하겠습니다.”

용비가 서두르듯 말을 이었다.

장소는 이미 정해져 있는 것이다. LA 북쪽의 바닷가, 30킬로밖에 떨어지지 않았지만 외딴 저택이다.

2시간 후, 저택을 떠난 2대의 승용차가 해변도로를 달려가고 있다. 앞차 뒷좌석에는 권철과 사이엔이 앉아 있었는데 제각기 반대쪽 창밖을 내다보고 있다. 밤이 되어서 창밖은 어둡다. 권철은 내륙 쪽이지만 사이엔은 바다 쪽이어서 그래도 볼 것이 있다. 검은 바다 위에 뜬 배들이 많았기 때문이다.

앞쪽에는 운전사와 경호원이 타고 있었는데 차 안은 한동안 정적이 덮여져서 엔진음만 들렸다. 이윽고 권철이 입을 열었다.

“잘 알고 있겠지만 난 후계자라고 소문이 났고 직접 이야기도 들었어요.”

무슨 뜬금없는 소리냐는 얼굴로 사이엔이 권철을 보았다. 권철이 태연한 표정으로 말을 이었다.

“처음에는 회장님이 트레이닝을 시키는 모양이라고 생각했는데 차츰 부담이 되더구만, 후계자 양성이라는 것이 말요.”

“……”

“아마 나 외에도 몇 명 더 있을 것이고 그들도 제각기 현장에서 뛰는 것 같은데.”

권철이 심호흡을 했다.

"난 LA지사에 오고 나서 후계자 생각은 머릿속에서 지웠어요, 시켜줘도 안 하기로 했단 말요."

의자에 등을 붙인 권철의 얼굴에 쓴웃음이 번져졌다.

"왜? 시키면 어떻게 할 것이냐고? 그건 몇십 년 후의 일이고 난 LA에서 리스타 기반이 굳혀지면 서울로 돌아갈 거요."

"……."

"가서 뭘 하냐고?"

혼자 물은 권철이 대답했다.

"모은 돈으로 시골 산속에 집 하나를 짓고 개를 키우면서 살 거요, 혼자."

혼자란 말을 강조한 권철이 말을 이었다.

"내가 죽인 사람들의 영혼을 위로하는 불상을 하나 모셔놓고 말요, 밭에다 채소를 가꾸고 닭도 몇 마리 키우면 되겠지."

"……."

"오래전부터, 내가 리비아에 용병으로 가기 전부터 해오던 생각이지. 그것이 조금씩 굳어지더니 이젠 확실해졌어, 시간까지 정해진 겁니다."

권철의 목소리에 열기가 띠어졌다.

"나를 인정해주고 내 가치를 높게 평가해준 회장님, 간부들에게는 고맙지. 그래서 LA지사 기반을 굳혀놓고 떠나는 것이지요."

권철이 길게 숨을 뱉더니 입을 다물었다. 사이엔은 쳐다보지도 않았는데 지금까지 혼잣말을 한 것 같았다.

비행기가 덜컹거리면서 한참을 달리더니 겨우 멈춰 섰다. 그래서 먼 거리를 달려온 것 같다. 비행기는 50년 전에 제작된 프로펠러 비행기다. 날개에 프로펠러 엔진 2개를 장착하고 열심히 날아왔다.

이곳은 술라웨시 해(海)에 떠 있는 섬, 임시 활주로에 비행기가 착륙한 것이다. 이윽고 비행기 문이 열리더니 트랩이 내려졌다. 더운 바람이 확 밀려오면서 흙냄새가 맡아졌다.

"회장님, 모자를 쓰시지요."

에릭센이 밀짚모자를 건네주면서 말했다.

"햇볕이 뜨겁습니다."

모자를 받아든 이광이 에릭센을 따라 비행기 밖으로 나왔다. 뒤를 안학태, 재크린까지 끼어 있는 20여 명의 수행원이 따른다. 땅에 발을 디뎠을 때 과연 더운 열기와 함께 햇볕이 따갑게 내리쬐었다. 오후 2시, 그때 이광 앞으로 사내 하나가 다가와 경례를 했다. 화이바를 썼고 가슴에는 리스타건설 마크가 붙여져 있다.

"회장님, 안녕하셨습니까?"

리스타건설 사장 박용국이다. 박용국이 이곳 리스타 아일랜드의 공사 책임자인 것이다.

"고생 많아요."

박용국과 악수를 나눈 이광은 곧 대기하고 있던 버스에 탑승해서 활주로를 벗어났다. 활주로에는 수송기 2대가 착륙해 있었고 10여 대의 트럭이 하물을 내리는 중이다. 리스타 아일랜드는 이제 대대적인 공사 중이다. 버스가 도착한 곳은 시가지 공사 중인 밀림 한복판이다.

가건물을 지어놓았지만 이미 3층 건물에 안은 냉방장치가 잘 되어 있어서 시원했다. 이광 일행이 테이블에 둘러앉았을 때 박용국이 브리

핑을 시작했다.

"현재 구획공사가 시작 중입니다. 가능하면 자연을 해치지 않는 범위에서 시가지를 건설하고 있습니다."

이광이 슬라이드로 펼쳐진 리스타 아일랜드를 보았다. 이곳이 앞으로 리스타의 영토가 될 것이다. 동서 8km, 남북 14km의 이곳은 인도네시아 정부로부터 영구 임대된 땅이다. 네덜란드인 샤무트한테서 구입했지만 인도네시아 정부의 확인도 받았다. 이곳을 이광은 인구 25만의 제2의 싱가포르로 만들 예정인 것이다.

원주민 3백여 명이 살고 있던 이곳에는 이미 리스타건설 요원 2천여 명이 수백 대의 중장비를 들여놓고 건설 중이다. 브리핑이 끝난 후에 이광이 자리에서 일어섰다. 이제 현장을 둘러보려는 것이다. 밖에 나왔을 때 이광이 쓰고 있던 밀짚모자를 벗어 재크린에게 주었다. 재크린은 선글라스만 끼고 있었기 때문이다.

"재크린, 감상이 어때요?"

이광이 묻자 재크린이 수줍게 웃었다.

"이곳에서 살고 싶어요."

이광이 재크린을 보았다. 후버가 직설적으로 말한 대로 미인계를 쓴 것은 맞다. 재크린은 후버의 정보원이다. 말은 연락관이지만 수시로 리스타의 정보를 후버에게 직접 보고하고 있는 것이다. 이번 소련무기 수입 건은 말할 것도 없고 리스타 전반에 대한 최고경영자 이광의 동향이 후버에게 전달된다.

"이곳이 리스타 사업의 중심이 될 거요."

"그래야겠지요."

둘은 자연스럽게 대기하고 있는 SUV에 올랐다. 도로 포장이 안 되어서 리스타 아일랜드는 SUV가 적당하다. 차가 출발했을 때 이광이 다시 말을 이었다.

"이곳에 세계 각국의 은행과 대기업 선박회사가 지점을 개설할 것이고 학교, 병원, 온갖 편의시설이 세워질 거요, 공항이 개통되면 주요 도시로 직항편이 날아가겠지."

"경찰과 자체 방위군도 필요하겠죠."

"그렇지."

"자연을 최대한 해치지 않도록 개발했으면 좋겠어요."

"그렇게 지시를 했어요."

"인도네시아 정부하고 확실한 임차계약이 돼 있겠죠?"

"물론, 이곳은 영국이 할양받았던 홍콩과 같아요."

임차 기간은 1백 년이다. 그러나 그 안에 다시 협상하여 기간을 연장시키기로 한 것이다. 연장 결정은 리스타 아일랜드 주민투표로 결정하기로 했으니 합리적이다. 그때 이광이 재크린에게 물었다.

"리스타연합이 어떤 일을 하고 있는지 재크린이 잘 알지요?"

"압니다."

긴장한 재크린의 파란 눈동자가 더 짙어졌다. 꾹 다문 입술을 보던 이광이 말을 이었다.

"리스타연합은 세계 각국의 지도자급 인사를 회원으로 영입해서 각국의 현안을 처리하는 비공식 비밀조직이오."

"알고 있습니다."

"이제 주요국 회원들은 갖춰졌지만 아직도 시작단계요, 본래의 목적은 '비공식 국제연합' 같은 조직이었으니까."

이제는 재크린이 시선만 주었다. 그렇다. 아직 미, 소, 일 그리고 중동의 리비아, 이라크, 이스라엘 등 몇 개국뿐이다. 차가 덜컹거리면서 속력을 떨어뜨렸다. 차는 이제 짙은 밀림 측에 뚫린 좁은 도로를 달려가고 있다.

비가 왔는지 도로에 물웅덩이가 많다. 앞쪽에 앉은 건설사장 박용국은 입을 꾹 다물고 있다. 그도 경영자 중 한 사람이지만 이광으로부터 리스타연합 이야기를 옆에서 듣는 것은 처음인 것이다. 이광이 말을 이었다.

"그 리스타연합의 본부가 이곳이 될 겁니다. 리스타연합 본부가 다른 나라에서 셋집을 얻어 살 수가 없으니까요."

그날 저녁, 바닷가에 지은 이광의 숙소는 2층 저택이다. 리스타건설이 회장 숙소로 지은 것이다. 이광 일행 전체가 투숙하고도 남았다. 저녁 식사를 마치고 응접실로 돌아온 이광에게 안학태가 LA지점 사건을 보고했다. 그렇다. 사건이다. 권철이 일으킨 사건이라고 해야 맞다.

보고를 들은 이광이 표정 없는 얼굴로 머리를 끄덕였다.

"당분간 피신하는 게 낫겠지."

"해밀턴 사장과 오금봉 사장의 입장은 같습니다."

"권철이 잘한다는 건가?"

"예, 과격하지만 결단력이 있다는 것입니다. 주위에서 어떻게 반응하던 간에 소신이 분명하다고 했습니다."

해밀턴은 미국법인 사장 대행이어서 권철의 직속상관이 되어 있지만 오금봉은 유통 사장으로 권철의 사업과 직접 연관이 있는 것이다. 권철의 사업장과 운영비는 다 유통에서 나간다. 그때 이광이 말했다.

"그놈이 후계자 양성에 부담을 느끼는 모양이야."

"예, 다른 기업에서 이런 경우는 없으니까요, 본인도 부담을 느낄 것입니다."

"조금 더 시간이 지나면 추종세력도 생길 거야, 그렇지?"

"당연합니다."

"리스타의 5대(大) 그룹은 이상이 없는 한 현 상태로 유지될 거야."

이광이 초점이 멀어진 눈으로 바다를 보았다. 앞쪽은 끝없이 펼쳐진 술라웨시 해다. 밤이어서 짙은 어둠에 덮여져 있었고 배 한 척 지나가지 않는다. 이광의 말이 이어졌다.

"그 후계자는 5대 그룹 외의 나하고 안 사장이 관리하는 거야."

안학태가 숨을 들이켰고 이광의 얼굴에 웃음이 떠올랐다.

"권철, 강정규, 이제 또 금융권이나 상사에서 후계자가 나서겠지만 그놈들은 우리 직할이네, 무슨 말인지 알겠나?"

"예, 회장님."

어깨를 늘어뜨린 안학태가 길게 숨을 뱉었다.

"이제야 일찍 후계자 명칭을 사용하시는 이유를 알았습니다."

안학태가 번들거리는 눈으로 이광을 응시하며 웃었다.

"저는 그 생각을 하지 못했습니다."

"견제와 경쟁, 이건 내가 신입사원 시절부터 머릿속에 박아놓은 경영 철학이야."

"예, 회장님."

"실전에서 느낀 교훈이라고."

찻잔을 든 이광의 얼굴에 웃음이 떠올랐다.

"철석같이 믿고 있었던 수족들이 배신하고 떨어져 나간 적이 한두 번이 아니었어, 그때마다 나는 반면교사를 찾았지.”

“…….”

“자, 이건 잃었다. 그럼 이 사건으로 얻은 것은 무엇이냐? 그렇게 생각하면 억지로라도 얻은 것이 나오더라고, 이것이 내 방식이네.”

안학태가 머리를 끄덕였다. 긍정적, 적극적인 방법이다. 낙관적인 방법이기도 하다. 이래야 좌절하지 않고 나아갈 수가 있는 것이다. 그때 이광이 말했다.

“이제 재크린하고 술 한잔 해야겠는데 불러주겠나?”

잠시 후에 들어선 재크린을 보자 이광이 웃으면서 일어섰다. 재크린은 분홍색 원피스 차림이었는데 맨다리에 슬리퍼를 신었다. 소매 없는 원피스여서 목과 어깨의 선이 그대로 드러났다. 따라 웃은 재크린이 다가오더니 옆자리에 앉았다. 탁자 위에는 이미 술병과 안주가 놓여져 있었는데 재크린이 술병을 들고 말했다.

“리스타랜드 이야기 더 해주세요.”

밤이 깊었다. 탁자 위의 양주도 어느덧 다 비워졌다. 재크린이 술잔을 내려놓더니 벽시계를 보았다. 11시 40분이다. 재크린의 흰 얼굴이 붉게 달아올라 있다. 술기운이 번진 얼굴이 자극적이다. 물기에 젖은 입술은 번들거렸고 눈동자는 더 짙어졌다.

원피스 목이 깊게 파여서 희고 단단한 젖가슴 위쪽 부분이 드러났다. 무릎 위에 올려놓은 손가락이 섬세했고 갸름한 손톱은 살색 매니큐어를 발라 윤기가 났다. 그때 재크린이 머리를 돌려 이광을 보았다.

“여기서 자고 갈까요?”

이광은 숨을 들이켰다. 우선 재크린이 문을 열어주는 것 같은 배려에 감동했기 때문이다. 남녀 간 첫 접촉은 대부분 남자의 접근으로 이루어진다. 이광은 대답 대신 재크린의 겨드랑이에 손을 넣고 끌어당겼다. 재크린이 무너지듯이 이광의 가슴에 안기더니 얼굴을 들고 눈을 감았다.

키스를 기다리는 몸짓이다. 어느덧 재크린의 두 팔이 이광의 목을 감싸 안고 있다. 이광은 재크린의 입술을 빨았다. 옅게 살구 맛이 났다. 숨결에서는 싱싱한 우유 냄새가 맡아졌다.

다음 날 아침 이광은 커피 냄새에 눈을 떴다. 창밖은 환하다. 그때 아직 흐린 시야 안으로 흰 셔츠 차림의 재크린이 다가왔다. 이광의 셔츠만 위에 걸치고 있다.

"커피 드려요?"

"냄새가 좋아."

이광이 두 손을 벌리자 재크린이 몸 위로 안겨왔다. 이광의 손길이 셔츠 밑의 재크린 엉덩이를 움켜쥐었다.

"잘 잤어요?"

재크린이 이광의 입술을 잠깐 물었다가 떼었다.

"아주, 잘 잤어."

"좋았어요."

"나도."

몸을 비틀어 일어난 재크린이 곧 커피잔을 갖고 왔다. 침대에서 상반신을 세운 이광이 커피잔을 받으면서 말했다.

"내가 오늘 오후에 카라치로 갈 거야."

"연락이 왔어요?"

놀란 듯 눈을 크게 뜬 재크린이 침대 끝에 앉았다. 희고 매끈한 다리가 다 드러났다.

"어디서 만나기로 했는데요?"

"페샤와르."

"저쪽에선 누가 온다고 해요?"

"압둘 가민."

재크린이 숨을 들이켰다.

"부사령관이 오는군요."

타미란한테서 연락을 받은 것이다. 무기 수입상이 바뀌었으니 만나서 상담을 다시 해야만 한다. 자금이야 미국 측에서 대겠지만 공급받는 반군(反軍) 측에서는 다시 무기 상담을 해야 되는 상황이다. 그래서 이쪽은 실질적인 사주인 이광, 반군(反軍)은 부사령관이 파키스탄 국경도시 페샤와르까지 밀행해오는 것이다.

이광이 웃음 띤 얼굴로 재크린을 보았다.

"소련군이 비밀리에 압둘 가민의 안전을 보장했어."

"당연한 일 아녜요?"

재크린의 얼굴에도 웃음이 떠올랐다.

"그래야 소련제 무기를 팔죠."

이런 일이 없었다면 눈에 불을 켜고 죽이려고 덤벼들었을 것이다. 재크린이 자리에서 일어서며 말했다.

"프랑스 측에서는 불만이 많은 것 같아요. 어제도 해외부에 항의를 했다고 들었어요."

해외부란 CIA 해외사업부다.

"하지만 크게 말썽은 부리지 않을 것 같다고 해요."

공식 항의를 할 입장도 아닌 데다가 문제를 일으키면 미국 정부로부터 밀린 대금도 받지 못하게 될 테니까, 한 모금 커피를 삼킨 이광이 쓴웃음을 지었다.

"하지만 그자들이 나한테는 불만을 품겠지, 아마 비밀리에 온갖 수단을 써서 내 사업을 방해할 거야."

"부장님도 그것을 우려했어요."

"지난번에 이라크 무기 공급 때도 프랑스 측과 말썽이 있었어."

"그때 미국 무기상이 암살당했지요?"

이광이 머리를 끄덕였다. 프랑스 무기상의 배경이 되었던 이라크군 실력자 하비브가 특공대를 보낸 것이다. 다 물고 물리는 관계여서 걸리게 되어 있다.

그 시간에 권철은 은신처 저택 앞쪽 바닷가에 나와 모래사장 위를 달리는 중이었다. 조깅이다. 은신처에 온 지 이틀째 되는 날 저녁이다. 이쪽은 바위투성이의 바닷가여서 관광객은커녕 인적도 없다. 바위 해변이 3킬로 정도나 이어져 있어서 권철에게는 좋은 조깅 코스였다. 평탄한 모래사장보다 장애물이 많은 이곳이 더 운동량이 많은 것이다.

바위산으로 가로막힌 끝까지 갔다가 돌아오던 권철은 바닷가 바위 옆에 앉아 있는 사이엔을 보았다. 조금 전 지나갈 때는 바위에 가려서 보지 못한 것 같다. 달리기를 멈춘 권철이 가쁜 숨을 고르면서 사이엔에게 다가갔다. 사이엔은 모래 위에 무릎을 세운 채 쪼그려 앉았는데 두 손을 무릎 밑으로 깍지 끼고 쥔 자세다. 권철의 시선을 받은 사이엔이 물었다.

"왜요?"

사이엔의 눈은 흐려져서 먼 곳을 향해져 있다. 권철이 사이엔의 옆 모래 위에 앉았다. 아직도 숨소리가 거칠다. 파도가 아래쪽 바위에 부딪혀 물이 튀겼지만 이쪽까지 올라오지는 않는다.

"사이엔, 난 당신이 좋아."

불쑥 말한 권철이 사이엔의 시선을 받더니 빙그레 웃었다.

"처음 본 순간부터 호감을 느꼈지. 아름답고, 지성적이고 예민한 데다 오만하기까지 했어."

사이엔의 얼굴에 쓴웃음이 번져졌고 권철이 말을 이었다.

"시간이 지나면서 느꼈는데 동양인에 대한 편견이 무의식중에 나오더구만, 예를 들어서 용비가 앉던 자리는 비켜 앉는다든지, 회의석상에서 나온 대화에서도 그것이 섞여져 있고."

"……."

"하지만 그건 나에게 전혀 영향을 주지 않았어요, 그러다가 일이 이렇게까지 된 건데."

권철이 지그시 사이엔의 옆얼굴을 보았다.

"사이엔, 전에 내가 이야기했는데, 일 끝나고 나하고 같이 한국으로 가지 않을래요? 사이엔이 원한다면 내 산속 생활은 취소할 수도 있어. 아니, 한국이 아니고 필리핀이나 팔라우, 인도네시아에 갈 수도 있겠는데."

그러자 마침내 사이엔이 이를 드러내고 웃었다. 그리고 말까지 했다.

"나, 참, 지금 무슨 말을 하는 거죠?"

석 달이 되었을 때 강정규는 신발에 대해서 어느 정도 지식을 얻게 되었다. 신발 중에서 운동화에 대해서는 가격도 낼 수 있을 정도다. 물론 아직 상담을 할 정도는 아니다. 팀장 유연숙의 옆에 항상 붙어 다녔기 때문에 회사에서 늙은 조수라는 별명도 생겼다. 그러나 강정규는 그 소문까지 들었어도 신경 쓰지 않았다.

팀원 윤택상, 조미향하고도 허물없이 지냈고 직속상관인 과장 김철호, 부장 박상동을 보면 언제나 깍듯하게 절을 했다. 그래서 처음에는 거북하게 대했던 상급자들의 칭찬을 받았다. 강정규는 특히 유연숙하고 친해져서 사석에서는 개인사까지 들어주는 입장이 되었다.

오늘도 그렇다. 늦게까지 회사에 남아서 일을 한 팀원 4명은 늦은 저녁을 함께 먹고 헤어졌다. 오후 10시, 식당 앞에서 팀원들과 헤어진 강정규가 버스정류장으로 걸을 때 뒤에서 유연숙이 불렀다.

"강정규 씨."

"예, 팀장."

몸을 돌리면서 대답했더니 유연숙이 눈을 흘겼다.

"우리 둘이 있을 때는 그러지 말기로 했잖아요? 반말해요."

"버릇이 되어서."

쓴웃음을 지은 강정규가 다가선 유연숙을 보았다. 둥근 얼굴에 웃음 띤 얼굴이 귀엽다. 키도 크고 날씬한 몸매여서 사내 남 사원들의 표적이 되어 있다. 강정규의 관점에서 보면 표적이고 먹이다. 남 사원들은 대부분 서툰 사냥꾼이고,

"무슨 일인데?"

"상의할 일이 있어요, 오빠."

"오빠?"

눈썹을 모은 강정규에게 유연숙이 활짝 웃더니 팔을 잡고 끌었다.

"우리 저기 카페로 가요."

유연숙이 가리킨 곳은 길가의 작은 카페다. 잠시 후에 둘은 어둑한 카페의 구석 자리에 마주 보고 앉았다. 위스키를 한 병 시킨 유연숙이 탁자에 두 팔을 짚고 손등에 턱을 고이더니 강정규를 보았다. 어둠 속에서 눈동자가 반짝이고 있다.

"오빠, 나 문제가 좀 있어요."

"뭔데?"

"남자 문제."

"그럴 줄 알았어."

쓴웃음을 지은 강정규가 잔에 술을 채우고는 유연숙 앞에 밀어놓았다.

"행복한 문제야, 그런 건."

"잠도 안 와요."

"글쎄, 그때가 행복한 시기라니까?"

"어떻게 처리하면 되죠?"

"귀찮게 하는 거야?"

"엄청나게."

강정규가 한 모금에 술을 삼키고는 흐려진 눈으로 유연숙을 보았다. 유연숙의 얼굴 위로 그룹 회장 이광의 얼굴이 떠오르고 있다. 로마에서 로켓포를 맞고 폭발하던 리무진이 이어서 떠올랐다. 엔진이 맞았기 때문에 앞쪽은 산산조각이 났다. 그때 유연숙의 목소리에 영상들이 흩어졌다. 유연숙이 빤히 쳐다보고 있다.

"오빠, 그게 누군지 알아요?"

강정규는 머리를 저었다. 요즘 들어 유연숙의 분위기가 이상해졌다.

가끔 시선이 느껴져서 돌아보면 유연숙이다. 갑자기 얼굴이 붉어지기도 하고 어떤 때는 화가 난 것처럼 말도 안 할 때도 있다. 그때 유연숙이 말했다.

"매일 전화가 와요, 만나자고."

"……."

"다른 회사에 다녀요, 업무 때문에 몇 번 만났는데 그때부터……."

"……."

"한 6개월쯤 되었는데 전화가 온 건 한 달쯤 전부터예요."

강정규가 소리 죽여 숨을 뱉었다. 절반쯤 다행이라는 생각이 들었고 절반은 아직 믿어지지가 않는다. 유연숙이 풍기는 분위기는 분명히 색기(色氣)였기 때문이다.

색기는 성욕만을 의미하는 것이 아니다. 호감이 가는 이성 간에는 이런 기운이 존재한다. 그 기운이 강할수록 호감도가 짙어진 것을 의미한다. 유연숙의 시선을 받은 강정규가 말했다.

"그걸 귀찮다고 생각하면 안 돼, 연숙이가 그만큼 매력이 있는 존재니까 당연히 일어나는 현상이야."

"싫다고 분명히 이야기했는데도 그래요."

"시간이 지나면 시들게 돼, 정상적인 남자라면 그렇게 될 거야."

"오빠는 그런 여자 없어요?"

유연숙이 말머리를 돌렸다.

"생각하면 가슴이 메는 여자."

"있지."

"누군데요?"

"내 전처."

"아."

탄성을 뱉은 유연숙이 외면했다. 그 옆얼굴에 대고 강정규가 말을 이었다.

"내가 출장 간 사이에 내 집으로 남자를 끌어들였어."

놀란 유연숙이 머리를 돌려 강정규를 보았다. 강정규의 얼굴에 웃음이 떠올랐다.

"그 장면을 떠올리면 가슴이 멘다."

"정말요?"

정말이다. 그러나 강정규는 대답 대신 잔에 술을 채웠다. 술잔을 든 강정규가 한 모금에 삼키고 나서 말을 이었다.

"하지만 그쯤은 죽고 사는 것에 비하면 일도 아니지, 그저 눈앞에 보이지 않게 떠 있는 먼지 같은 사건이야."

"오빠는……."

숨을 들이켠 유연숙이 시선을 내리면서 말했다.

"도 닦는 사람 같애."

강정규가 한국어는 유창했지만 속어는 잘 모른다. 도 닦는 사람을 어디 유리창이나 닦는 사람으로 잘못 들었다.

"어디를 닦아?"

"도."

"복도?"

"나아, 참."

눈을 가늘게 뜨고 웃는 유연숙을 보자 강정규가 불쑥 말했다.

"넌 예쁘고 지성적이고 상냥해, 기다리면 좋은 남자를 만날 거다."

"오빠 같은 남자?"

마침내 유연숙이 그렇게 말하고는 손바닥을 볼에 붙였다. 볼이 화끈거렸기 때문이다. 그때 강정규가 시선을 준 채로 천천히 어깨를 늘어뜨렸다. 5부 4과 3팀에 오래 있기 힘들겠다는 생각이 떠올랐다. 신발 공부는 열심히 했지만 이곳에서 차곡차곡 올라갈 생각은 하지 않았다. 다른 용도가 있을 것이다.

다음날 오전, 강정규는 손님을 만났다. 회사로 찾아온 손님이었는데 정문 경비실에서 연락이 온 것이다. 정문 경비가 바꿔준 전화기에서 사내의 목소리가 울렸다.

"강정규, 내가 정문 옆 커피숍에서 기다릴 테니까 나와."

"누구십니까?"

"글쎄, 나와 보면 아네. 나, 유통에 있는 사람이야."

리스타유통이라면 같은 그룹사인데 왜 안으로 들어오지 않을까 궁금했지만 강정규는 정문으로 나갔다. 면회실에 들어갔더니 안쪽에서 신문을 읽고 있던 사내가 머리를 들었다. 사내 주위에는 서너 명이 서 있었는데 꼭 보스를 호위하는 경호원이다. 거기에다 면회실에는 그들 일행뿐이었다. 그때 사내가 빙그레 웃었다.

"나, 국제유통 사장 윤방철이다. 내 이름 들어봤나?"

"처음 듣습니다."

"우리 나가자."

윤방철이 자리에서 일어서며 말했다.

"너 만나려고 여기까지 왔다."

윤방철을 처음 만나지만 국제유통이 어떤 회사인지는 안다. 전신(前身)이 국제파. 그 전(前)에는 카스파라고 불리던 한국의 야쿠자 조직인 것이다. 주차장에는 윤방철의 벤츠가 주차되어 있었는데 경호원들의 차도 똑같은 벤츠다. 윤방철이 회사 안에 들어오면 상사의 사장이 기겁을 하고 맞겠지만 경비실에도 신분을 밝히지 않은 것이다.

윤방철과 나란히 뒷좌석에 앉은 강정규는 길게 숨을 뱉었다. 문득 어젯밤에 유연숙을 만났을 때 신발과에서 오래 있기 힘들겠다는 생각을 했던 것이 떠올랐다. 차가 도로에 들어섰을 때 윤방철이 물었다.

"내가 알아보니까 너 신발과에 열심히 다닌다면서?"

"예, 사장님."

"근데 왜 신발과에 지원한 거냐? 나한테 오든지 하지."

"제가 했던 일하고 전혀 관계가 없던 일을 찾다가 보니까 그렇게 되었습니다."

"왜?"

"좀 쉬면서 제 주변을 둘러볼 여유를 만들려고 그랬습니다."

"뜻대로 되었냐?"

"예, 한국에 대해서 조금 공부를 할 여유가 있었습니다."

"신발 공부도 하고?"

"예, 사장님."

"너 내가 회장님하고 카스파에서 같이 일했던 거 아냐?"

"모릅니다, 사장님."

"물론 회장님은 잠깐 알바로 일하셨지만 내가 그때도 모셨지."

어깨를 부풀렸다가 내린 윤방철이 말을 이었다.

"너 좀 세상 보는 눈을 넓혀야겠다. 그러니까 오늘부터 너는 유통 일을 좀 해라."

"사장님, 저는……."

숨을 들이켠 강정규가 윤방철을 보았다.

"저는 비서실장님 지시를 받아야……."

"내가 안 실장하고 이야기를 했어."

"아, 예."

"안 실장이 네가 한국에 있는 동안은 나한테 관리를 맡긴다고 했다."

"아, 예."

"당장 신발과를 그만두라는 게 아냐, 일 끝나고 저녁 때 유통 일을 봐도 된다. 너는 당분간 출근을 따지지 않을 테니까."

윤방철의 얼굴에 웃음이 떠올랐다.

"널 국제유통 기조실, 그러니까 기획조정실 조사부 차장으로 발령을 내지."

"……."

"그 이야기는 상사 쪽에 안 하는 것이 낫겠다고 안 실장이 그러더구만, 상사 놈들은 모르는 것으로 하지."

"저."

숨을 들이켠 강정규가 윤방철을 보았다.

"제가 할 일은 무엇입니까?"

"아, 그건 차차 이야기해주마, 여기 앉은 최 실장이 너한테 연락할 테니까."

그러더니 윤방철이 운전석 옆자리에 앉은 사내를 턱으로 가리켰다.

"우리 회사 비서실장이다."

그때 머리를 돌린 사내가 강정규에게 웃음 띤 얼굴로 말했다.

"내가 자네 직속상관이야."

"예, 실장님."

40대쯤의 사내는 차분한 인상이다. 사내가 말을 이었다.

"앞으로는 내가 자네한테 연락을 하겠네."

사내가 강정규에게 명함을 내밀었다. 비서실장 최재석이다. 명함을 받은 강정규가 앉은 채로 절을 했다.

오후에는 팀장 유연숙과 천안에 있는 공장으로 검사를 갔다. 기차를 타고 갔는데 공장에 도착했을 때는 오후 3시 반, 검사가 끝났을 때가 오후 6시 반이었다.

"오빠, 여기서 저녁 먹고 가."

공장에서 나왔을 때 유연숙이 강정규의 팔을 끼면서 말했다.

"된장찌개를 맛있게 하는 식당이 있어."

예상은 했지만 어젯밤부터 유연숙의 적극적인 행동에 조금 부담을 느끼기 시작한 강정규다. 그러나 잠자코 유연숙을 따라 식당에 가서 저녁을 먹었다. 저녁을 먹으면서 반주로 소주를 마셨기 때문에 유연숙은 빨리 술기운이 올랐다.

"오빠, 나 오늘 집에 안 들어 갈 거야."

소주를 세 병째 마셨을 때 유연숙이 말했다.

"내일 아침에 첫차로 서울 가, 응?"

"안 돼."

강정규가 부드러운 시선으로 유연숙을 보았다.

"연숙이 너, 이러면 안 돼."

"뭐가 안 돼?"

"나 만나면 너한테 안 좋아."

"왜?"

"난 안정적인 사람이 못 돼."

술기운이 달아난 것 같은 유연숙의 표정을 본 강정규가 쓴웃음을 지었다. 이런 유혹에 이런 대답을 하는 남자는 처음일 것이었다. 강정규가 말을 이었다.

"난 너한테 상처만 줄 거다. 그러니까 나를 똑바로 봐."

"……."

"네가 지금 보고 있는 건 내 껍질이야, 그 껍질은 바로 더러운 본색을 드러내게 될 거다. 악취가 나고 끔찍해."

유연숙의 눈동자에 초점이 잡혀졌고 얼굴이 굳어졌다. 강정규는 소리 죽여 숨을 뱉었다. 여자에 대한 욕망? 그것은 성욕뿐이다. 그 성욕은 얼마든지 억제할 수 있다. 부담 없는 대상을 찾으면 된다.

이광이 페샤와르에 도착했을 때는 오후 3시가 되어갈 무렵이다. 카라치에서 25인승 전세기를 타고 온 이광 일행은 시내 중심가에 위치한 바그다드호텔에 투숙했다. 오래된 호텔이었지만 대리석 기둥에 시멘트로 지은 3층 건물은 요새처럼 보였다. 방으로 들어서는 이광에게 안학태가 말했다.

"압둘 가민은 호텔에 와 있습니다."

안학태의 얼굴에 웃음이 떠올라 있다.

"연락만 하면 방으로 오겠다는데요."

오늘 도착한다고만 했지 상담시간은 아직 정하지 않았던 것이다. 머리를 끄덕인 이광이 옆을 따라온 재크린에게 말했다.

"재크린, 당신도 회의에 참석하도록 해."

"알겠습니다."

재크린이 대답했을 때 이번 회담의 실무책임자인 타미란이 말했다.

"압둘 가민은 수행원을 20여 명이나 데리고 왔습니다. 경호원이 호텔 안팎에 쫙 깔렸습니다."

당연한 일이다. 소련 측의 제거목표 0순위인 압둘 가민은 KGB의 표적이 되어왔다. 이번 소련제 무기 구입으로 처음 해외에 나올 기회를 얻은 것이다.

오후 5시가 되었을 때 이광의 방 회의실에는 10여 명의 사내가 둘러앉았다. 이광과 압둘 가민의 측근들이다. 압둘 가민은 50대쯤의 마른 체격으로 회색 쑵을 입고 터번을 썼는데 무성한 수염은 반백이다. 주름살이 많은 얼굴이 검게 타 있어서 시골 양치기 같았다. 이광의 손을 쥔 압둘 가민의 손바닥은 돌덩이 같았고 웃을 때 얼굴이 주름살로 덮여졌다.

"덕분에 내가 바깥세상 구경을 합니다."

압둘이 유창한 영어로 말했다. 압둘은 카이로에 유학을 다녀온 후에 역사교사로 있다가 반군에 투신했다.

"뵙게 되어서 반갑습니다."

이광이 정중하게 인사하자 압둘은 누런 이를 드러내며 웃었다.

"감사 인사드리려고 온 겁니다. 이 회장님과 미국 정부에 말입니다."

그때 압둘의 시선이 이광 옆에 있는 재크린을 스치고 지나갔다. 인사들을 마치고 자리에 앉았을 때 압둘이 먼저 말을 꺼냈다.

"미국 정부 지원금으로 소련제 무기를 사서 소련과 전쟁을 하게 되었군요."

이광은 웃기만 했고 압둘의 말이 이어졌다.

"미국이 소련의 요청을 들어준 대가로 양국 간의 비밀채널이 가동되었겠지요?"

"저는 잘 모릅니다."

이광이 대답하자 압둘의 시선이 재크린에게 옮겨졌다.

"재크린, 그렇지 않습니까? 당신이 미국 측 대표로 미국과 소련 간의 연락을 맡고 있지요?"

재크린이 쓴웃음만 지었을 때 이광이 대신 대답했다.

"그래서 오늘 함께 나온 것이지요."

이광이 눈으로 재크린을 가리켰다.

"미국 측에 하실 이야기가 있으면 직접 하셔도 됩니다."

"고맙습니다."

압둘의 얼굴에 웃음이 떠올랐다.

"할 이야기가 있으면 바로 재크린 씨한테 전하지요."

그러고는 압둘이 자리에서 일어서더니 이광에게 말했다.

"이 회장님, 이제 무기 상담 실무는 실무자들한테 맡기고 우리 둘이 차나 한 잔 하십시다."

"그러지요."

이광이 선선히 따라 일어서며 웃었다. 시종 압둘이 이끌고 있었지만 거부감이 들지 않았다. 오히려 시원시원했다.

둘이 안쪽 응접실에 자리 잡고 앉았을 때 호텔 직원이 뜨거운 홍차를 앞에 갖다놓고 사라졌다. 이광의 방은 특실이라 응접실, 회의실, 대기실에다 방이 6개나 된다. 찻잔을 쥔 압둘이 소파에 등을 붙이더니 이광을 보았다. 이제는 지친 표정이다.

"이 회장님, 우리가 미국의 지원을 받아서 소련과 전쟁을 하지만 두 나라의 꼭두각시가 되어 있습니다."

이광은 시선만 주었고 압둘의 말이 이어졌다.

"소련군이 물러나면 미국이 아프간을 지배하려고 들겠지요, 미국이 그냥 지원해주는 것이 아닙니다."

"……."

"이미 내 부하 간부들, 부족장들이 미국의 뇌물을 받고 첩자가 되어 있어요."

"……."

"또 일부는 소련과 내통하고 있습니다. 리스타 내부에는 그런 놈들이 없습니까?"

"그건 아직……."

쓴웃음을 지은 이광이 한 모금 홍차를 삼켰을 때 압둘이 정색했다.

"리, 내가 여기 온 것은 무기 구매건 때문이 아니오. 그건 실무자들이 다 할 수 있는 겁니다."

"알고 있습니다."

머리를 끄덕인 이광이 압둘을 보았다.

"그건 미소 양국도 이미 알고 있을 것입니다."

"지금 두 나라가 우리의 대화를 다 듣고 있을 겁니다."

압둘이 방안을 둘러보는 시늉을 하면서 웃었다.

"그런 세상이지요."

"오신 목적이 뭡니까?"

이광이 묻자 압둘이 심호흡부터 했다.

"나를 리스타연합 회원으로 넣어주시오."

순간 숨을 멈춘 이광이 압둘을 보았다. 놀랍지는 않았다. 압둘 가민도 정보망이 있을 것이다. 리스타연합은 이미 여러 번 언론에 보도되었고 그 회원에 대한 추측도 난무했다. 미국 대통령도 회원이라는 기사가 난 적도 있다. 그러나 대부분의 국가는 리스타연합을 무시하거나 부정하는 시늉을 해왔다. 그때 압둘이 말을 이었다.

"미국과 소련도 거부하지는 않을 겁니다. 자기들만 소통하느니 골칫덩어리인 우리하고도 비밀 통로를 만드는 것이 이로울 것이거든요."

그러더니 압둘이 웃음 띤 얼굴로 다시 방안을 둘러보았다. 도청을 하고 있는 양국을 향해 말하는 것 같다. 그것을 본 이광의 심장 박동이 빨라졌다. 머리를 든 이광이 압둘을 보았다.

"제가 리스타연합 회장입니다. 회장 직권으로 압둘 가민 부사령관을 리스타연합 회원으로 가입시켜 드리지요."

5장
후계자의 비교

그날 밤, 상담을 마치고 나서 이광과 안학태, 그리고 압둘과 오마르까지 넷이 방안에 둘러앉았다. 이곳은 압둘 가민의 숙소다. 3층에 위치한 압둘의 숙소도 회의실까지 딸린 독채형이어서 넷은 안쪽 침실 옆 응접실의 소파에 둘러앉았다.

탁자 위에는 홍차와 과일 접시만 놓였는데 압둘이 철저한 무슬림으로 술을 마시지 않기 때문이다. 오마르는 압둘의 보좌관으로 소개되었는데 검은 수염이 무성한 40대쯤의 거구였다. 밤 10시가 조금 지난 시간이다. 압둘이 이번에는 자신의 방으로 이광을 초대한 것이다. 홍차잔을 든 압둘이 눈으로 오마르를 가리켰다.

"오마르는 내 제자입니다. 나한테 코란과 역사를 배웠지요."

오마르는 표정 없는 얼굴로 앞쪽만 보았고 압둘이 말을 이었다.

"우리는 미래를 위해서 후계자를 양성해야 됩니다. 오마르는 내 후계자입니다."

이광의 시선을 받은 오마르가 가볍게 목례를 했다.

"잘 부탁합니다."

그때 압둘이 말했다.

"나한테 무슨 일이 있을 때 오마르를 리스타연합 회원으로 넣어주시오."

정색한 압둘이 말을 이었다.

"그 말씀을 드리려고 뵙자고 했습니다."

"검토해보겠습니다."

그때 압둘이 가볍게 헛기침을 했다.

"오마르는 페샤와르에 있습니다. 지금 내 일행과 섞여 있지만 아프가니스탄으로 돌아가지 않을 겁니다."

압둘이 번들거리는 눈으로 이광을 보았다.

"오마르는 앞으로 아프가니스탄을 위해서 큰일을 할 겁니다. 이 회장이 도와주시기 바랍니다."

그때 오마르가 이광에게 말했다.

"코리아도 역사적으로 강대국의 침략을 많이 받았을 것입니다. 도와주십시오."

그러더니 한숨을 쉬고 나서 덧붙였다.

"저에 대해서는 비밀을 지켜주시기 바랍니다. 소련은 물론 미국에도 말씀입니다."

이광이 옆에 앉은 안학태를 보고 나서 머리를 끄덕였다.

"알겠습니다. 우리가 만난 것은 비밀로 하지요."

방으로 돌아왔을 때 안학태가 목소리를 낮추고 말했다.

"회장님, 오마르는 압둘이 양성하는 비밀 후계자인 것 같습니다."

같은 생각이었기 때문에 이광은 시선만 주었고 안학태가 말을 이었다.

“이제는 압둘과도 비밀 거래를 하게 되었습니다, 회장님.”

그때 응접실로 재크린이 들어섰고 안학태가 자리에서 일어섰다.

“그럼 전 가겠습니다.”

이광에게 목례를 한 안학태가 재크린에게 눈인사를 하더니 응접실을 나갔다. 다가온 재크린이 옆자리에 앉으면서 웃었다.

“이젠 나를 당신 부인 취급을 하네요.”

“당연하지.”

따라 웃은 이광이 눈으로 선반에 놓인 위스키병을 가리켰다.

“술 한잔 할까?”

“좋아요, 압둘과의 밀담 때는 마시지 못했을 테니까.”

자리에서 일어선 재크린이 술병과 안주를 챙기면서 말을 이었다.

“밀담이라기보다 밀담 시늉을 낸 거죠. 그쪽도 미국, 소련 측이 다 도청을 하고 있다는 걸 알 테니까요.”

“간접적인 전달 방식인가?”

“비공식 소통이라고 봐도 될 겁니다.”

“참 어렵게 소통을 하는구만.”

탁자 위에 잔과 술병을 놓은 재크린이 이광의 옆에 붙어 앉았다.

“내가 당신에게는 해설자가 되나요?”

재크린의 웃음 띤 얼굴을 본 이광이 입맛을 다셨다.

“해설자보다 안내역이 맞겠다.”

“압둘과 같이 만난 오마르는 페샤와르에서 학생들을 가르치고 있어요.”

순간 이광이 숨을 죽였다. 이미 재크린도 알고 있는 것이다. 이광이 쓴웃음을 짓고 물었다.

"어떻게 알게 되었어?"

"압둘 숙소로 초대받아 가셨을 때 예상을 했지요, 오마르가 와 있는 걸 알았으니까."

"빠르군."

"오마르는 이곳에서 아프가니스탄 남부지역 파슈툰족 젊은이들을 불러들여 교육을 시키고 있어요."

술잔에 술을 채운 이광이 재크린에게 건네주었다. 재크린이 말을 이었다.

"아프간의 미래를 위해 인재를 양성한다는 것이죠."

"좋은 일을 하는군."

"철저한 이슬람 교육을 해요, 아프간을 이슬람의 이상 국가로 만든다는 것이지요."

"나한테는 비밀로 해달라고 하던데."

"그러니까 당신은 듣기만 해요."

재크린이 덧니를 드러내며 웃었다.

"말을 안 하셔도 되니까요."

"내가 바보가 되었군."

"때로는 바보가 편해요."

한 모금 술을 삼킨 재크린이 다시 웃었다.

"압둘이 리스타연합 회원이 되도록 해달라고 요청하지 않았어요?"

이광은 잠자코 술을 삼켰다. 이것도 대답할 필요는 없다.

밤이 깊었다. 적당히 취한 상태에서 따뜻한 재크린의 몸을 안고 있으니까 아늑하고 편안했다. 열어놓은 베란다 문을 통해 밤바람이 몰려왔고 짙은 흙냄새가 맡아졌다. 페샤와르 시내 한복판이었지만 풀냄새도 맡아진다. 이광이 재크린의 허리를 감아 안으면서 말했다.

"압둘의 반군이 승리할 가능성은 있는 건가?"

"힘들어요."

바로 대답한 재크린이 이광의 가슴을 손바닥으로 쓸었다.

"소련의 군사력이 압도적이니까요, 하지만 전쟁은 오래갈 것 같아요."

소련은 이미 친소정권을 만들어놓고 있어서 압둘의 아프간군은 반군(反軍)으로 불리는 것이다. 재크린이 말을 이었다.

"그래서 압둘이 페샤와르에 오마르를 보내 아프간인을 교육시키는 것이죠."

"그렇군."

"전쟁이 길어지면 당신 사업은 더 잘되겠지요?"

불쑥 재크린이 묻더니 이광의 시선을 받자 눈웃음을 쳤다. 이광은 재크린을 응시한 채 따라 웃지 않았다. 하지만 맞는 말이다. 맞장구 칠 기분이 아닐 뿐이다.

"시간이 좀 걸릴 것 같습니다."

피터 김이 말하더니 주위를 둘러보았다. 오전 11시 반, 피터 김이 권철의 안가로 찾아온 것이다. 흐린 날씨여서 거친 파도 소리가 들려왔다. 태풍이 분다고 뉴스에서 계속 떠들고 있다.

"내일 반우성이 LA로 돌아올 예정이니까 위연, 용비하고 호흡을 맞춰 잘하겠지요."

중국 고향에 갔던 반우성이 한 달 만에 돌아오는 것이다. 머리를 끄덕인 권철이 피터 김을 보았다.

"이만하면 LA에는 기반이 잡힌 것이 아닐까?"

"많이 죽었어요."

피터 김의 얼굴에 쓴웃음이 번져졌다.

"선거가 얼마 남지 않아서 정치인들이 사건을 확대시키지 않으려는 상황도 도움이 되었습니다."

"말렌코프 쪽은 어때요?"

"글쎄요, 그것이."

이맛살을 찌푸린 피터 김이 권철을 보았다.

"베라트가 사방에 정보원을 깔아 두었는데 뉴욕에서 철저하게 연막을 치는 것 같다고 합니다."

"무슨 말이오?"

"다른 때 같으면 이쪽 마약 소매상하고 연락을 하던 뉴욕 놈들의 전화가 뚝 끊겼고 받지도 않는 다네요."

"그것이 어쨌다고."

"정보가 새나가지 않도록 하는 거죠."

피터 김의 표정이 어두워졌다.

"마피아들은 전쟁이 일어나기 전에는 대개 통신을 다 끊습니다. 그것을 경찰에서는 정전이 되었다고 하지요."

"……."

"말렌코프 측에서는 간부급 셋이 몰사를 했으니까요."

"내가 여기 숨어 있는 것이 미안한데, 반우성이 내일 온다고 해도 말이오. 내막도 모를 텐데 오자마자……."

"여기 계시는 게 낫습니다."

피터 김이 대번에 권철의 말을 막았다.

"LA에서 얼굴 비치면 첫째로 시장, 경찰청장, 주지사까지 불편해할 것입니다. 언론이 떠들기 시작할 것이고 그러면 증거가 있건 없건 간에 체포되는 사진이 나와야 여론을 가라앉히게 되는 거죠."

"……."

"며칠 더 상황을 살펴보십시다."

그때 응접실로 사이엔이 들어섰다.

"아, 사이엔 씨."

피터 김이 어색한 표정으로 아는 체를 했다. 이곳에 와서 사이엔을 처음 보는 것이다. 피터 김에게 눈인사를 한 사이엔이 권철에게 다가와 섰다.

"말렌코프가 청소부를 보냈다네요."

사이엔이 초점이 흐린 시선으로 권철을 보았다.

"두 팀을 보냈답니다."

권철은 시선만 주었고 피터 김이 조심스런 표정으로 물었다.

"목표가 누굽니까?"

"권철 씨요."

사이엔이 이제는 똑바로 권철을 보았다.

"그자들은 이고르 따위가 그런 짓을 하리라고는 생각하지 않은 거죠."

"러시아놈들치고는 머리가 좋군."

"청소부들은 자료에 없는 놈들이라고 했습니다."

사이엔의 시선이 피터 김에게 옮겨졌다.

"경비를 강화시켜야 돼요."

그 시간에 해밀턴이 전화기를 귀에 붙이고는 오금봉과 통화를 한다.

"오 사장, 권철이 마피아 타깃이 되었는데 내 생각이지만 미국에서 내보내야 될 것 같습니다."

오금봉도 그간의 사정을 알고 있는 터라 입맛 다시는 소리를 냈다. 권철 관리는 해밀턴이 맡고 있었던 것이다. 해밀턴이 말을 이었다.

"오 사장은 어떻게 생각하시오?"

"글쎄, LA가 괜찮을까요? 권철 중심으로 개척을 했는데 반우성 중심으로 나갈 수 있겠습니까?"

"사이엔을 책임자로 두는 것이 어떻습니까? 지금 권철하고 같이 있는데."

"내가 듣기로는 둘 사이가 좋지 않은 것 같은데……."

"어쨌든 권철 옆에서 LA 상황을 익혀놓은 데다 조직력, 결단력이 강합니다."

"글쎄요."

다시 입맛 다시는 소리를 낸 오금봉이 말을 이었다.

"권철은 특별관리 인물이니까 안 사장한테 상의해 보십시다."

"아, 그럽시다."

오금봉이 그렇게까지 말하는데 그러지 말자고 할 수는 없는 것이다. 권철의 거취는 잠깐 보류되었다.

비서실장 안학태에게 먼저 보고를 한 사람은 해밀턴이다.

"권철이 뉴욕 말렌코프 조직의 타깃이 되었습니다."

해밀턴이 직설적으로 말했다.

"내가 이곳 정보원들한테서 들었는데 말렌코프가 청소부 2팀을 보냈다는 겁니다. 떠난 지 24시간쯤 되었습니다.”

“…….”

“권철의 은신처를 찾기는 어렵지 않을 겁니다. 그놈들은 FBI 정보원들도 매수해놓고 있으니까요.”

“…….”

“내가 권철을 당분간 미국 밖으로 보내자고 했더니 오 사장이 안 사장하고 상의해 보자는군요.”

그때 안학태가 말했다.

“알겠습니다. 제가 연락드리지요.”

오금봉은 안학태의 전화를 받았다. 안학태가 전화를 한 것이다.

“방금 해밀턴 사장 전화를 받았는데요, 오 사장님은 권철의 거취를 어떻게 생각하십니까?”

안학태가 바로 그렇게 묻자 오금봉이 이번에도 입맛부터 다셨다.

“해밀턴이 권철 대신 LA에 누구를 책임자로 임명하자는 말 안 합디까?”

“그 말은 안 했습니다. 우선 권철을 피신시키자고 했습니다.”

“사이엔을 지사장으로 임명하자는데.”

안학태가 입을 다물었지만 오금봉이 말을 이었다.

“권철하고 사이가 안 좋다는 것으로 알고 있었는데 사이엔 능력이 뛰어나다고 해도 말이오.”

“…….”

“해밀턴 씨의 능력 위주 인사는 맞는 말이지만 떠나는 권철 입장을 봐줘야 하는 게 아닌가 해서…….”

이것이 한국적 사고(思考)다.

"이곳이 한국인 소유 부동산인데 1년 전부터 비어 있었지요."

리차드슨이 말하자 멀피와 조니가 서로의 얼굴을 보았다. 오후 2시 반, 멀피와 조니는 댈러스에서 온 휴만그룹의 대리인으로 LA 인근 지역의 부동산을 구입하려는 중이다. 리차드슨이 상황판의 지도를 연필 끝으로 가리켰다.

"주변 바닷가가 바위투성이고 앞쪽에 암초가 많아서 파도가 센 지역이지만 경치는 좋아요, 2층 베란다에서 바라보는 바다가 일품입니다."

"건물 사진 있어요?"

조니가 묻자 리차드슨이 서랍에서 사진을 여러 장 내놓았다. 밖에서 찍은 건물사진이다. 바위 위에 세워진 3층 저택은 요새처럼 보였다.

"오래된 사진이네."

사진을 넘겨보면서 멀피가 말하자 리차드슨이 웃었다.

"30년 전에 집을 짓고 났을 때 찍은 사진이죠, 그동안 주인이 두 번 바뀌었습니다. 지금은 임대로 해놓고 있지만."

"팔리면 바로 나갑니까?"

"아, 그럼요. 계약조건에 그렇게 되어 있습니다."

"그럼 내일까지 결정을 하지요."

조니가 손에 쥔 사진을 흔들어 보였다.

"이 사진은 보고할 때 잠깐 보이고 돌려 드리지요."

"매입하신다면 가져도 좋고 안 된 경우에는 돌려주시지요."

리차드슨이 웃으며 말했다.

"120만 불이면 근처 저택에 비교해서 싼 가격입니다."

부동산을 나온 멀피가 차에 오르면서 말했다.

"이곳이 맞아, 저택 사진까지 얻었으니까 오늘 밤에 치도록 하지."

"좋아."

머리를 끄덕였던 조니가 차를 출발시키면서 물었다.

"그런데 이야기 들었지?"

"뭘?"

"슈르츠키가 또 한 팀을 고용했다는 거 말야."

"누가 그랬는데?"

"어제 토다한테 연락했더니 그러는군, 그놈이 누군지는 모른다는 거야."

차가 해변도로를 달려가고 있다. 슈르츠키는 말렌코프의 아들이다. 37세, 어렸을 때부터 조직일을 보아 와서 지금은 명실공히 2인자다. 지금도 말렌코프가 현장 지휘까지 하지만 세부 사항은 슈르츠키한테 위임한다.

2, 3년 안에 말렌코프는 은퇴하고 슈르츠키가 조직을 이어받는다는 소문은 진즉 퍼져있는 상태다.

"빌어먹을 놈."

멀피가 앞쪽을 응시하면서 혼잣소리로 욕을 했다. 멀피와 조니는 각각 38세, 36세, 말렌코프의 청소부 일을 맡은 지 7, 8년쯤 된다. 처음에는 구역에 침범한 마약 소매상을 처리하는 잡일을 맡다가 차츰 실력을 인정받아 큰일 담당이 되었다.

말렌코프는 철저하게 점조직식으로 청소부 운영을 해서 둘은 다른 청소부의 신분은 모른다. 다만 짐작만 할 뿐이다. 조니가 힐끗 멀피를 보았다.

"그 새끼, 혹시 우리 맡은 놈이 아닐까?"

"……."

"이 빌어먹을 동네에 CIA, FBI가 쫙 깔려 있다는 소문이 났어. 대통령 경호실, 마약국, 재무부 비자금 추적반까지 득시글거린다는 거야."

차의 속력을 떨어뜨린 조니가 갓길로 다가가 벼랑 위쪽 관광객용 주차장에서 멈춰 섰다. 오후 3시 반이 되어가고 있다.

"10만 불짜리 작업치고는 너무 위험부담이 큰 것 아냐?"

조니가 엔진을 끄면서 멀피에게 물었다.

"이 작업 끝나고 몇 년 쉴 것 같은데, 우리 얼굴이 이곳에 팔려서 말야."

"……."

"저놈, 부동산 업자까지 오늘 밤에 끝내고 가야 될 것 아냐?"

"……."

"그리고."

숨을 들이켠 조니가 검은 눈동자로 멀피를 보았다.

"지금까지는 목표가 여럿일 때 두 팀, 세 팀을 고용했잖아? 근데 지금은 뭐야?"

오후 4시, 리차드슨은 전화기를 귀에 붙이고 소파에 깊게 앉아 있었다. 두 다리를 앞쪽 탁자에 올려놓고 거의 누워 있는 자세다.

"아, 예, 피터."

상대방이 응답하자 리차드슨의 얼굴에 웃음이 떠올랐다.

"수당 받을 일이 있어서요, 정보비라고 해도 되겠는데."

"말해, 리차드슨."

대답한 사내는 피터 김이다. 그때 리차드슨이 말을 이었다.

"근처 저택을 묻고 간 사람들이 있습니다. 댈러스에서 부동산을 매입하려고 온 휴만그룹 대리인이라는데……."

"……."

"그때 말씀드린 바위산 저택의 사진까지 가져갔습니다. 내일 매입 여부를 알려주겠다고 했는데요."

"……."

"차는 렌트카였고 둘 다 명함도 주지 않았어요."

"렌트카 번호는?"

"예, 캘리포니아 번호판에 KE245인데 검정색 78년식 포드입니다."

"두 놈 인상착의는?"

"둘 다 백인, 하나는 6피트, 또 하나는 그보다 조금 더 큰가? 하나는 회색 머리, 또 하나는 검정 머리, 특징이 별로 없어요."

"내일 온다고 했어?"

"예, 매입 안 되면 사진 돌려준다고."

"알았어."

"500불은 내셔야겠는데요, 피터."

"알았어, 주지."

리차드슨은 만족한 얼굴로 전화기를 내려놓았다.

전화기를 내려놓은 권철의 얼굴에 웃음이 떠올랐다.

"사이엔, 여기를 나갑시다."

소파에 앉아 있던 사이엔이 머리만 들었다. 방금 권철은 피터 김의 전화를 받은 것이다. 권철이 말을 이었다.

"말렌코프의 청소부 둘이 부동산 업자한테서 이곳의 사진까지 가져갔다는 거요."

"……."

"피터 김이 나한테 이곳을 비우라는데. 어때요? 나하고 같이 나갑시다."

권철이 벽시계를 보았다. 오후 5시 45분이다.

"바닷가 별장 말입니까?"

되물은 리차드슨이 심호흡을 했다. 오후 6시 10분, 마악 사무실 문을 닫고 퇴근하려는 참이다. 여직원 마리나는 이미 퇴근을 해서 사무실에는 혼자 남았다.

"있기는 있는데, 주로 어떤 용도로 찾으시는데요?"

퇴근 시간 되었다고 손님 보낼 수는 없어서 그렇게 물었더니 사내가 벽에 걸린 지도를 보았다.

"외딴집, 번거로운 것이 싫어서요. 그리고 식구가 좀 많으니까 큰 집으로, 내가 듣기로는 북쪽에 그런 집이 몇 채 있다던데, 임대 내놓은 집이."

세 시간 전에 휴만그룹 대리인들이 찾던 조건하고 신통하게 맞았기 때문에 리차드슨이 사내를 보았다. 40세쯤 되었을까? 평범한 외모에 잿빛 눈, 옷차림도 수수하고 리차드슨의 시선을 받지 않는다. 무릎 위에 올려놓은 손가락이 여자 손처럼 가늘고 섬세했다.

"3채가 있지요. 여기, 여기, 여기인데."

리차드슨이 마지막으로 휴만그룹 대리인에게 내놓았던 저택을 펜 끝으로 짚었다.

"여긴 오후에 달라스의 휴만그룹에서 온 대리인들이 매입할지 어쩔지를 알려주겠다면서 사진까지 가져갔는데……."

장사의 기본은 구매자의 경쟁심을 촉발시키는 것이다. 사실인 터라 리차드슨의 목소리에 열기가 띠어졌다.

"가격은 130만 불입니다. 싸지요, 건물에 비교해서……."

휴만그룹보다 10만 불은 더 올렸다. 사내의 얼굴을 보면서 리차드슨은 피터 김에게 정보비를 700불쯤 받아야겠다는 생각을 했다. 이쪽도 올려야만 균형이 맞는 것이다.

리차드슨의 부동산 사무실은 코리아타운에서 1킬로쯤 떨어진 대로변의 보험사 빌딩 3층이다. 12층 빌딩의 3층인 데다 엘리베이터가 2대밖에 없어서 부동산 손님들은 대개 계단을 이용한다.

3층 복도의 끝쪽 꽃가게 앞에 서 있던 사내가 부동산에서 나오는 사내를 보더니 얼른 몸을 돌렸다. 뿔테 안경에 야구모자를 썼고 수염이 지저분한 사내였다. 부동산에서 나온 사내는 계단으로 내려갔고 곧 뿔테안경은 주위를 둘러보다가 옆쪽 신발가게 앞에 서 있는 사내에게로 다가갔다. 복도에 통행인이 많았기 때문에 둘은 벽 쪽에 붙어섰다.

"저놈 낯이 익지?"

뿔테 안경이 물었는데 멀피다. 신발을 든 조니가 머리를 끄덕였다.

"봤어, 브루클린에서."

"저 새끼도 우리를 알 거라고."

"저놈이 부동산에서 저택을 알고 갔겠구나."

"저놈한테 물어보는 것이 어때?"

멀피가 마침 사무실을 나오는 리차드슨을 눈으로 가리켰다.

"그 저택 말해주었냐고 말야."

"그럴 필요 없어."

머리를 저은 조니가 흐린 눈으로 멀피를 보았다.

"저놈이 우리하고 같은 목적이라면 따로 저렇게 돌아다닐 이유가 없는 거다. 저놈 목표는 우리야."

멀피가 숨만 쉬었고 조니의 말이 이어졌다.

"우리 뒤를 쫓는 거지, 증거 소멸하려고."

오후 10시 반, 슈르츠키는 브루클린의 바에서 전화를 받았다. 바 안의 소음이 컸기 때문에 슈르츠키는 안쪽 사무실로 들어가 전화기를 귀에 붙였다.

"말해, 캐리."

"보스, 권철의 은신처를 찾아냈습니다."

사내의 목소리가 이어졌다.

"바닷가 바위 위에 지은 별장인데 조니하고 멀피도 찾아낸 것 같습니다."

"정보를 다 주었으니까 찾아갔겠지."

전화기를 귀에 붙인 슈르츠키가 비만인 몸을 움직여 소파에 깊게 앉았다. 권철이 은신하고 있는 지역을 대충 알고 떠났기 때문이다. 캐리가 말을 이었다.

"보스, 제가 떠난 거, 다른 사람은 모르지요?"

"나 혼자만 안다. 그건 걱정 마."

"경호원들한테도 이야기하지 않으셨지요? 분위기가 좀 이상해서 그럽니다."

"왜?"

"조니하고 멀피가 뉴스타호텔에 투숙했다고 하셨지요?"

"오전에 거기 있다고 연락받았어."

"그런데 갑자기 오후 6시에 체크아웃을 하고 떠났습니다."

"작전을 시작하려는 것이지."

"제가 부동산 사무실을 나왔을 때 누가 미행하는 것 같았습니다."

"누가?"

"경찰인 줄 알았는데 따라오지 않는 것이 더 찜찜합니다, 보스."

"너, 지금 무슨 말을 하는 거야?"

"보스, 이번 일을 미루는 것이 어떻습니까?"

"뭐야?"

슈르츠키가 눈을 부릅뜨더니 상반신을 세우고 앉았다.

"너, 일을 받았다가 뱉는 거냐?"

이런 일은 처음이다. 그때 캐리가 말했다.

"증거를 없앤다는 것이 오히려 남는 게 될 것 같습니다. 조니, 멀피 시체를 치우는 것도 뉴욕하고는 달라서 힘이 좀 들고 말입니다."

"이런 병신."

"부동산 업자도 없애야 되는데 조니가 할 일을 내가 해야 된단 말입니다."

그때 슈르츠키가 잇사이로 말했다.

"일을 끝내, 병신 같은 소리 말고, 내가 보수는 두 배를 줄 테니까."

슈르츠키가 전화기를 거칠게 내려놓았다.

오후 10시, 사무실에서 대기하고 있던 위연이 전화벨 소리에 몸을 일으켰다. 탁자 위에 놓인 전화기다. 위연이 전화기를 귀에 붙였다.

"여보세요."

"지금 전화 받는 사람은 누구요?"

대뜸 사내가 물었기 때문에 위연이 이맛살을 찌푸렸다.

"난 지사장 보좌관인데 누구시지?"

"보좌관이라면 위연? 용비?"

"잘 아는군, 위연이야, 당신은?"

"이 통화 녹음되지?"

"그래."

"할 이야기가 있어, 급한 이야기야."

"누군가는 말해줘야 할 것 아닌가?"

"내가 들어갈 테니까 현관으로 사람을 보내줘."

그러고는 통화가 끊겼다. 전화기를 내려놓은 위연이 옆에 선 부하에게 말했다.

"아래층에 가봐라, 어떤 놈이 현관으로 온다고 한다."

사무실로 들어선 사내는 둘이다. 둘 다 서양인, 후줄근한 양복 차림에 용모, 평범한 체격이었지만 위연은 둘한테서 풍기는 기운을 느꼈다. 전문가만이 감지할 수 있는 살기(殺氣)다.

"몸수색했습니다."

뒤에 선 부하들이 말했다.

"정보를 줄 것이 있답니다."

머리를 끄덕인 위연이 앞쪽 소파를 눈으로 가리켰다.

"앉으시오."

"감사합니다."

왼쪽 사내가 대답하더니 둘이 나란히 앉았다. 사내들 뒤로 위연의 부하 셋이 다가섰고 옆쪽에도 서너 명이 몰려와 섰다. 사무실이 조용해졌다. 지금은 비상상황이다. 지사장은 피신 중이고 휴가에서 돌아온 반우성이 대리 역할을 하고 있지만 아직 어수선하다. 지금도 반우성은 용비와 함께 업소 순찰 중이다.

"그래, 무슨 정보를 준다는 거요?"

위연이 묻자 사내가 그때서야 시선을 주었다.

"우리는 지사장을 죽이려고 온 말렌코프의 청소부요."

위연이 숨을 죽였고 사내의 말이 이어졌다.

"우리는 지사장 권철 씨가 지금 어디에 있다는 것도 알고 있습니다."

"그런데 왜 우리한테 온 건데?"

"말렌코프가, 아니, 그 아들놈인 슈르츠키가 우릴 배신했기 때문이죠."

사내의 얼굴이 희미하게 웃음이 떠올랐다.

"슈르츠키가 우리 둘을 청소하려고 또 다른 놈을 보낸 겁니다."

"당신들 둘을 청소해?"

"증거를 없애려고."

지금까지 입을 다물고 있던 다른 사내가 말을 받았다. 멀피다. 멀피가 눈을 치켜뜨고 위연을 보았다.

"우리는 지금까지 청소비를 선금으로 받았지만 이번은 나중에 받기로 하지요, 그것도 그쪽에서 알아서 주시오. 자, 거래하시겠습니까?"

위연의 얼굴에 쓴웃음이 떠올랐다. 이런 거래는 처음이다.

전화기를 내려놓은 권철이 앞에 선 반우성에게 말했다.

"오늘 밤에 그놈이 올 거야."

반우성이 시선만 주었고 권철이 말을 이었다.

"그놈만 잡으면 말렌코프가 보낸 청소부는 정리가 돼."

방금 권철은 위연한테서 멀피와 조니의 투항 소식을 들은 것이다. 이곳은 코리아타운의 안가다. 식당 안쪽의 2층 주택으로 피신처를 옮긴 것이다. 오후 10시 반, 응접실 안에는 넷이 둘러앉았다. 권철과 반우성, 사이엔과 피터 김이다. 국적을 따지면 한국과 중국, 미국인 둘이지만 피터 김은 교포다. 그때 피터 김이 머리를 기울이며 말했다.

"그놈은 마지막 청소부라고 불러야겠군요. 청소부의 청소부니까 말입니다."

반우성이 물었을 때 사이엔이 피식 웃었다. 그 웃음을 본 반우성과 피터 김이 오히려 주춤했다. 사이엔의 웃음을 처음 보았기 때문인 것 같다. 잠깐 조용해진 방안의 정적을 권철이 깨뜨렸다.

"위연 이야기는 그 두 놈의 말이 믿을 만하다는 거요."

"잘 되었습니다."

피터 김이 말했다.

"우리가 그, 마지막 청소부만 없앤다면 끝나는 일 아닙니까?"

부동산업자 리차드슨한테서 정보를 듣고 나서 이곳으로 옮겨온 지 아직 두 시간도 되지 않았다. 그때 사이엔이 입을 열었다.

"그것으로 끝나게 될까요?"

순간 방안에 다시 정적이 덮여졌다. 맞는 말이다. 일시적으로 위험요소가 사라졌을 뿐이다.

밤 1시 반, 바람이 거칠어지면서 파도소리가 더 높아졌다. 바위를 때

리는 소리가 마치 지진이 난 것처럼 울린다. 해변과는 1백여 미터 떨어져 있었지만 등 쪽에서 받는 바람에 물기가 섞여져 있다. 다행히 모래는 젖어서 바람에 날리지는 않는다.

캐리는 모래밭에 납작 엎드린 채 드라구노프의 개머리판을 뺨에 붙였다. 플라스틱에 체온이 배어서 따뜻하다. 눈에 닿은 적외선 스코프에 앞쪽 포드의 측면이 환하게 드러났다. 어두운 밤이어서 파란색이었고 앞쪽 엔진 부분은 분홍색이다. 아직 엔진의 열이 식지 않았기 때문이다. 거리는 172m, 이 거리라면 인간의 왼쪽 눈, 또는 오른쪽 콧구멍까지 조준해서 맞출 수가 있다.

캐리는 심호흡을 했다. 지금 두 시간째 이곳에 엎드려 있는 중이다. 앞쪽 포드는 조니와 멀피가 타고 온 렌트카, 번호판은 KE245다. 포드는 그때도 저곳에 정차되어 있었으니 조니, 멀피는 3시간 가까운 시간 동안 작전 중인 것이다.

"저 새끼들도 고생이구만."

눈을 감았다가 뜨면서 캐리가 혼잣말을 했다. 오늘 밤 조니, 멀피가 작전을 벌일 것이 분명했기 때문에 슈르츠키한테 전화를 하고 나서 바로 이곳으로 온 것이다. 그때가 이곳 시간으로 밤 10시쯤, 뉴욕 시간으로는 새벽 1시쯤이다. 그러고는 한 시간쯤 근처 도로를 수색하고 나서 저택에서 2킬로쯤 떨어진 바닷가 도로에 주차된 포드를 보았다.

캐리는 작전할 때 항상 상대방이 나라면 어떻게 행동할 것인가를 먼저 생각해보는 버릇이 있다. 그래서 조니, 멀피 그 청소부들이 저택을 기습하려면 어디로 올 것인지를 생각해보았더니 이 근처였던 것이다. 그랬더니 맞았다. 저택과 멀지 않으면서도 의심받지 않을 장소, 옆쪽에 캠핑카가 2대나 주차되어 있어서 자연스럽기도 했지만 번호판은 어쩔 수 없다.

캠핑카는 일리노이, 켄터키 번호판인데 포드는 이곳에서 빌린 LA번호판이다. 둘은 그것까지는 신경 쓰지 못했다. 하긴 번호판을 바꿨다가 경찰에 걸릴 수가 있으니까, 눈을 감았다가 깜박 잠이 들 뻔했던 캐리가 눈을 뜨고는 입맛을 다셨다. 심호흡을 하고 나서 스코프에 눈을 붙였던 캐리는 뒤쪽의 파도소리가 총성처럼 울리는 것을 들었다.

"투타타타타!"

그 순간 캐리는 온몸을 들썩이며 그 자리에서 뒹굴었다. 1초도 안 된 순간이어서 아직 고통을 느끼지는 못한다. 그때 위쪽에서 목소리가 울렸다.

"너무 쉽게 죽이는 거 아냐?"

"묻고 왔습니다."

그렇게 보고를 한 것은 용비다. 이곳은 2층 주택의 응접실 안, 권철과 반우성, 위연과 피터 김, 정보책 베라트에다 사이엔까지 다 모였다. 오전 3시 반, 용비가 조금 전에 돌아온 것이다. 용비가 다시 권철에게 보고했다.

"멀피와 조니는 지금 아래층에 있습니다. 쉬고 싶다고 해서 방을 하나 내줬더니 들어가 잡니다."

"그놈들이 이제는 우리 식구가 되었네."

쓴웃음을 지은 권철의 시선이 방안을 훑고 지나갔다.

"그래서 말인데."

권철이 말을 이었다.

"난 이곳을 반우성한테 맡기고 뉴욕으로 갈 생각이야."

모두 입을 다문 채 눈동자만 굴리고 있다. 그것은 이미 이야기가 되어 있다는 표시다. 사이엔만 굳어진 표정으로 권철을 응시했다.

"여기서 말렌코프가 보내는 청소부들을 계속 기다릴 수만은 없으니까."

"……."

"청소부들한테서 연락이 끊기게 되면 그놈들은 바짝 긴장하겠지."

"……."

"놈들이 준비를 갖추기 전에 없애겠어."

권철의 시선이 사이엔에게 옮겨졌다.

"사이엔, 이건 내 일이니까 누구한테 지시받을 필요가 없어요."

"……."

"업무 조정관인 당신한테 알려주는 것뿐이니까."

"그럼 뉴욕으로 가시겠다는 말인가요?"

사이엔이 묻자 권철이 머리를 끄덕였다.

"용비와 황규를 데리고, 그리고 놈들의 청소부 둘도 함께 가야지."

"그럼 저도 가지요."

사이엔이 외면한 채 말했다.

"연락이 오지 않았답니다."

토다가 전화기를 내려놓고 슈르츠키를 보았다.

"메모도 남긴 게 없다는데요."

"개자식."

투덜거린 슈르츠키가 커피 잔을 내려놓았다. 커피 잔에는 절반쯤 위스키가 섞여져서 색깔만 커피색일 뿐이다.

"문제가 생긴 것 같은데, 토다."

"그렇습니다, 보스."

다가온 토다가 목소리를 낮췄다.

"양쪽 다 문제가 생긴 겁니다, 보스."

"네 생각은 어떠냐?"

슈르츠키가 눈을 좁혀뜨고 토다를 보았다. 오전 10시 반, LA는 7시 반이 되어 있을 것이다. 어젯밤에 작전을 치른다고 했으니 지금은 연락이 왔어야만 한다. 그런데 조니한테서도 캐리한테서도 연락이 끊긴 것이다. 조니는 어제 오후 6시에 호텔에서 체크아웃을 했고 캐리는 메모를 남기기로 한 다운타운의 바에 연락도 하지 않은 것이다. 토다가 허리를 굽혀 슈르츠키의 귀에 붙였다.

"캐리가 당한 것 같습니다."

"조니한테?"

"예, 보스."

"조니 놈이 눈치를 챘다는 말이군."

"캐리도 누가 미행한다고 했지 않습니까?"

"그 병신."

"보스, 조처를 해야 될 것 같습니다."

"닥치고 가만있어, 생각 좀 하자."

식은 커피 잔을 든 슈르츠키가 소파에 등을 붙였다. 이곳은 맨해튼의 가든호텔 17층 펜트하우스다. 가든호텔은 3류 호텔이지만 펜트하우스는 왕궁 못지않게 화려했다. 방이 9개나 되어서 경호원 12명이 숙식하고 있다. 이곳이 슈르츠키가 3년 전부터 소유하고 있는 별장이다.

한 모금 커피를 삼킨 슈르츠키가 토다에게 말했다.

"바이탄을 불러."

"예, 보스."

"양쪽 다 연락이 끊긴 건 캐리가 당했다는 거다. 양쪽 다 죽었을 리는 없고 말야."

슈르츠키는 거구지만 머리 회전이 빠르다. 길게 숨을 뱉은 슈르츠키가 말을 이었다.

"그리고 조니, 그놈들이 내막을 알게 된 거야. 그렇지 않나?"

"그럴 가능성이 많습니다, 보스."

"캐리 그놈이 조니한테 불었을까? 당할 것 같으니까 말야."

"먼저 그랬을 것 같지는 않습니다."

"다른 경우는?"

"작전 중에 조니가 캐리를 잡았을지도 모릅니다."

토다가 열심히 말을 이었다.

"조니가 뒤를 경계하다가 말입니다."

"……."

"그러고는 캐리를 보고 눈치를 챘겠지요."

"이곳에서 정보가 새어나갔을 가능성은?"

"글쎄요."

"이 작업은 나하고 너, 그리고 연락을 맡은 우도만, 경리 패커슨까지 넷만 알고 있다."

"바에서 조니, 멀피를 만나셨을 때 여러 명이 있었습니다."

"그렇군."

머리를 끄덕인 슈르츠키가 커피 잔을 내려놓았다.

"바이탄을 주방으로 불러, 이번에는 2개 팀이 필요하다고 해."

"연락했어요?"

불쑥 권철이 묻자 사이엔이 머리를 저었다.

"아뇨."

"언제 할 겁니까?"

"뉴욕에 도착하고 나서요."

창밖에 시선을 준 채로 사이엔이 말을 이었다.

"그만두겠다고 했다가 이렇게 따라가고 있는 걸 말하기가 좀 그러네요."

"그렇군요."

권철이 사이엔의 옆모습에 대고 말을 이었다.

"나도 헷갈리는데 해밀턴 사장은 더 하겠지요."

그때서야 머리를 든 사이엔이 권철을 보았다.

"맞아요."

"그럼 아무 말 말고 일합시다."

"뉴욕에 가면 먼저 만날 사람이 있어요."

사이엔이 권철을 응시한 채 말을 이었다.

"전(前) FBI요원인데 마피아 전문가지요."

"정보는 많을수록 좋지."

"말렌코프에 대해서 더 알아야 돼요."

"슈르츠키도, 그놈이 주역이오."

권철이 머리를 돌려 뒤를 보았다. 뉴욕으로 날아가는 여객기 안이다. 안에는 권철 일행 15명이 타고 있다. 이른바 원정군이다.

"권철이가 여자한테는 인기가 없는 것 같구만."

이광이 베란다로 다가서며 말을 이었다.

“나는 여자한테 배신도 당해보았고 상처도 많이 입었어.”

난간을 잡고 선 이광이 소파에 앉아 있는 안학태를 보았다. 웃음 띤 얼굴이다.

“해밀턴이 업무조정관이란 직책을 만들어서 사이엔이란 여자를 권철한테 보낸 건 내가 시켰기 때문이야.”

긴장한 안학태가 상반신을 세웠다. 권철을 후계자 그룹에 넣고 주시한다는 것 정도는 알고 있었지만 여자까지 보냈을 줄은 몰랐기 때문이다. 이광이 말을 이었다.

“사이엔이란 여자, 인종에 대한 편견이 심해서 CIA에 있을 때도 문제가 많았어. 본인은 의식하지 못했지만 평가가 좋지 않았어.”

“그런데 왜?”

“이것도 수련이야.”

“그러고 보면 권철이나 강정규 등은 행복한 친구들입니다, 회장님.”

자리에서 일어선 안학태가 다가와 베란다에 나란히 섰다. 이곳은 카이로다. 페샤와르에서 이곳으로 날아온 것이다.

오후 10시쯤 되었다. 아래쪽 나일강은 오가는 유람선의 불빛을 받아 검은 윤곽이 선명하게 드러났다. 이광이 머리를 저으며 말했다.

“그만큼 책임이 크기 때문이야. 내가 갖지 못한 자질을 갖추고 내 결점을 후계자가 반복하면 안 될 테니까.”

“그렇게 완벽한 인성을 갖출 수 있겠습니까?”

“완벽할 수는 없겠지만 노력은 해야지.”

이광이 웃음 띤 얼굴로 안학태를 보았다.

“뉴욕에 도착하고 나서 권철이 해밀턴한테 보고를 했더군, 사이엔은 보고를 하지 않았어."

"왜 그랬을까요?"

"그걸 내가 아나? 사이엔 같은 여자를 겪어 보는 것이 권철에게는 마피아 1백 명을 상대하는것보다 더 도움이 될 거야."

그때 안학태가 아래쪽 유람선을 내려다보면서 말했다.

"권철이는 삭막하게 자랐기 때문인지 차겁게 보입니다."

"……."

"권철에게 비교하면 일본인으로 자랐지만 부모, 조부의 영향을 받은 강정규가 더 따뜻하게 보입니다."

"그래."

이광이 눈을 가늘게 뜨고 나일강을 보았다.

"그놈이 일본인으로 제대로 자랐지."

카이로의 밤 11시는 멕시코시티 시간으로 오후 3시다. 방으로 돌아온 안학태의 전화를 받은 오금봉이 웃음 띤 목소리로 말했다.

"이봐요, 안 사장, 당신, 너무 심각하게 생각하지 말아요."

방금 안학태는 권철에 대한 걱정을 했던 것이다. 권철이 미국에서 일으키는 사건 걱정이 아니다. 리스타그룹 회장인 이광이 권철에게 과도한 관심을 보이는 것에 대한 우려다.

"아니, 난 심각합니다. 앞으로 할 일이 태산인데 회장님이 딴 데 신경을 많이 쓰시는 것 같아서요."

안학태가 말하자 오금봉이 짧게 웃었다. 리스타의 5대 그룹 사장 중에서 오금봉만큼 이광에 대해서 아는 사람은 없다. 안기부 간부였을 때부터 오금봉은 이광을 지켜봐 왔고 때로는 조언자로, 때로는 도와주기도 했고 지금은 동업자가 되어 있는 관계다. 오금봉이 말을 이었다.

"나는 회장님의 후계자 사업에 적극 찬동하는 사람이오."

"후계자 사업이라고 하셨습니까?"

"그렇지."

처음 듣는 단어여서 안학태가 머뭇거렸을 때 오금봉이 말을 이었다.

"지금까지 우리는 일제식민지에 이어서 경제성장을 하는 상황까지 제대로 된 대한민국 국민, 그러니까 대한국인이 양성되지 않았다고 봅니다."

오금봉의 목소리에 열기가 띠어졌다.

"인성과 자질을 갖출 여유와 환경도 마련해지지 않은 거요. 권철이도, 강정규도 마찬가지 아닙니까? 한 놈은 부모 없이 갖은 설움을 받고 자랐고 또 한 놈은 일본에 의해 조상들이 희생당했는데도 철저한 일본인으로 만들어졌단 말이오."

"……."

"앞으로 또 어떤 후계자가 나타날지 모르지만 회장님은 대한국인을 양성시키시고 있는 거요."

"……."

"그들 중에 누가 후계자가 될지 모르지만 나는 더 많은 후계자가 양성되었으면 좋겠습니다."

그때 안학태가 길게 숨을 뱉었다.

"고맙습니다, 사장님."

"아니, 안 사장, 뭐가 고맙다고?"

"역시 사장님이 회장님을 제일 잘 아시는군요, 저는 비서실장으로 옆에 붙어 있었지만 그런 생각은 못 했습니다."

"때로는 좀 떨어져 있는 것이 낫습니다."

오금봉이 웃음 띤 목소리로 말했다.

"이제 회장님은 사람을 키우고 계시는 겁니다."

"웨스트만입니다."

작은 체구의 백인이 권철에게 손을 내밀며 말했다.

"사이엔한테서 말씀 들었습니다."

사내와 악수를 한 권철이 힐끗 사이엔을 보았다. 사이엔은 입을 열지 않는다. 이곳은 브루클린의 아파트 안, 지은 지 50년쯤 된 것 같은 벽돌 3층 아파트다. 엘리베이터가 없어서 이곳 3층까지는 계단을 올라와야 되었지만 용비와 황규는 만족했다.

아파트만으로 최적의 경비조건을 갖추고 있었기 때문이다. 출구는 계단 하나였지만 2층, 1층으로 빠져나갈 통로가 여럿인 데다가 뒤쪽은 공원이었다. 방어는 쉽고 시야가 탁 트여져서 한사람이 경계를 서도 충분했다.

응접실 안에는 용비까지 넷이 둘러앉았다. 옆으로 붙여진 30평형 아파트 3개를 얻어서 일행들을 투숙시켰다. 권철이 사내에게 물었다.

"말렌코프 조직이 요즘 라스베이거스에서 당했다는 거 알고 계시지요?"

"아, 그럼요."

웨스트만이 이를 드러내고 웃었다.

"5대 패밀리가 모두 만나면 그 이야기를 합니다. 감비노 패밀리는 축하 파티를 열었고 이틀 동안 마약 가격을 15퍼센트나 할인해줬다고 합니다."

이곳은 LA보다 더 미친놈들인 것 같다.

포도주잔을 내려놓은 말렌코프가 슈르츠키를 보았다.

"니콜라이, 너 청소부를 보냈느냐?"

"청소부요?"

포크를 내려놓은 슈르츠키가 냅킨으로 입가를 닦았다. 옆에 앉은 나타샤가 조용히 자리에서 일어서더니 주방으로 다가갔다. 오늘은 가족의 저녁식사 모임이어서 슈르츠키, 나타샤 부부가 딸 모라를 데리고 말렌코프의 저택에 와 있다.

슈르츠키의 여동생 안나도 남편 막스와 함께 식탁에 앉아 있었지만 못 들은 척하고 있다. 막스는 예일대를 졸업한 회계사로 말렌코프 조직의 경리를 맡고 있다. 그때 슈르츠키의 어머니이며 말렌코프의 부인인 이놀카가 케이크를 가져왔다.

"자, 일 이야기는 나중에."

이놀카가 케이크를 내려놓은 덕분에 슈르츠키는 어깨를 늘어뜨렸다. 대답이 궁했기 때문이다. 다 알면서 묻는 것이 틀림없었기 때문에 대답을 망설이고 있었다. 오후 8시 반, 저녁식사도 끝나가고 있다. 안나와 막스가 데려온 10살, 8살짜리 아들과 슈르츠키의 8살짜리 딸은 대충 저녁을 먹더니 옆방으로 가서 장난감 속에 파묻혔다. 말렌코프가 호박케이크를 한 스푼 떠먹더니 이놀카를 보았다.

"오늘 케이크는 너무 달아."

"달다구요? 웬일이야?"

놀란 이놀카가 케이크를 포크로 찍어 맛을 보고 나서 머리를 기울였다.

"아닌데?"

"슈르츠키, 서재로 가자."

자리에서 일어선 말렌코프가 말했다.

"차는 나중에 마시고."

슈르츠키가 말렌코프의 뒤를 따라가면서 안나와 막스를 향해 어깨를 추켜올려 보였다. 서재로 들어선 말렌코프가 소파에 앉으면서 다시 물었다.

"청소부는 누구를 보낸 거냐?"

"조니와 멀피를 보냈습니다."

슈르츠키가 앞쪽에 앉으면서 말을 이었다.

"일을 끝내면 잠적하라고 했는데 아무래도 잘 안 된 것 같습니다."

"내가 듣기로는 청소부의 청소부까지 보냈고 둘 다 실종 상태라던데."

"모르는 일입니다. 청소부의 청소부라니요?"

정색한 슈르츠키가 말렌코프를 보았다.

"그런 일 없습니다. 아버지."

"조니, 멀피가 지금 뉴욕에 와 있어."

탁자 밑에서 담배를 꺼낸 말렌코프가 입에 물었다. 그 순간 슈르츠키는 숨을 들이켰다. 말렌코프는 화가 솟구쳤을 때 담배를 무는 버릇이 있는 것이다. 10년쯤 전, 슈르츠키가 아직 애송이였을 때다. 담배를 빼문 다음 순간에 권총을 쏴서 심복 톨리프를 쏴 죽였던 것이다.

톨리프가 사사건건 불평을 늘어놓는다는 하찮은 이유였다. 담배에 불을 붙인 말렌코프가 지그시 슈르츠키를 보았다.

"할 말 있냐?"

"아버지."

“네가 너무 오만해진 것 같다, 니콜라이.”

“아버지, 저는…….”

“조니와 멀피가 리스타 놈들을 끌고 온 거다. 리스타의 그 살인마 놈도 지금 뉴욕에 와 있다.”

“살인마라니요?”

“그놈이 서부에서 아마 20명은 죽인 것 같다. 그 한국인 말이야.”

말렌코프의 얼굴에 쓴웃음이 번져졌다.

“멕시코에서 리스타 놈들이 뉴욕 패밀리하고 붙길래 내가 좋아했더니 서부의 리스타가 우리하고 얽혀졌구만.”

“…….”

“이제는 뉴욕 패밀리 놈들이 좋아하겠구만.”

“아버지, 저한테 맡겨 주십시오. 바로 해결하겠습니다.”

“니콜라이, 너는 그놈들이 뉴욕에 와 있는 것도 모르고 있었어. 네 왕궁 주변을 그놈들이 감시하고 있는 것도 지금 모르는 상황이야.”

“…….”

“그놈들은 전문가야, 네 기름 덩어리 몸뚱이를 토막 내어서 사흘쯤 구워 먹고 삶아 먹고 데쳐 먹을 수 있는 삼합회 놈들이라고, 창자는 고기를 다져 넣어서 소시지로 만들 거다.”

“…….”

“내가 중국놈들을 알아, 아마 뼈는 해골까지 분쇄기로 갈아서 길에 뿌리면 흔적도 남지 않을 거다.”

말렌코프가 담배 연기를 길게 내뿜었다.

“방법은 두 가지야, 하나는 그놈들하고 전면전을 할 것인가? 아니면 항복하고 그놈들의 요구조건을 다 들어 주느냐야.”

"아버지, 그것은 말도 안 됩니다."

슈르츠키가 목소리를 높였을 때 뒤쪽 문으로 사내 둘이 들어섰다. 말렌코프가 벨을 누른 것 같다. 둘은 본 슈르츠키가 숨을 들이켰다. 말렌코프의 직속 청소부 유라보킨과 메세트다. 40대 후반쯤의 둘은 20년이 넘는 세월 동안 말렌코프의 수족이 되어 있었지만 슈르츠키는 지금까지 서너 번밖에 보지 못했다.

잠자코 들어선 둘이 말렌코프의 뒤쪽에 서서 슈르츠키를 내려다보았다. 눈인사도 하지 않는다. 그때 말렌코프가 말했다.

"메세트, 현 상황을 말해봐라."

"예, 보스."

뒤쪽의 회색 머리칼이 대답하더니 흐려진 눈으로 슈르츠키를 보았다.

"리스타 LA지사장 권철은 삼합회 소속 용병 12명을 인솔하고 왔습니다. 멀피와 조니가 따라왔고 여자 하나가 옆에 붙어 있습니다."

말렌코프는 다시 담배 연기를 내뿜었고 메세트의 말이 이어졌다.

"뉴욕에 도착하고 나서는 종적을 감췄는데 가든호텔의 주변에서 감시하는 셋을 추적했지만 잡지 못했습니다."

"……."

"지금 뉴욕에는 삼합회원 수백 명이 머물고 있습니다. 대부분 리스타상사, 리스타유통 소속의 사업장에 고용되어 있는데 그들을 전력화시키면 엄청난 세력이 됩니다."

그때 말렌코프가 시선을 들고 슈르츠키를 보았다. 무표정한 얼굴이다.

"넌 뱀 꼬리를 끌어당긴 거야, 니콜라이."

"……."

"그래서 몸통을 네 집안에 끌어온 거다."

"……."

"그놈이 이곳에 있는 삼합회 놈들을 부르면 우리는, 아니, 너는 그놈들 요리인 탕수육 재료가 돼, 한 2백 인분은 되겠지."

말렌코프의 표정은 진지했다.

"내가 지휘할 거다."

권철이 말하자 끝쪽에 앉아 있던 사이엔까지 시선을 주었다. 밤 10시 반, 숙소 응접실에는 간부들이 다 모여 있다. 권철과 용비, 황규, 그리고 사이엔이다. 권철이 말을 이었다.

"내가 지시만 할 입장이 아냐, 직접 뛰겠어."

"그럼 제가 모시고 가지요."

용비가 말했다.

"작전 따질 필요도 없습니다. 지금 슈르츠키가 외출했다니까 돌아오는 걸 치면 됩니다."

슈르츠키의 숙소인 가든호텔과는 차로 10분 거리밖에 되지 않는다. 용비와 부하들은 조금 전에 무기까지 보충받은 것이다. 그때 사이엔이 말했다.

"그럼 내가 본부에서 상황체크를 하지요."

"그래 준다면 고맙고."

권철이 웃음 띤 얼굴로 사이엔을 보았다.

"이번 작전은 치고 빠지는 거야, 뉴욕이 아무리 넓다지만 여기서 머뭇거릴 수는 없어, 나가야 돼."

"나갔다는 흔적이 필요해요."

사이엔이 바로 말을 받았다.

"공항에 당신 얼굴이 찍히고 출국한 기록이 남아야 된단 말입니다."

권철이 머리를 끄덕였다.

"방법이 있겠지?"

"전세비행기."

"좋아."

"해밀턴 사장한테는 이야기해야겠죠, 그런데."

사이엔이 뚜렷한 시선으로 권철을 보았다.

"말렌코프의 아들 슈르츠키만 없애면 될까요?"

권철이 사이엔의 시선을 받은 채 3초쯤 가만있었다. 방안이 조용해졌다. 지금 권철은 용비, 황규와 12명의 요원 전원을 이끌고 슈르츠키를 없애려는 것이다. 그때 사이엔이 말을 이었다.

"슈르츠키만 없애면 뿌리는 남겨놓고 가지만 자른 셈이 될 텐데, 오히려 말렌코프가 전면전을 시작할 것이 분명해요."

"……."

"말렌코프까지 함께 치면 말렌코프 조직은 사분오열 되겠죠, 그럼 뉴욕 마피아 패밀리들이 벌떼처럼 나서서 말렌코프 영역을 뜯어갈 겁니다."

"그럼 우리 지분은?"

"뉴욕에 있는 곽기윤 사령한테 뒷일을 맡기는 것이 나을 것 같습니다."

"그렇지."

숨을 들이켠 권철의 얼굴에 다시 웃음이 떠올랐다.

"당연히 우리 몫이 있어야지."

용비와 황규의 얼굴에도 웃음이 번져졌다. 그렇게 되면 삼합회가 말렌코프 조직을 접수할 가능성이 있다. 권철이 다시 사이엔에게 물었다.

"사이엔, 우리 도피처는 어디가 좋겠소? 멕시코가 낫지 않을까?"

"그건 해밀턴 사장하고 상의해보겠습니다."

"그럼 작전을 다시 짜야겠어."

몸을 돌린 권철의 목소리에 활기가 띠어졌다.

"말렌코프 제거 작전까지 오늘 밤에 한꺼번에 끝내자고."

"내가 이럴 줄 알았다니까."

사이엔의 보고를 들은 해밀턴이 잇사이로 말했다. 밤 11시, 해밀턴이 잠깐 숨만 쉬다가 말을 이었다.

"그럼 오늘 밤 양쪽을 다 치겠다는 거야? 정보는 있어?"

"예, 사장님."

"인원은?"

"12명인데 무기는 충분합니다."

"나도 들었어, 곽기윤한테서 공급받았다고 하더구나."

"예, 사장님."

잠시 다시 침묵한 후에 해밀턴이 말했다.

"말렌코프의 빈자리를 삼합회로 채우자는 발상은 누가 한 거야?"

"권철입니다."

"곽기윤이 좋아하겠네, 지금까지 근거지가 없었는데 이제야 잡게 되겠어."

사이엔은 전화기를 귀에 붙인 채 기다렸다. 이윽고 해밀턴이 말했다.

"좋아, 내가 뒷수습을 맡지. 전세기는 내일 오전 5시에 북서쪽 프란트리 공항에서 떠나도록 해주지."

"감사합니다."

"목적지는 일단 멕시코가 좋겠다."

"알겠습니다."

"그런데 사이엔, 너도 갈 거냐?"

"예, 저도 같이 가야죠."

"이젠 다시 일할 거야?"

"어쩔 수 없습니다."

"알았다."

통화가 끊겼을 때 사이엔의 얼굴에 쓴웃음이 떠올랐다.

11시 반, 권철의 방에 새로운 얼굴 셋이 들어왔다. 그래서 좁은 방안이 꽉 찼다. 용비, 황규규, 사이엔까지 모두 모여 있었기 때문이다. 셋은 곽기윤이 파견한 삼합회 간부들로 아파트 밖에 30여 명의 요원을 포진시키고 있다. 권철이 그들을 둘러보며 말했다.

"오늘 밤에 양쪽을 다 끝내야 돼, 마음 같아서는 내가 다 처리하고 싶지만 말렌코프 저택은 너희들이 맡아라."

권철이 셋을 둘러보며 말했다.

"경비원 배치와 저택 평면도, 감시 초소까지 여기 다 표시해 뒀으니까 갖고 가도록."

권철이 탁자 위에 지도를 내놓고는 말을 이었다.

"가족은 놔둬, 명심하도록, 알았나?"

"예, 형님."

간부들이 일제히 대답했다. 나이도 권철보다 윗길이었지만 얼굴에서 존경심이 배어 나오고 있다. 권철이 손목시계를 보았다.

“우리는 2시 정각에 칠 테니까 너희들도 우리하고 시간을 맞추도록.”

“알겠습니다.”

권철이 머리를 끄덕이자 셋은 일제히 머리를 숙여 절을 하더니 몸을 돌렸다. 그들이 방을 나갔을 때 권철이 사이엔에게 물었다.

“사이엔, 프란트리 공항에 오전 5시까지 도착하면 되겠지?”

“5시에 출발할 예정이니까 10분 전에는 도착해야죠.”

머리를 끄덕인 권철이 다시 물었다.

“당신은 여기 남아 있겠지?”

“같이 갑니다.”

사이엔이 외면해서 모두 표정은 보지 못했다.

6장
리스타 아일랜드

돌아가는 차 안에서 슈르츠키가 투덜거렸다.

"아버지는 너무 소심해, 작은 것에 집착하다가 큰 것을 놓치게 된단 말야."

방탄 리무진에는 넷이 탔는데 옆에 앉은 사내가 경호대장 터커다. 슈르츠키가 터커에게 말했다.

"터커, 자존심 상해서 못 살겠다. 그 원숭이를 찾아서 없애기 전에는 아버지 안 볼 거다."

"예, 보스."

터커가 머리를 끄덕이며 말했다.

"숙소로 돌아간 후에 바로 애들을 비상소집 시키지요."

"조니하고 멀피 그 두 놈이 원숭이하고 같이 있어."

어깨를 부풀린 슈르츠키가 긴 숨을 뱉었다.

"그놈들이 캐리를 잡은 거야, 캐리 그놈이 겁쟁이야."

터커는 입을 다물었고 슈르츠키의 불평이 이어졌다.

"내가 유라보킨, 메세트 앞에서 개망신을 당했단 말야. 이번 일을 처리하고 그놈들도 정리를 해야겠어, 터커."

그때 차가 가든호텔 앞에 정차했기 때문에 터커가 먼저 밖으로 나갔다. 오전 1시 반이다. 말렌코프의 저택에서 12시 반쯤 나왔으니 한 시간쯤 걸린 셈이다. 늦은 밤이어서 호텔 앞은 텅 비었고 현관 앞에 서 있는 도어맨도 보이지 않았다. 이 시간에는 현관 앞이 비는 것이다. 현관 안으로 앞장서 들어서던 터커가 주위를 둘러보았다.

안쪽 엘리베이터 앞에 서 있는 부하 둘이 보였다. 커피숍에는 손님 10여 명이 둘러앉아 있었는데 술에 취했는지 떠들썩했다. 슈르츠키 일행이 들어서자 모두 조용해졌다. 슈르츠키를 둘러싼 경호원이 5명이나 되는 데다 분위기가 험악했기 때문이다.

엘리베이터 문을 열어놓고 기다리던 부하들에게 끄덕여 보인 슈르츠키가 일행과 함께 엘리베이터에 올랐다. 엘리베이터 문이 닫히려는 순간이다. 밖을 내다보는 자세의 터커는 엘리베이터 맨 앞쪽에 서 있었기 때문에 앞에서 뿜어지는 발사광을 보았다.

"퍽!"

발사음은 그렇게 들렸다. 엘리베이터에서 정면으로 보이는 커피숍 안쪽, 기둥 옆이다. 로비에서는 칸막이로 설치해놓은 장식물, 화분에 가려서 보이지 않았었다.

그 순간,

"꽈꽝!"

엘리베이터 안으로 쏘아진 로켓탄이 안에서 폭발했다. 터커는 날아오는 로켓탄 덩치가 컸기 때문에 몸을 비틀기는 했다. 그뿐이다. 직경 10센티, 길이가 60센티짜리 로켓탄이 터커 옆구리를 스치고 뒤에선 경호원 베리의 배를 관통하고 나서 슈르츠키의 육중한 배에 박힌 후에 폭발했다.

엘리베이터 안에 탄 8명 중 터커와 구석 쪽 헨리만 중상을 입었고 나머지는 폭사했다. 슈르츠키는 형체를 알아볼 수 없을 정도로 몸이 분해되었는데 말렌코프의 악담이 맞았다. 탕수육 200인분으로 몸이 조각난 것이다.

로켓포를 쏜 것은 황규의 부하 왕준과 염기운이다. 커피숍 안쪽에서 기다리고 있다가 45미터 거리의 엘리베이터를 한 치의 오차도 없이 명중시켰는데 중국 인마군 출신의 왕준에게 그쯤은 일도 아니었다.

커피숍 안의 종업원은 모두 제압당한 상태였고 술 취한 손님들은 왕준과 염기운이 기둥 뒤쪽에서 꾸물거리는 것은 관심도 두지 않았다.

"타탓탓탓탓."

"타타탕."

기관총 발사음이 엘리베이터 안이 폭발한 후에 10초쯤 이곳저곳에서 울렸다. 대여섯 정의 발사음이었는데 엘리베이터 폭발음이 너무 컸기 때문에 그것은 소음 같았다. 그러나 그것으로 아래층에 있던 슈르츠키의 부하들이 모조리 소탕되었다.

현관 밖에 있던 2명, 로비 끝쪽의 2명까지 4명이다. 권철은 오전 12시 반에 용비와 함께 호텔 뒷문으로 들어와 커피숍부터 장악했고 부하들을 요소에 배치시켜놓고 기다렸던 것이다. 13명의 기습작전이었으니 슈르츠키는 전력(戰力)은 물론 선수도 빼앗긴 상태라 전멸한 것이 당연했다.

1시 45분이 되었을 때 침대에 누워 있던 말렌코프가 이맛살을 찌푸리며 상반신을 일으켰다.

"이게 무슨 소리야?"

옆에 누워 있던 이놀카도 일어나 앉았다.

"누가 싸우나 봐요."

경호원들이 싸우는 소리로 들은 것이다. 그러나 말렌코프는 시트를 걷어차고 침대에서 나왔다. 둔한 발사음을 들은 것이다. 안에서는 뭔가 떨어지는 소리처럼 들렸지만 소음기를 낀 총의 발사음이다.

"보리스."

이놀카가 뒤에서 부르는 소리를 들으면서 말렌코프는 침실을 나왔다. 말렌코프의 대저택은 정문에서 저택까지 2백 미터가 되는 데다 본관은 2층 석조건물로 방이 27개나 된다. 저택의 경호원은 18명, 밖의 경비원까지 합하면 30명 가깝게 되는 것이다.

그래서 그것을 알고 있는 뉴욕의 5대 마피아도 저택을 공격하려면 군(軍)을 동원해야 된다고까지 말할 정도다. 복도로 나간 말렌코프가 소리쳐 경호원을 불렀다.

"유라! 만수트! 카카린!"

그때 함성이 울렸기 때문에 말렌코프는 숨을 들이켰다. 온몸에 소름이 돋아났고 머리끝이 섰다.

"타타타타타타타!"

그때 처음으로 집안에 요란한 총성이 울렸다. 말렌코프가 창가에 몸을 붙이고는 커튼을 젖혀 밖을 보았다. 그 순간 말렌코프는 입을 딱 벌렸다. 보라, 2층 창으로 내려다보이는 저택 마당에 사람들로 가득 덮여졌다. 저택 밖의 불이 환하게 켜져 있었기 때문에 검은 옷을 입은 군상들이 달려오고 있는 것이 다 드러났다.

1백 명도 넘는다. 모두 손에 총을 들었는데 맹렬하게 저택으로 달려든다. 마치 검은 짐승떼 같다. 저택은 총성과 비명이 가득 차 있다. 이미 밖의 경비병들은 다 살해된 것 같다. 그때 계단 아래에서 비명과 함께 외침이 일어났다. 이어서 총성,

"으악!"

"타타타타타타."

바로 아래쪽이다. 그 순간 말렌코프는 발을 떼었다가 멈췄다. 계단 위로 사내들이 올라왔기 때문이다. 검은 옷, 그러나 얼굴은 동양인이다. 검은 원숭이.

"뭐야?"

버럭 소리친 후버가 전화기를 고쳐 쥐었다. 오전 3시, 후버는 자다가 깨어 전화를 받는다. 그때 보좌관 매캔지가 말을 이었다.

"슈르츠키와 말렌코프가 거의 같은 시간에 피살되었습니다. 슈르츠키는 엘리베이터 안에서 폭사했고 말렌코프는 저택 안에서 기관총을 맞았습니다."

"이, 이런……."

"경찰은 갱단 소행으로 추측하고 있는데 현장에 증거가 남은 게 없습니다. 다만 말렌코프 저택에서……."

"뭐야?"

"저택 안의 고용원들 진술에 의하면 수백 명이 쳐들어 왔다는 것입니다."

"수백 명?"

"예, 수백 명이오."

"이런 젠장."

"그런데 모두 검은 복면으로 얼굴을 가렸다는데 얼굴 본 사람이 몇 명 있기는 합니다."

"누가?"

"가정부가 보았다는데 동양인이랍니다."

"그렇군."

"고용인이나 말렌코프의 아내, 집에 와 있던 딸, 아이들은 해치지 않았습니다. 하지만 사위, 경호원들은 모두 죽였지요."

"……."

"특히 슈르츠키는 참혹합니다. 엘리베이터 안에 있다가 로켓탄을 맞았는데 얼굴 한쪽만 남았습니다."

"……."

"지독한 놈들입니다."

"그놈, 권철이야."

후버가 잇사이로 말했다.

"그놈이 삼합회를 동원한 것이라고."

"……."

"이광이가 시킨 거야."

호흡을 가다듬은 후버가 말을 이었다.

"알았다. 해밀턴한테 연락해서 즉시 나한테 전화하라고 해."

전화기를 내려놓은 후버가 의자에 등을 붙였다. 그런데 입가에 쓴웃음이 번져 나오고 있다.

창밖은 아직 짙은 어둠에 덮여져 있다. 오전 3시 10분, 깊은 밤이다.

25인승 전세기 안에는 이번 작전에 참가한 용비와 황규의 팀이 모두 탑승하고 있었는데 대부분 잠이 들었다. 비행기는 서쪽으로 날아가는 중이다. 권철이 머리를 돌려 옆에 앉은 사이엔을 보았다.

"아카풀코에 오래 머물지 않을 거요."

사이엔은 시선만 받았고 권철의 말이 이어졌다.

"돌아가고 싶어."

"한국으로 말이죠?"

"이번 작전을 시작할 때 마음을 정한 거요, 멕시코로 일단 몸을 피했다가 한국으로 돌아간다고."

"……."

"내가 할 일은 다 한 것 같아."

권철의 얼굴에 웃음이 떠올랐다.

"회사에서 나에 대한 기대가 어떤지는 알 수 없지만 이만하면 내 몫은 다 한 것 같다는 생각이 드는데."

"내가 이래라저래라 할 수 있는 입장은 아니죠."

사이엔이 다시 창밖으로 머리를 돌리면서 말했다.

"하지만 지금쯤 미국에서는 당신에 대해 수배령이 내려졌을 겁니다. 흔적이 많이 남았거든요."

사이엔이 말을 이었다.

"말렌코프 저택을 습격한 삼합회가 일부러 고용원들에게 얼굴을 보였어요."

"……."

"그건 내가 지시를 했구요."

머리를 든 사이엔이 권철을 보았다.

"이 비행기는 내 이름으로 전세를 냈으니까 곧 추적이 될 겁니다. 내가 당신하고 같이 있다는건 FBI가 다 알고 있으니까요."

사이엔의 얼굴에 웃음이 떠올랐다.

"해밀턴 사장은 당신과의 관계를 부인할 겁니다."

"잘 된 거지."

따라 웃은 권철이 의자에 등을 붙였다.

"이제 권철은 자취를 감추는 거야."

"당신이 한국에서 모습을 나타내면 안 되죠, 그럼 바로 리스타와 연결이 되고 회장님한테 영향이 갈 겁니다."

사이엔이 똑바로 권철을 보았다.

"적당한 곳이 있어요."

이광은 오금봉한테서 직접 보고를 받았다. 해밀턴 대신으로 오금봉이 연락을 한 것이다. 지금 오금봉은 멕시코시티에서 전화를 한다. 미국보다는 도청염려가 적겠지만 오금봉은 조심스럽게 표현하고 있다.

"누군가 말렌코프 조직을 멸망시킨 것 같습니다. 말렌코프는 저택에서 경호원 19명과 함께 피살당했고 아들 슈르츠키도 경호원 9명과 함께 살해되었습니다."

이광은 듣기만 했다.

"지금 미국 시간으로 오전 8시인데 모든 언론이 특종보도를 하고 있습니다. 마피아 조직 간의 전쟁이라고 보도를 합니다만……."

아직 리스타에 대해서 언급한 언론사는 없다. 이광이 호흡을 고르고 나서 물었다.

"앞으로 상황이 어떻게 진전될 것 같습니까?"

“마피아들은 일제히 자신들과는 무관한 일이라면서 경찰의 신속한 수사를 촉구했습니다. 수사에 적극 협조하겠다는 조직도 있습니다.”

“LA사건과 연결시킨 언론이나 경찰 담당자는 없습니까?”

“없습니다.”

그러고는 오금봉이 덧붙였다.

“증거도 없이 소설 쓸 수는 없지요.”

통화가 끝났을 때 이광이 옆에 선 안학태를 보았다.

“지금 권철은 어디에 있지?”

“아카풀코에 있습니다.”

안학태가 손목시계를 보더니 말을 이었다.

“한 시간쯤 후에 화물선을 탑니다.”

“화물선?”

“예, 싱가포르로 가는 화물선입니다.”

“……”

“그 배를 타고 리스타 아일랜드로 갈 겁니다.”

이광의 시선을 받은 안학태가 말을 이었다.

“당분간 권철에게 리스타 아일랜드 경비대장 업무를 맡기겠습니다.”

“좀 쉬겠구만.”

그때 안학태가 생각난 듯 덧붙였다.

“그건 사이엔의 조언을 듣고 결정한 것입니다.”

“부장님, 이번 사건에 리스타와 관련이 있다는 증거가 있습니까?”

해밀턴이 묻자 후버가 입을 딱 벌렸다가 다물었다. 어이가 없다는 표정이다.

"지금 무슨 소리를 하는 거야?"

오전 10시 반, 이곳은 워싱턴 서북쪽 교외의 안가(安家), 짙은 숲에 둘러싸인 2층 건물인데 후버가 가장 좋아하는 안가 중 하나다. 이제 70이 가까운 후버는 나무 냄새, 물 냄새가 맡아지는 곳을 선호했고 특히 통나무집을 좋아했다. 이 2층 저택도 통나무집이다. 응접실에 둘러앉은 사람은 넷, 후버와 FBI 국장 리틀, 그리고 대통령 보좌관 카이슨, 리스타연합 사장 자격으로 호출된 해밀턴이다. 후버가 해밀턴을 노려보았다.

"당신은 그럼 그놈이 미국 정부를 대리해서 말렌코프 조직을 몰사시켰다고 하는 거야?"

"그건 아닙니다, 부장님."

"입 닥치고 있어."

후버의 얼굴이 어느덧 상기되었다. 둘러앉은 리틀과 카이슨은 무표정한 얼굴이다. 리틀은 55세, 대통령의 법률 보좌관을 맡고 있다가 작년에 FBI 국장이 되었다. 카이슨은 58세, 안보보좌관으로 육군 대장 출신이다. 해밀턴이 입을 다물었을 때 카이슨이 셋을 둘러보며 말했다.

"대통령께선 오늘 확실한 결론을 내라고 하셨습니다. 지금 결과를 기다리고 계십니다."

리틀이 말을 이었다.

"심각합니다. 이번에 살해된 놈들 중에 소련 국적이 18명이나 됩니다. 소련 대사가 벌써 두 번이나 성명을 발표했지 않습니까?"

후버가 찡그리고만 있었기 때문에 리틀이 말을 이었다.

"이건 국제 문제가 될 겁니다. 작년에 모스크바에서 미국 여행자 둘이 강도한테 살해당했을 때 우리가 미국에 있던 소련인 2백 명가량을 출국 금지시켰지 않습니까? 소련놈들은 작년 일을 잊지 않고 있습니다."

카이슨이 말을 받는다.

"대통령께선 이번 사건으로 정부의 신뢰와 위신이 추락하는 것을 용납하지 않겠다고 하셨습니다. 후버 부장."

후버의 이름을 부른 것은 모든 것이 네 책임이라는 의미나 같다. 대통령이 이 사건을 백악관 대통령 집무실로 불러서 회의를 하는 것이 아니라 후버의 안가로 FBI 부장과 안보보좌관을 보낸 이유가 바로 그것이다.

지금까지 리스타는 CIA, 특히 후버가 관리해왔으니 책임을 지고 수습책을 내놓으라는 의미였다. 그때 후버가 머리를 돌려 해밀턴을 보았다.

"자, 리스타연합 사장 이야기를 듣자."

"입 닥치고 있으라면서요?"

해밀턴이 되묻자 후버가 쓴웃음을 지었다.

"그놈들은 전세비행기로 멕시코로 달아났더구만, 해밀턴."

"누구 말입니까?"

"권철과 삼합회 놈들, 그리고 사이엔."

"글쎄요, 저는 참……."

"사이엔은 나도 아는 여자지, CIA에서 5년간 근무하다가 네가 리스타로 빼내간 요원인데."

리틀과 카이슨이 소파에 깊숙이 등을 묻은 것은 앞으로의 이야기를 기대한다는 표시가 될 것이다. 후버가 헛기침을 했다.

"조금 전에 뭐라고 그랬지? 증거가 있느냐고? 도망간 것이 그 증거지 뭐냐? 도망가지 않았다면 차라리 나았을 거다. 말렌코프 소굴에서 복면을 썼던 놈들 몇 놈이 제 원숭이 상판을 보여준 것도 수단을 부린 것이지."

"……."

"세상에다 알린 거야, 그것도 너희들 작전 아니냐? 리스타에서 삼합회하고 연합해서 말렌코프 조직을 전멸시켰다. 이렇게 광고해놓고 뭘 그래?"

"……."

"소련이 아우성을 치면서 개지랄을 할 거다. 브레즈네프가 이 사건으로 혈압이 터지면 더 좋겠지만 이걸로 미국하고 전쟁을 일으킬지도 모른다고 언론이 떠들 거다. 그럼 민주당은 대통령이 후버를 통해서 리스타로부터 정치자금을 받는다고 떠들겠지, 그럼 이 정부는 망하는 거야."

"됐습니다."

손바닥을 펴 보인 해밀턴이 어깨를 늘어뜨렸다.

"말씀 다 하셨습니까?"

"권철을 데려와서 자수시켜."

후버가 말하자 리틀과 카이슨이 동시에 머리를 끄덕였다.

"같이 도망간 삼합회 12명도 데려와야겠지, 그래야 소련놈들의 화가 풀릴 거다."

해밀턴은 쳐다만 보았고 다시 후버의 말이 이어졌다.

"소련놈들이 가만있으면 돼, 그럼 미국인들은 러시아 갱단 하나가 몰살되었다는 것에 오히려 잘 됐다고들 할 테니까. 그리고 너희들도 득이 있지 안 그래?"

"……."

"말렌코프 영역을 삼합회시켜서 접수할 것 아닌가? LA지역은 다 평정했겠다 말야."

"……."

"권철이만 데려와, 그 삼합회 놈들하고. 그래, 사이엔은 놔둬도 돼."

그때 해밀턴이 손목시계를 보더니 후버에게 말했다.

"제가 전화 한 통 해도 되겠습니까?"

후버는 쳐다만 보았고 해밀턴이 말을 이었다.

"11시에 전화를 하기로 해서요, 부장님이 받으시면 좋겠는데요."

해밀턴이 옆에 앉은 리틀과 카이슨을 둘러보았다.

"마침 다 계시니까 스피커로 하시지요."

"누군데?"

마침내 후버가 묻자 해밀턴이 전화기를 집으면서 말했다.

"미국 주재 소련 대사 안토노프입니다."

놀란 리틀이 숨 들이켜는 소리를 냈고 카이슨은 마른침을 삼켰다. 오늘 아침에만 해도 안토노프는 유창한 영어로 방송에 나와 떠들었던 것이다.

'소련 시민의 집단학살', '만행', '소련에 대한 도전', '국교 단절' 등 도발적, 자극적인 언어를 쏟아내면서 주먹을 흔들던 영상이 모두의 머릿속에 박혀있기 때문일 것이다. 그런 안토노프에게 전화를 걸다니?

"여보세요."

버튼을 누른 해밀턴이 불렀을 때 수화구에서 사내의 굵은 목소리가 울렸다.

"유리 안토노프요."

미국 주재 소련대사다. 소련 서기장 브레즈네프의 최측근, 외무장관을 지내다가 미국대사로 온 거물이다. 리틀과 카이슨은 물론이고 후버까지 긴장한 채 숨을 죽였다. 스피커 버튼을 눌렀기 때문에 안토노프의 목소리가 방을 가득 메우는 것 같다.

"아, 리스타의 해밀턴입니다. 대사님."

해밀턴이 정중하게 말했다.

"제가 마침 후버 부장하고 대통령 보좌관 카이슨 장군, 그리고 FBI 국장 리틀까지 같이 있어서요."

"아, 그래요."

안토노프가 젊잖게 응수했다. 아침에 TV에서 떠들던 분위기하고는 영 딴판이다.

"잘 되었네요, 세 분이 같이 계시다니."

"아, 그렇습니까? 소련 정부 방침을 전해주실 것이 있습니까?"

"예, 소련 정부는 이 시간부터 말렌코프 사건을 문제 삼지 않기로 결정을 했습니다. 이것을 먼저 대통령 보좌관께 말씀드리고 싶군요."

"바꿔드릴까요?"

"예, 부탁합니다."

해밀턴이 전화기를 건네주었더니 카이슨이 얼른 받아 귀에 붙였다.

"네, 카이슨입니다. 대사님."

"장군, 들으셨겠지만 대통령 각하께 소련 정부는 이번 사건을 문제 삼지 않겠다고 전해주시지요."

"예, 알겠습니다. 대사님."

"이 시간부터 소련 정부는 미국에 대한 비난 성명 발표나 인터뷰는 하지 않겠습니다."

"예, 그렇게 전해드리지요."

"참, 거기 FBI 리틀 국장도 계시지요?"

"바꿔 드릴까요?"

"부탁합니다."

리틀이 카이슨이 건네준 전화기를 귀에 붙이더니 대뜸 물었다.

"대사님, 저한테 하실 말씀이 있습니까?"

"지난달 간첩 혐의로 FBI가 체포한 유리몰로토프 서기관하고 모스크바에서 잡힌 미국 대사관 영사 마르첼하고 교환을 하십시다."

그 말을 들은 후버가 입만 크게 벌리고 소리 없이 웃었다. 리틀이 전화기를 고쳐 쥐더니 정색하고 대답했다.

"알았습니다. 대통령께 보고하고 연락을 드리지요."

"감사합니다. 그런데……."

그때 후버가 커다랗게 말했다.

"후버는 나갔다고 해, 리틀."

그 소리를 들었는지 안토노프가 짧게 웃고는 인사를 했다.

"그럼 통화 끝내겠습니다."

리틀이 전화기를 내려놓았을 때 후버가 어깨를 부풀리면서 해밀턴을 보았다.

"리스타 영향력이 브레즈네프를 움직일 만큼 커졌구나."

해밀턴은 대답하지 않았고 후버가 한숨과 함께 말을 이었다.

"해밀턴, 우쭐대지 마라, 브레즈네프는 너희들 머리 꼭대기에 서 있어, 그리고……."

말을 그친 후버에게 해밀턴이 머리만 숙여 보였다.

사방이 수평선이다. 배는 서쪽으로 항진하고 있었지만 이제 보이는 건 수평선뿐이다. 선미의 난간에 서 있던 권철이 인기척에 머리를 들었다. 사이엔이 다가와 옆에 섰다. 바람결에 사이엔의 머리칼이 날렸고 옅은 향내가 맡아졌다. 사이엔은 반팔 티셔츠의 반바지를 입었고 맨발에는 샌들을 신었다.

날씬한 몸매가 드러났다. 오후 4시가 되어가고 있다. 어젯밤에 아카풀코를 출항한 화물선 쥬리아나호는 파나마 국적이다. 6만 톤급으로 시속 30노트로 달리고 있다.

"방금 연락을 받았어요."

사이엔이 바다를 내려다보면서 말했다.

"소련 정부가 이번 사건에 대해서 더 이상 언급하지 않겠다고 발표했다는군요."

사이엔의 얼굴에 희미한 웃음이 떠올랐다.

"피살된 소련 국적의 사내들이 모두 범법자인 것이 드러났다는군요, 말렌코프 일족은 이미 미국으로 귀화한 신분이라 미국 정부가 처리할 문제라고 했습니다."

사이엔이 머리를 돌려 권철을 보았다.

"본부에서 소련 고위층과 합의를 한 것 같습니다."

"그런 것 같네요."

"이젠 당신에 대한 수배령이 해제되었다고 합니다."

"하지만 미국으로 돌아갈 수는 없겠지요?"

"당연히."

사이엔이 웃음 띤 얼굴로 권철을 보았다.

"돌아가고 싶어요?"

"아니, 전혀."

"그럼 한국으로?"

"당신 말대로 한국도 아직 시기상조인 것 같은데."

"그럼 나하고 같이 리스타랜드로 가요."

"당신까지 같이 갈 필요는 없지 않아?"

"해밀턴 사장한테 당신하고 같이 간다고 했어요."

"나는 당신 의사를 묻는 거요, 사이엔."

"같이 가죠, 당신하고."

"거부감은 없어졌소?"

"그때."

사이엔의 눈동자가 흐려졌다.

"바닷가 바위 사이에서 당신하고 이야기했을 때."

권철은 사이엔의 이마 위에 흩어진 금발을 손가락으로 걷어 올렸다. 저도 모르게 손이 뻗어 나간 것이다. 말을 그친 사이엔이 시선만 주었을 때 권철은 두 손으로 사이엔의 볼을 감싸 안았다. 권철의 입술이 다가오자 사이엔은 눈을 감았다.

사이엔의 입술에서 짠맛이 났다. 바닷바람이 입술에 쌓인 것 같다. 그러나 잠시 후에 입술이 열리더니 젤리 같은 혀가 나왔다. 혀에서는 살구 맛이 났다. 사이엔의 가쁜 숨에서는 레몬 향이 맡아졌다. 이윽고 권철이 입술을 떼고는 두 손으로 사이엔의 허리를 감아 안았다. 그러자 사이엔이 권철의 가슴에 볼을 붙이고 물었다.

"이러고 싶었어요?"

"당신을 처음 본 순간부터."

"느낌은 있었죠."

하반신을 딱 붙이면서 상체를 뒤로 젖힌 사이엔이 이를 드러내고 웃었다. 사이엔의 두 눈이 반짝였다. 두 팔로 권철의 목을 감아 안은 사이엔이 웃음 띤 얼굴로 말했다.

"당신의 눈을 보면 욕망이 느껴져요."

전화기를 내려놓은 이광이 앞에 앉은 진남철을 보았다. 이광은 방금 브레즈네프의 보좌관 카가린과 통화를 마친 것이다. 브레즈네프가 병원에 입원했다는 말을 듣고 위로 전화를 했다. 이곳은 사우디 젯다, 진남철은 이곳에서 리스타상사 해외법인연합회 사장으로 상사의 해외법인을 총괄하고 있다. 이광은 젯다로 옮겨온 것이다.

"진 사장, 해외법인 본부를 리스타 아일랜드로 옮기도록 해."

이광이 말하자 진남철이 얼굴을 펴고 웃었다.

"해외법인 본부 인원이 500명이 넘습니다. 한국인이 1백여 명, 나머지는 10여 개 국적인데 리스타 아일랜드로 옮겨갈 직원은 절반 정도입니다."

나머지는 인도네시아의 섬까지 따라가지 못한다는 말이다. 이광이 머리를 끄덕였다.

"정리를 해, 그리고 한국인으로 다시 채용을 하지."

"이곳에서는 중동인을 채용했지만 그곳에서는 그럴 필요가 없지요."

"리스타는 새 땅이야."

"제2의 한국으로 만들어야 합니다."

옆쪽에 앉은 안학태도 거들었다.

"인구 20만으로 예상했지만 싱가포르 기준으로 하면 1백만도 가능합니다."

이곳은 홍해가 내려다보이는 바닷가의 리스타호텔 안이다. 한동안 창밖을 내다보던 이광이 진남철에게 말했다.

"진 사장한테 항상 새로운 시장 개척을 맡기는데 이번에도 부탁해야 할 일이 있어."

긴장한 진남철이 이광을 보았다. 이광이 말을 이었다.

"리스타 해외법인 본부를 리스타 아일랜드로 옮기고 진 사장이 아일랜드의 초대 시장을 맡아줬으면 해."

"……."

"그래서 아일랜드 건설의 책임을 맡아주란 말야."

그때 진남철이 숨을 들이켜더니 굳어진 얼굴로 말했다.

"영광입니다, 회장님."

"자네만 한 적임자가 없어."

"최선을 다하겠습니다."

"이젠 리스타 아일랜드를 중심으로 대한민국이 세계를 향해 도약하는 거야."

이광의 목소리에 열기가 띠어졌다.

"대한국인이 있는 곳이 대한민국이지."

경호실장 에릭센이 방으로 들어섰을 때는 밤 10시 반이다.

"보고 드릴 일이 있습니다."

다가선 에릭센이 조심스럽게 말했다.

"지난번 압둘 가민과 함께 만나셨던 무하마드 오마르한테서 연락이 왔습니다. 지금 젯다에 와 있다는데요?"

"젯다에?"

이광이 눈썹을 모았다. 오마르는 페샤와르에서 학생들을 가르친다고 했다. 아프간 반군의 부사령관 압둘 가민의 제자로 역사학자라고 했던가? 거구에 짙은 수염이 인상적이었다. 에릭센이 말을 이었다.

"뵙고 싶다고 합니다."

"용건은?"

"말은 하지 않고 뵈려고 페샤와르에서 이곳까지 왔다고 합니다."

이광이 머리를 끄덕였다.

"안 실장을 불러요."

에릭센이 몸을 돌렸을 때 이광이 말을 이었다.

"재크린도 같이 들어오라고 하고."

잠시 후에 응접실에는 안학태, 재크린, 에릭센까지 넷이 둘러앉았다. 재크린은 자다가 나왔는지 푸석한 얼굴이다. 에릭센이 오마르가 이광을 만나러 왔다는 말을 하자 안학태가 입을 열었다.

"지난번 압둘 가민이 잘 부탁한다는 말은 했지만 찜찜합니다. 만나시지 않는 것이 낫겠습니다."

이광은 듣기만 했고 안학태가 말을 이었다.

"압둘 가민한테 무기를 공급해주는 건 미국이고 우리는 소련의 무기를 사주는 입장이지만 이제 계약이 되었으니까 가민의 제자라는 오마르하고 관계를 맺을 필요는 없다고 생각합니다."

맞는 말이다. 가민과 깊은 인연을 맺을 필요는 없는 것이다. 그때 재크린이 말했다.

"오마르는 페샤와르에서 아프간 남부 파슈툰족을 중심으로 모집한 학생들에게 이슬람 교육과 테러 훈련을 같이 시키고 있어요."

"테러 훈련?"

이광이 묻자 재크린이 머리를 끄덕였다.

"미국 측에도 압둘 가민이 자금 지원을 요청했지만 거부했습니다. 반군이라면 모를까 테러조직에 자금 지원을 해줄 수는 없으니까요."

"테러 자금이군."

이광이 쓴웃음을 짓고 말했다.

"이걸 어떻게 하는 것이 낫겠나?"

"만나시면 안 됩니다."

다시 안학태가 말했다.

"제가 대신 만나겠습니다. 그리고 제가 거절을 하지요, 회장님을 연관시키지 않겠습니다."

이광의 시선을 받은 재크린이 말했다.

"제 생각도 같습니다."

이광이 다시 재크린에게 물었다.

"CIA에서도 오마르가 어떤 교육을 시키고 있는지 알겠지?"

"알고 있지만 지금은 반군을 지원하는 입장이어서요."

"반군의 무기가 테러 교육을 받는 교육생들에게 흘러갈 수도 있겠죠."

"그것까지는 막기가 힘듭니다."

"그럼 CIA는 어떻게 할 예정인가?"

"가능한 한 철저히 감시하고 예방하는 중입니다."

재크린의 얼굴을 보면서 이광이 천천히 머리를 끄덕였다. 그러고는 머리를 돌려 에릭센에게 말했다.

"에릭센, 오마르를 데려와요."

"예, 회장님."

에릭센이 자리에서 일어섰을 때 이광이 안학태와 재크린을 차례로 보았다.

"당신들도 나하고 같이 오마르를 만나도록 하지."

안학태와 재크린이 몸을 굳혔다. 에릭센이 방을 나갔을 때 이광이 웃음 띤 얼굴로 말했다.

"오마르는 물론이고 압둘 가민도 내 옆에 CIA 보좌관이 있다는 것을 알고 있을 거야."

재크린의 얼굴이 조금 붉어졌고 이광이 말을 이었다.

"아마 세상에서 이런 일을 할 수 있는 사람이 나뿐인지도 모르지."

응접실로 들어선 오마르가 이광을 보더니 손을 내밀고 다가왔다. 다른 사람들은 쳐다보지도 않는다. 그것을 본 안학태가 한 걸음 앞으로 나섰을 때 이광이 낮게 말했다.

"안 사장, 놔둬."

한국말이다. 안학태가 주춤했고 오마르가 내민 손을 이광이 잡았다. 오마르는 내친김에 이광을 끌어안고 볼을 붙였는데 친밀감의 표시이기는 했다. 오마르는 거구다. 얼굴은 눈, 코, 입술만 빼놓고 검은 수염이 덮여져 있었는데 파키스탄이나 중동 회교국에서 드문 경우는 아니다.

그러고 나서야 안학태하고 악수를 나눈 오마르가 재크린한테는 눈인사만 하고 자리에 앉았다. 밤 11시가 넘은 시간이다. 두 손을 무릎 위에 놓은 오마르가 단정하게 앉아서 이광을 보았다. 검은 눈동자가 마치 총구의 구멍처럼 느껴졌다.

"회장님께 부탁드릴 일이 있습니다."

오마르가 정색하고 말을 이었다.

"학생의 교육자금이 필요합니다. 그래서 도움을 받으려고 왔습니다."

머리를 끄덕인 이광이 물었다.

"파키스탄 정부나 미국, 또는 이슬람 국가의 지원을 받지 않습니까?"

"사정이 좋지 않습니다."

이광은 시선만 주었고 오마르의 말이 이어졌다.

"저희들은 정식 학교가 아닌 데다가 각국의 이해관계가 얽혀져 있어서요."

"이해가 안 가는데."

이광이 머리를 기울였다.

"전쟁 중이라도 교육사업은 적국도 지원합니다. 이해관계라니요?"

"우리들은 전사(戰士)를 양성하고 있거든요, 군인 말입니다."

이광이 심호흡을 했다. 둘러앉은 안학태, 재크린, 에릭센은 숨소리도 내지 않는다. 이광이 한마디씩 또박또박 물었다.

"방금 전사라고 했습니까?"

"예, 서방 기독교인들이나 제국주의자들은 테러단이라고 부를지도 모릅니다."

오마르의 시선이 재크린을 스치고 지나갔다. 재크린은 오마르를 응시하고 있다. 그때 이광이 다시 물었다.

"그럼 그 테러단 교육자금을 나한테 지원해달라는 겁니까?"

"예, 회장님."

"이유를 들읍시다."

"예, 현재 내가 알기로는 그런 일을 해줄 수 있는 기업이나 기업가는 리스타가 유일하기 때문입니다."

"글쎄, 그 이유는?"

"리스타는 미·소 양국은 물론이고 이란, 이라크, 리비아, 그리고 이스라엘에까지 인연을 맺고 있습니다. 그것이 리스타연합이지요."

이광이 번들거리는 오마르의 눈을 보았다. 눈동자가 이제는 총으로 뚫려진 구멍처럼 보여졌다. 오마르가 말을 이었다.

"아프간 괴뢰 정부군을 내세운 소련 측과 반군을 지원하는 미국 양쪽이 리스타를 이용하여 전쟁에 개입하고 있습니다. 그렇지 않습니까?"

"그래서요?"

"이 일도 마찬가지입니다."

"테러 단체에 리스타가 지원금을 내는 일 말씀이오?"

"그렇습니다."

"설명해보시오."

"내가 양성하는 전사들은 소외된 아랍인의 불만이 뿜어 나오는 분화구가 될 것이오, 이것은 내가 아니더라도 다른 자, 다른 곳에서 결성될 것입니다."

"……."

"나처럼 이슬람 역사와 함께 전사를 양성하는 정상적인 이슬람인이 그래도 나을 것입니다."

오마르의 얼굴에 쓴웃음이 번져졌다.

"그리고 가장 중요한 것이 있어요."

"뭡니까?"

"리스타를 통하면 미국과 소련 양쪽과 소통할 수 있기 때문이지요,

그것은 미·소 양측에서도 바람직한 일일 것입니다."

"……."

"다른 단체나 국가가 우리 지원자가 되는 것보다 훨씬 나을 테니까요."

"……."

"리스타연합이 중재 역할을 맡는 것이지요, 그것을 리스타 측 위상 확보에도 도움이 될 것입니다."

그러더니 오마르가 재크린에게로 머리를 돌렸다.

"그렇지 않습니까?"

다음날 오전 9시, 응접실에는 해외법인연합회 사장 진남철까지 불러서 다시 회의가 열렸다. 안학태가 어젯밤 오마르의 제안과 말한 내용을 그대로 옮겨 이야기해줬더니 진남철이 웃음 띤 얼굴로 이광에게 말했다.

"회장님, 리스타 입장으로서는 해로울 것이 없습니다."

이광은 듣기만 했고 진남철의 말이 이어졌다.

"리스타연합에 별도 조직을 만들어서 회장님 직속으로 운용토록 하는 것이 바람직합니다."

그때 안학태가 거들었다.

"후버 부장과 브레즈네프 서기장에게 오마르의 제안을 알려주는 것이 낫지 않겠습니까?"

머리를 끄덕인 이광이 재크린을 보았다. 이광의 시선을 받은 재크린의 얼굴이 붉어졌다. 재크린은 공식 석상에서 이광의 시선을 받으면 가끔 당황한다.

“재크린, 당신이 리스타연합의 이 별도 조직을 맡아주지 않겠어?”

“네?”

놀란 재크린의 얼굴이 더 붉어졌다. 그것을 느끼자 이제는 목까지 붉어졌는데 보기가 민망한지 모두 외면했다. 이광이 말을 이었다.

“당신이 적임자인 것 같은데, 연합의 계열사 사장이 되는 것이 낫겠군.”

“그것은…….”

재크린이 말을 이으려고 했을 때 이광이 부드럽게 말했다.

“생각해서 결정을 하면 내가 후버 부장께 말해서 허가를 받도록 하지.”

머리를 든 이광이 다시 안학태와 진남철을 보았다.

“그럼 테러단의 지원금은 우리가 내주기로 하지, 하지만.”

이광의 얼굴에 웃음이 떠올랐다.

“이번에도 우리가 조정자 역할을 맡는 상황에 우리 자금을 낼 이유가 없어, 미국과 소련의 자금을 받아서 오마르에게 전달해주는 거야, 미국과 소련은 그 대가를 충분히 받을 테니까 승낙할 거야.”

회의가 끝나고 응접실에 둘이 남았을 때 이광이 재크린에게 물었다.

“재크린, 내키지 않아?”

“아뇨.”

바로 머리를 저은 재크린이 수줍게 웃었다.

“내가 왜 이러는지 모르겠어요.”

“뭐가?”

“성품이 착해서 그런지 아니면 정직해서 그런지 알 수가 없네.”

재크린이 혼잣말처럼 말하고는 이광을 보았다. 눈 주위가 붉어져 있다.

"내가 당신 침실 파트너라는 건 간부들이 다 알고 있지 않아요?"

"그런가?"

"그래서 간부들이 모인 자리에서는 내가 얼어붙어요."

"그 반대로 달아오르는 것 같은데."

"부장은 그것까지 예상하고 날 당신 옆으로 보냈겠지만."

"재크린, 당신도 예상했을 것 아닌가?"

"당신은 익숙하겠지만 난 이런 일 처음입니다, 회장님."

"미안해, 재크린."

"천만에요, 내가 싫으면 대통령 지시라도 안 해요."

"나도 당신이 좋아, 재크린."

"테러단 업무는 대단히 중요해요, 내가 맡겠어요."

"후버 부장도 적극 찬성할 거야, 재크린."

재크린의 얼굴에 웃음이 떠올랐다.

"확실히 리스타 브레인들의 아이디어는 뛰어나요, 테러단 업무를 리스타연합의 별도 조직으로 관리시키다니요."

그러더니 재크린이 이광을 보았다. 크게 뜬 눈이 반짝이고 있다.

"그리고 그 자금을 미·소 양국에서 받을 아이디어를 짜내고, 조직의 운영자금도 거기서 나가겠지요?"

이광은 웃기만 했다.

그로부터 3시간 후, 안학태한테서 오마르의 제의를 들은 소련 측에서 연락이 왔다. 브레즈네프의 보좌관 카가린이 안학태에게 소련 정부의 결정을 통보해준 것이다.

“소련은 기금으로 1천5백만 불을 내놓겠다고 합니다.”

안학태가 이광에게 보고했다. 응접실에는 이광, 재크린, 안학태까지 넷이 다시 모여 있다. 안학태가 말을 이었다.

“그런데 조건이 있습니다.”

이광의 시선을 받은 안학태의 얼굴에 쓴웃음이 떠올랐다.

“리스타연합 계열사에서 그 기금을 관리할 예정이라고 했더니 소련 정부에서 그 계열사에 상근 직원을 파견하겠다는 것입니다.”

“그래야겠지.”

“미국도 직원을 파견할 것이 아니냐고 했습니다.”

아직 미국 측은 대답이 없다. 재크린이 안학태가 소련 측에 전화한 시간에 후버에게 직접 보고를 한 것이다. 그때 다시 안학태가 말했다.

“미국과 소련의 투자금은 같아야 한다고 했습니다.”

이광이 웃었고 진남철도, 마침내 재크린도 따라 웃었다. 끝없는 경쟁이다.

이광이 후버의 연락을 받았을 때는 그로부터 한 시간쯤 후다. 후버가 직접 이광에게 연락을 해온 것이다. 응접실에는 안학태와 둘이 남아 있었다.

“리, 그 무하마드 오마르란 놈이 압둘 가민이 키우는 놈이지만 영향력이 대단한 놈이야.”

후버가 말을 이었다.

“머리도 좋고, 이놈이 자네한테 이런 제의를 한 것은 나하고 소련 측에다 이야기를 해서 기금을 내라는 것이네.”

"그렇습니까?"

"자네가 미국, 소련 측에 이야기할 것도 예상하고 있었던 것이지."

"소련은 1,500만 불을 낸다고 합니다. 미국도 같은 금액을 내라는군요."

"그러겠지."

"우리가 만든 지원단체에 상근 직원을 하나 파견하는 조건입니다."

"우리도 보내야지."

"재크린을 조직의 대표로 삼겠습니다."

"잤지?"

"예?"

"아냐, 그렇다면 재크린을 먼저 리스타연합 중역쯤으로 임명해놓았다가 그쪽으로 옮겨야겠지?"

"그럴 생각입니다."

"CIA에서는 석 달쯤 전에 퇴사한 것으로 만들 테니까 거기서도 날짜 맞춰."

"그러지요."

"이번 말렌코프 사건은 잘 끝났어, 소련이 도와줘서 말야."

"수고하셨습니다."

"그놈, 지금 리스타랜드로 가는 중인가?"

"방금 뭐라고 하셨습니까?"

"리스타랜드"

"아, 예."

"그놈이 도망갈 곳은 그곳뿐이라는군. 내 말이 맞지?"

"예, 맞습니다."

"좋아, 그럼 우리도 1,500만 불에 상근 직원을 하나 보내지, 재크린 부하로 말야."

통화가 끝나자 이광이 전화기를 내려놓으면서 웃었다.

"앞으로 리스타 아일랜드라고 길게 부를 것 없어, 리스타랜드다."

"그렇군요."

스피커폰으로 다 들은 터라 안학태가 따라 웃었다.

"후버 부장이 이름을 잘 만들었습니다."

다음날 오전, 출발 준비를 마친 이광이 다시 응접실로 간부들을 모았다. 이광의 시선이 진남철에게로 옮겨졌다.

"진 사장이 리스타랜드로 떠나기 전에 리스타 자원의 체제를 만들도록 해."

"예, 회장님."

새 회사는 리스타자원이다. 진남철이 말을 이었다.

"사무실, 직원 선발 등을 빠른 시일 내에 완료시키겠습니다."

머리를 끄덕인 이광이 재크린을 보았다.

"진 사장이 그런 일은 전문가야, 맡기고 있으면 돼."

"알겠습니다."

재크린의 얼굴이 또 붉어졌다. 이광이 말을 이었다.

"난 일단 서울로 돌아갈 테니까."

"오랫동안 나와 계셨습니다."

진남철이 정색하고 말했기 때문에 이광이 쓴웃음을 지었다.

"그래, 이번에는 서울에서 좀 쉬어야겠어."

이광의 눈앞에 아들 이한과 이상철, 그리고 강은서의 얼굴까지 차례로 떠올랐다.

차에서 내린 이광 앞으로 강은서가 다가왔다. 강은서는 3살이 된 이한의 손을 잡고 있다. 밤 10시 반, 성북동의 저택 현관 앞이다.

"아빠한테 인사해야지."

강은서가 말하자 이한이 꾸벅 머리를 숙였다.

"안녕하세요."

"오."

다가간 이광이 이한을 번쩍 안아 들었다가 내려놓고는 강은서 뒤쪽에 몸을 절반쯤 가리고 선 이상철에게 손을 내밀었다.

"상철이도 이리 오너라."

이상철은 이제 14살, 중학교 1학년이다. 강은서와 결혼하면서 이광의 아들로 입적되어 성도 김씨에서 이씨로 바꿨다. 차에서 내린 이광의 수행원들은 가족의 만남에 방해가 되지 않으려는 듯이 흩어졌기 때문에 현관 앞에는 그들 넷만 모여 있다.

이광이 이한과 이상철의 손을 양손에 쥐고 강은서를 보았다.

"내 아들 둘을 잡고 있으니까 든든하구나."

"들어가, 어서."

강은서가 이광의 어깨를 밀었다.

"그렇게 일일이 신경 안 써도 돼."

현관 안으로 들어서자 고용원 둘이 서 있다가 인사를 했다. 이광의 짐을 든 수행원들이 서둘러 짐을 들여왔고 주위가 부산해졌다. 응접실로 들어선 이광이 재킷만 벗어 강은서에게 넘겨주고는 이한과 이상철을 껴안고는 소파에 앉았다.

"아빠, 이제 언제 가요?"

이한이 불쑥 물었기 때문에 이광이 웃었다. 만나자마자 언제 떠나느냐고 물은 것이다. 그만큼 집을 비운 시간이 많다는 증거다. 옷을 걸어놓고 오던 강은서가 그 말을 듣고 웃었다.

"아빠가 여기 오래 있을 거다."

강은서가 웃으며 말하더니 앞쪽에 앉았다. 원피스 차림의 강은서한테서 진한 향내가 맡아졌다. 분위기와 향수가 섞인 이 향기는 눈과 코로 함께 느끼는 색향(色香)이다. 이광이 이상철의 어깨를 감싸 안고 말했다.

"동생하고 잘 놀아줘라."

"예."

"형제간에 우애가 있어야 한다."

"예."

고분고분 대답한 이상철의 어깨를 힘주어 껴안았다가 놓은 이광이 이제는 이한에게 물었다.

"엄마하고 형 말 잘 들었어?"

"예."

"자, 그럼 장난감 구경할까?"

이광이 응접실 구석에 쌓아놓은 선물 보따리를 눈으로 가리켰다. 그곳에 이상철과 이한의 선물이 가득 놓여져 있는 것이다. 물론 비서들이 샀기 때문에 이광은 내용물을 모른다.

그날 밤 침대에 나란히 누운 이광이 강은서의 어깨를 당겨 안으면서 말했다.

"리스타랜드의 기반이 잡히면 그곳에 가족들의 교육시설도 갖춰질 거야, 그럼 한이, 상철이도 그곳으로 옮겨가야지."

"가보고 싶어."

강은서가 이광의 가슴에 얼굴을 붙이면서 말했다.

"리스타랜드 위치가 아시아 아래쪽 바다지만 세계의 중심이 될 수도 있겠지. 원의 어느 곳에 점을 찍어도 그곳이 세계의 한복판이니까."

"그렇군."

이광이 강은서의 어깨를 쓸면서 말을 이었다.

"우리는 1천7백 년 전에도 바다로 나가 인도에까지 가서 무역을 한 민족이야, 동북아 끝쪽의 반도에 만족하고 살지 않았어."

"그거 알아?"

강은서가 이광의 허리를 두 팔로 감아 안으면서 몸을 붙였다.

"우리 민족이 4백 년 전 임진왜란 때 수십만 명이 왜군한테 잡혀서 포르투갈 상인들한테 노예로 팔렸다는 사실 말야."

"모르겠는데?"

"그때 포르투갈 노예상들이 대량으로 조선인 포로를 노예로 사다가 유럽에 팔았다는 거야."

강은서가 말을 이었다.

"그 노예의 후손들이 유럽 각 지역에 흩어져 산다는 거야, 물론 현지인들하고 결혼을 해서 용모는 달라졌지만 DNA 조사를 하면 확인이 되겠지."

"......"

"자기 조상이 누군지도 모르고 사는 사람들이 대부분이겠지, 4백 년 전이니까."

"……."

"마찬가지야, 여보. 당신은 리스타랜드에서 대한민국을 더 크게 만드는 거야, 그래서 대한국인을 세계에 더 퍼뜨리는 것이고."

"네가 리스타랜드의 다음 사장이 되는 것이 낫겠다."

"난 이광의 마누라로 만족해."

강은서가 몸을 바짝 붙였기 때문에 뜨거운 피부가 느껴졌다.

오전 2시 반, 대부분의 시민은 잠이 들었지만 이 시간에 가장 활발하게 일을 하는 사람들이 있다. 유흥업소 종업원이 그중 하나다. 강정규가 오늘 들린 신촌의 나이아가라클럽은 대형 룸살롱과 나이트클럽을 합성시킨 구조로 7층 빌딩 전체를 국제통상이 소유한 기업체다.

왜냐하면 지하 1, 2층이 나이트클럽, 지상 1, 2층이 룸살롱이었고 3층에서 7층까지가 호텔인 구조였기 때문이다. 각층 평수가 3백 평 가깝게 되었기 때문에 룸살롱에 출근하는 아가씨가 150명이나 된다.

"어서 오십시오."

지배인 홍금성이 강정규를 맞았지만 귀찮은 기색이 역력했다. 강정규는 국제유통 기조실 조사부 차장으로 유흥업소 담당이다. 조사부장은 공석이었기 때문에 강정규는 직원 3명을 데리고 일하는 상황이다. 2층 룸살롱 안쪽의 사무실로 안내한 홍금성이 번들거리는 눈으로 강정규를 보았다.

"술 한 잔 드릴까요?"

"좋지요."

"아가씨도 불러 드릴까요? 뭐, 일하시는 데 지장은 없을 겁니다."

"좋지요."

그러자 홍금성이 이를 드러내고 웃었다.

"알겠습니다. 준비해 드리지요."

몸을 돌린 홍금성이 방을 나갔을 때 강정규는 숨을 들이켰다. 기조실의 조사부는 신설부서로 시장조사를 맡는다.

"시장조사는 무슨, 개뼈다귀 같은 놈이 뭘 안다고."

투덜거린 홍금성이 영업부장 윤지철과 3번 마담 서미아를 번갈아 보았다.

"지금 사무실 소파에 앉아 있으니까 술 싼 거 하나 갖다 주고 파트너 하나 붙여줘, 오늘 손님 못 받은 애로."

"그냥 서비스해주는 건가요?"

서미아가 묻자 홍금성이 다시 투덜거렸다.

"할 수 없지, 기조실장 체면을 봐서 돈은 못 받지."

그때 윤지철이 물었다.

"뭐, 조사할 것이 있다면 어떻게 합니까?"

"그래서 널 부른 거 아녀? 인마, 네가 가서 대답해, 조사는 무슨."

"예, 형님."

"조사부는 무슨, 갑자기 이상한 부서가 생겨갖고 귀찮게 만들고 있어."

서미아가 준비하려고 몸을 돌렸을 때 윤지철이 다시 물었다.

"어디서 내려온 낙하산입니까?"

"저놈이 온다고 해서 기조실의 최 부장한테 물어봤더니 모른다는군, 아마 상사나 해외법인에서 잘리기 직전인 놈을 임시로 떨어뜨린 것 같다는 거다."

"지난번에도 기조실에 무슨 부장 하나가 내려왔다가 그만두었지요?"

"상사에서 잘린 놈이었어."

"그럼 저놈도 그런 모양이지요?"

"어쨌든 감찰부 최 부장 말대로 배경이 보이지 않는 놈이라니까, 별거 아냐."

어깨를 부풀렸다가 내린 홍금성이 몸을 돌렸다.

지금도 낮에는 리스타 해외영업본부 소속의 5부 4과 3팀에서 스포츠신발 담당사원 신분인 강정규다. 팀장 유연숙은 그날 이후로 시침을 떼고 있었지만 아직은 어색한 관계다. 하루에 서너 시간밖에 자지 않고 두 가지 업무를 했지만 강정규는 지치지도, 싫지도 않았다.

오히려 한국 사회에 익숙해질 시간이 많아서 즐거웠다. 문이 열리더니 한복 차림의 여자가 들어섰는데 미인이다. 마담일 것이다. 뒤로 웨이터가 쟁반에 담은 술병과 안주를 들고 따라왔고 그 뒤로 아가씨가 들어섰다.

"기다리셨죠?"

웃음 띤 얼굴로 말한 마담이 탁자 위에 술병과 안주를 아가씨와 함께 내려놓더니 강정규 옆에 앉았다. 종업원이 나가고 아가씨는 왼쪽에 앉았다.

"제가 상대해 드리라고 지배인 지시를 받았습니다."

강정규의 잔에 술을 따르면서 마담이 말했다.

"저, 여기 3번 마담 서미아입니다."

"전 하연이라고 해요."

아가씨도 인사를 했다. 머리를 끄덕인 강정규가 술잔을 들고 말했다.

"지배인이 내가 온다는 연락을 받고 내 뒷조사를 했겠지?"

"네? 처음 듣는 말인데요?"

서미아가 눈웃음을 쳤다가 곧 얼굴이 굳어졌다. 한 모금 술을 삼킨 강정규가 지그시 서미아를 보았다.

"내가 배경도 없이 기조실로 떨어진 놈이라고 하지 않았어?"

"글쎄요, 저는……."

"3번 마담이라고 했지?"

"네, 차장님."

"가만있자, 3번 마담이면 이곳 12명 마담 중에서 서열은 3번째로, 31살, 룸살롱 경력은 8년, 제일전문대를 졸업하고 직장생활 1년 하다가 바로 이 업체에 왔구만. 마담이 된 지는 3년이고."

숨을 죽인 서미아의 얼굴이 굳어졌지만 강정규의 말이 이어졌다.

"나한테 온 건 지배인 홍금성의 자금관리를 맡은 심복이기 때문이지?"

"……."

"지배인 홍금성이 부산에서 마약을 가져다가 팔고 있던데, 네가 아가씨들한테 나눠주고 있지?"

"저는요."

그때 서미아가 떨면서 말했다. 한 번 떨기 시작하자 어깨가 덜덜 떨렸고 곧 이가 부딪혀 딱딱거렸다. 옆쪽 파트너는 아예 석상처럼 굳어져 있다. 서미아가 떨면서 말을 이었다.

"저는 시킨 대로만 했어요, 저는 죄가 없어요."

"그래? 그럼 홍금성이 이리 오라고 해."

다시 술잔을 쥔 강정규가 소파에 등을 붙이면서 말했다.

"뭐라고?"

되물은 홍금성의 눈이 흰창으로 뒤덮였다. 눈을 까서 떴기 때문이다. 룸살롱의 복도에서 둘은 마주보고 서 있었는데 홍금성의 얼굴이 금방 하얗게 굳어졌다. 방에서 뛰쳐나온 서미아한테서 자초지종을 들은 것이다.

"다 알고 있어요. 내 경력, 내가 자금관리를 하고 있다는 것까지요."

서미아가 다시 떨기 시작했다.

"어쩌면 좋아, 나도 죽게 생겼는데 내가 애들한테 히로뽕 판다는 것도 다 알고 있다구요."

"……."

"너희들은 날 낙하산으로만 알고 있겠지만 다 알고 왔다고 하더라구요. 어쩌면 좋아, 나, 죽게 되었어."

"나를 오라고 해?"

"예, 당장."

그때 홍금성이 어깨를 부풀렸다가 내렸다.

방으로 들어선 홍금성이 강정규를 보았다. 굳어진 얼굴, 어금니를 꽉 물어서 볼의 근육이 드러났다. 이마가 번들거리는 것은 진땀이 배어 나왔기 때문이다. 그때 술잔을 들고 있던 강정규가 말했다.

"서미아가 나간 지 22분 만에 들어왔구만, 그동안에 기조실 감찰부 최근식 부장한테 연락할 시간은 있었겠지?"

그때 홍금성이 앞쪽 자리에 앉으면서 물었다.

"당신 누구야?"

"너, 22분 동안 도망가지 않은 건 뭘 믿고 그런 거냐?"

"난 무슨 말인지 모르겠어."

"그렇게 시간 끌어도 소용없다."

"뭐라고?"

눈을 부릅뜬 홍금성을 향해 강정규가 빙그레 웃었다.

"내가 준비하지도 않고 여기 와서 서미아한테 그 이야기 한 것 같으냐?"

"글쎄, 나는."

"이 개새끼, 비겁한 놈이네."

그때 강정규가 뒤쪽 허리춤에서 소음기가 끼워진 권총을 주욱 뽑더니 앞쪽 탁자 위에 놓았다. 검은 총신이 선뜻했다. 그 순간 홍금성이 침 삼키는 소리를 냈다.

"널 끌고 가서 취조할 수도 있었어."

소파에 등을 붙인 강정규가 지그시 홍금성을 보았다.

"홍금성, 39세, 국제유통 전(前)의 신촌 카스파에서 웨이터로 시작했던 놈이더구나. 경력 17년, 이곳 나이아가라 룸살롱의 지배인급이면 국제유통의 부장급인데, 출세는 좀 늦은 편이지, 그건 10년쯤 전에 네가 공금을 횡령한 전과가 있었기 때문에 2년간 파문을 당했지?"

"……."

"그러다가 지금 유통의 고남준 전무의 추천을 받아서 복귀했고, 맞지?"

"날 어쩌자는 거야?"

홍금성이 잇사이로 물었을 때 강정규가 쓴웃음을 지었다.

"너, 회사를 망하게 하려고 그런 짓을 했으니까 배신자로 처벌해야지."

“증거 있어?”

“이놈 참 더러운 놈이구만.”

입맛을 다신 강정규가 머리를 저었다.

“비겁한 놈, 끝까지 거짓말을 늘어놓는구만. 살려둘 여지가 없어.”

“내가 국제유통 약점을 다 쥐고 있어, 날 어떻게 하면 같이 망하는 거야.”

눈을 치켜뜬 홍금성이 말을 이었다.

“네 말대로 내가 17년간 헛밥만 먹고 있었던 것 같으냐? 내가 어떻게 되면 그 증거물이 언론사, 경찰, 검찰한테까지 다 전해진단 말이다. 병신아.”

“그래, 겁나는구나.”

“같이 죽잔 말이다.”

“자, 이젠 더 보탤 것이 없군.”

머리를 끄덕인 강정규가 주머니에서 손바닥만 한 녹음기를 꺼내더니 탁자 위에 놓고 권총을 쥐었다. 그러고는 방아쇠를 당겼다.

“퍽!”

방안에 발사음이 번진 다음 순간 홍금성의 비명이 터졌다.

“으악!”

무릎이 박살 난 홍금성이 두 손으로 무릎을 움켜쥐고 방바닥으로 쓰러졌다. 옆자리의 파트너는 굳어진 채 숨소리도 내지 않는다. 그때 강정규가 술잔을 들면서 손목시계를 보았다. 오전 3시가 되어가고 있다.

3시 정각이 되었을 때 방으로 일단의 사내들이 들어섰다. 들어선 사내는 놀랍게도 국제유통 사장 윤방철이다. 윤방철이 방바닥에 쓰러진 채 신음을 뱉고 있는 홍금성을 보더니 이맛살을 찌푸렸다.

"벌써 해치웠냐?"

"반항을 하길래 무릎뼈만 박살을 냈습니다, 사장님."

강정규가 말하자 머리를 끄덕인 윤방철이 상석에 앉았다. 윤방철은 수행원 7, 8명을 이끌고 들어왔기 때문에 사무실이 꽉 찼다. 아가씨를 내보낸 강정규가 탁자 위에 놓인 녹음기 버튼을 누르면서 말했다.

"먼저 홍금성의 말을 들어 보시지요."

그때 곧 조금 전 둘의 대화가 방안에 울리기 시작했다.

30분쯤 후에 강정규는 승용차의 뒷자리에 윤방철과 나란히 앉아 스쳐 지나는 창밖을 바라보고 있었다. 그때 윤방철이 앞쪽을 향한 채로 물었다.

"구더기는 끊이지 않고 나온다. 그 이유가 무엇인 것 같으냐?"

"방심했기 때문이지요."

"누가?"

"홍금성은 한 번 배신을 했던 자입니다."

"내가 그놈을 나이아가라 지배인으로 임명하지 말았어야 했어."

잇사이로 말한 윤방철이 길게 숨을 뱉었다.

"홍금성이 마약을 판 이익금 중 3할을 최근식이한테 상납했어."

"……."

"내가 나이아가라에 들어오기 직전에 최근식이가 사라졌다. 그놈이 비행장, 선착장에는 나타나지 않을 거야."

"……."

"아마 배로 서해를 건너 중국으로 도망갈 거다. 그쪽이 땅도 넓고 아직 허술하니까 말야."

윤방철이 웃음 띤 얼굴로 강정규를 보았다.

"네 덕분에 구더기 한 무리를 소탕했는데 뒷맛이 안 좋다."

"최근식, 홍금성이가 히로뽕을 구입해 온 부산 공급자를 찾아야 되지 않겠습니까?"

"그건 부산 쪽에 연락을 했어."

윤방철이 이제는 길게 숨을 뱉었다.

"네가 이제부터 우리 유통에서 성과를 내기 시작하는구나, 내가 든든하다."

그러나 이번 일도 윤방철이 조사를 해보라는 지시를 받고 시작한 것이다. 독자적으로 조사를 한 것이 아니다.

4시간을 자고 상사에 출근했더니 유연숙이 말했다.

"수원 아진통상에서 불이 나서 창고가 탔어요, 우리 원부자재가 얼마나 탔는지 조사해야 돼요."

"가봐야겠는데."

강정규가 정색하고 일어섰다. 아진통상은 3팀의 주(主)공장 중 하나다. 창고가 탔다면 원부자재 공급에 차질이 올 뿐만 아니라 선적도 늦어질 가능성이 있다.

"저도 같이 가요."

가방을 챙기면서 유연숙이 말했다. 강정규는 홍금성의 무릎을 총으로 쏴서 박살을 낸 것이 어젯밤 꿈처럼 느껴졌다. 너무 현실이 다른 것이다.

오전 10시, 강정규가 운전하는 회사 차가 국도를 달려가고 있다. 고속도로가 뚫려 있지만 아진통상은 국도로 가는 것이 빠르다. 차에 탄 지 30분이 지나도록 창밖만 보던 유연숙이 앞쪽을 향한 채로 말했다.

"나, 해외 순환근무에 지원했어요."

"해외 순환근무라니?"

"리스타상사 해외법인에 근무하는 거죠, 난 지원할 자격이 있어요."

"……."

"경력은 충분하고 조건도 다 갖춰졌으니까 아마 다음 달쯤 발령이 날 것 같아요."

"어디로?"

"신청은 유럽 지역으로 했으니까 영국이나 프랑스, 이태리 중 한 곳이 되겠죠."

"잘 되었네, 외국 근무를 하는 것도 도움이 되겠지."

"……."

"축하해."

"계속 3팀에서 근무할 건가요?"

"그건 왜 물어?"

그때 유연숙이 머리를 돌려 강정규를 보았다. 얼굴이 상기되었고 물기에 젖은 눈이 반짝이고 있다. 강정규는 다시 앞쪽을 보았다. 그렇다. 양쪽 일을 다 할 수는 없다.

아진통상 화재 체크를 끝내고 나왔을 때는 오후 5시 반이다. 회사 차를 몰고 왔기 때문에 늦을 것 같아서 유연숙이 미리 회사에다 전화를 했다.

“저녁 먹어요?”

유연숙이 조심스럽게 물었을 때 강정규는 풀썩 웃었다.

“그럼 먹어야지.”

“수원에서?”

“그래, 여기서 먹고 가자.”

“차는 내일 가져간다고 했으니까 여기서 술 마셔도 돼요.”

“여기서 자고?”

“그건 그때 봐서.”

유연숙의 얼굴에 웃음이 떠올랐다.

“오빠는 내가 떠난다니까 마음이 가벼워진 것 같아.”

차를 운전하고 시내로 나올 때 유연숙이 말했다.

“내가 부담이 되었어요?”

“아냐, 내 앞길을 좀 생각한 거야.”

강정규가 정색하고 말을 이었다.

“내가 평탄한 인생을 살아오지 않았거든, 그래서 어색하고 서툴러.”

“일본에서?”

“응.”

“오빠는 계속 3팀에서 근무할 건가요?”

“아니.”

“그럼?”

“몇 달 동안이지만 리스타 말단사원 경험을 했으니까 떠나야지.”

“어디로?”

그때 강정규가 커다란 한식당의 주차장으로 들어서면서 말했다.

"여기서 밥 먹자."

한식당에서 갈비 안주로 술도 마셨다. 이제는 강정규가 한국 소주 마니아가 되어서 잘 마신다. 혼자서 소주 5병까지 마셨는데 더 마실 수도 있을 것 같았다. 오늘은 유연숙과 3병을 나눠 마셨으니까 적당히 마신 셈이다.

"난 지금까지 한 번도 이런 느낌을 받은 적이 없어, 오빠."

술기운으로 얼굴이 빨개진 유연숙이 말했다.

"오빠 같은 남자도 처음 만났고."

강정규가 한 모금 소주를 삼켰다. 오늘은 유연숙의 이야기를 다 들어줄 생각이었다. 그런데 듣다 보니 슬슬 지겨워지는 것이다. 이것은 유연숙이 싫어서 그런 것이 아니다. 자신의 정서가 부족하기 때문이다. 삭막해서 흡수가 되지 않는 것이다. 그렇다. 너무 메마른 바닥이다.

본래 그렇게 생겨먹은 놈이다. 그래서 미치코도 그 병신 같은 놈한테 간 것이 아닌가? 눈물 콧물이 많은 놈, 여자들은 그런 상대를 좋아한다던가? 허점도 많고 눈물도 많은 사내, 그것이 정(情)으로 통한다던가? 언젠가 선배가 해준 충고다.

그때 유연숙이 물었다.

"어디로 갈 거야?"

"다른 곳."

강정규가 바로 대답했다.

"3팀에서 근무하다 보니까 내 적성에 맞는 곳이 어디인가 알 수 있었어."

"어딘데?"

강정규는 입을 다물었다. 바로 국제유통이다. 홍금성의 무릎뼈를 박살내면서 온몸에 전류가 흐르는 것 같은 쾌감을 느꼈던 것이다. 그리고 그보다 더 큰 자극을 얻고 싶어서 이를 악물어야 했다. 더 큰 자극이란 바로 살인이다. 유연숙이 강정규의 번들거리는 눈을 보더니 숨을 들이켰다.

"오빠, 여관에 안 가?"

갈라진 목소리로 유연숙이 묻자 강정규가 머리를 끄덕였다.

"그래, 가자."

자리에서 일어선 강정규가 똑바로 유연숙을 보았다.

"연숙이 넌 날 알게 될수록 실망이 커질 거야, 그래서 잘한 거다."

오랜만에 용인 교외에 위치한 리스타 한국법인으로 출근한 이광은 반들거리는 대리석 로비를 지나 엘리베이터로 다가갔다. 리스타 한국법인 건물은 3년 전에 용인 북쪽 10만 평 대지 위에 건설되었는데 28층 본관 건물에 12동의 부속건물이 세워졌고 근무 인원은 6천5백 명이다.

이곳으로 한국에 있는 상사, 유통, 금융과 연합의 본부 사무실이 옮겨왔기 때문이다. 출퇴근 인원이 많았기 때문에 매일 50여 대의 버스가 본사와 서울은 물론이고 근교를 왕래했고 사원 아파트도 2개 동, 4백 가구가 세워져 있다.

엘리베이터 앞에 선 이광이 옆쪽 벽시계를 보았다. 오후 2시 반이다. 엘리베이터 앞에는 7, 8명의 남녀 사원이 서 있었는데 모두 이광을 알아보지 못했다. 그래서 서로 이야기를 주고받았는데 밝은 분위기다. 이광은 오늘 기조실 부장 최국진만을 대동하고 있다. 엘리베이터 문이 열리고 모두 안에 탔을 때 밖에서 외치는 소리가 났다.

"아, 잠깐 스톱!"

그러더니 사내 하나가 달려 들어와 안에 타더니 열림 버튼을 눌렀다. 동행을 태우려는 것이다. 이광과 최국진은 안쪽에 박혀 있어서 가려져 있다. 그때 다시 엘리베이터 안으로 사내들이 탔다. 이광에게는 옆얼굴만 보였는데 모르는 사내들이다. 40대 초반쯤의 사내가 그중 선임인 모양으로 엘리베이터 안의 남녀가 모두 인사를 하거나 긴장했다. 그때 40대 사내가 옆쪽 사내에게 말했다."어, 자네, 물류 4부의 김 부장이지?"

"예, 상무님."

불린 사내가 공손하게 대답했다.

"김억수입니다."

그때 사내가 헛기침을 했기 때문에 역한 술 냄새가 이광한테까지 맡아졌다.

"아이구, 이거 낮술을 먹어서."

웃음 띤 목소리로 말한 사내가 다시 말을 이었다.

"이번에 물류부 인원조정 계획안을 빨리 제출하도록 알았나?"

"예, 상무님."

술 냄새가 진동을 했기 때문에 이광은 숨을 참고 있어야만 했다. 상무라는 사내가 17층에서 내렸고 물류부 김억수는 18층에서 내렸다. 회장실은 28층이다. 이윽고 엘리베이터에 최국진과 둘이 남았을 때 이광이 말했다.

"조금 전 그 상무란 사람이 누군지 아나?"

"제가 알아보겠습니다."

최국진이 바로 대답했다. 눈이 번들거리고 있다. 이광이 입맛을 다셨다.

"낮술을 먹었더구만, 그건 이해할 수도 있는데 안하무인이야, 확실하게 조사해."

7장
대마도 원정

"어디서 오셨죠?"

그룹 회장 비서실로 들어섰더니 여직원이 자리에서 일어서며 묻는다. 물론 앞장선 이광에게 물은 것이다. 그룹 회장 비서실에는 직원이 셋 있다. 과장급 남자 직원 하나에 여직원 둘이다. 그들 셋은 회장이 서울에 왔을 때 의전을 맡을 뿐이지 모든 일은 그룹 기조실에서 처리한다. 그룹 기조실은 한층 아래인 27층을 차지했고 직원이 1백 명 가깝다. 그룹 기조실장 겸 비서실장 안학태는 지금 27층에 앉아 있을 것이다.

"아, 나……."

이광이 어물거렸을 때 안쪽에 앉아 있던 과장이 벌떡 일어섰다. 과장은 이광의 얼굴을 안다. 그때 이광의 뒤를 따라 들어선 최국진이 싸늘하게 말했다.

"안으로 모셔."

"예엣."

놀란 과장이 서둘러 다가오다가 발이 꼬여서 앞으로 넘어질 뻔했다. 누구냐고 물었던 여직원은 아직도 감을 잡지 못한 채 뻥한 얼굴로 서 있었지만 미인이다. 이광은 과장의 안내로 회장실에 들어섰다. 회장실은 건물 최상층에 위치해서 넓고 안락한 분위기였지만 소박하다. 바닥은 그대로 대리석 바닥이어서 발자국 소리가 났다.

책상은 합판으로 만들었고 소파는 유성상사 사장일 때 쓰던 것을 그대로 가져왔다. 이광이 엄격하게 지시했기 때문이다. 이곳은 거의 1년 만에 오는 셈이어서 그동안 여직원 둘이 다 바뀌었던 것이다.

"저, 그럼 지시사항 이행하러 가겠습니다."

최국진이 말했을 때 이광이 웃었다.

"쉬운 말로 해, 말씀한 것 알아보고 오겠습니다. 이렇게."

"예, 회장님."

웃지도 않고 몸을 돌린 최국진이 과장을 향해 눈이 찢어지라고 흘겼다. 조금 전 회장한테 어디서 오셨느냐고 물은 여직원을 나무라는 것이다.

이광이 회장실에서 아래층 안학태에게 업무 지시를 하고 났을 때 문에서 노크 소리가 들리더니 비서실 과장 김윤수가 들어섰다. 김윤수는 32세, 리스타 입사경력 5년이다. 제일대학 출신에 공채 출신으로 그룹 기조실에서 3년을 근무한 후에 회장 비서실로 옮겨온 것이다.

"회장님, 3시에 약속하신 외무부 아시아 국장한테서 연락이 왔는데요.김윤수가 말했을 때 이광이 머리를 기울였다.

"내가 약속을 했다고?"

"예, 저도 확인을 해봤는데 비서실에서는 연락을 받지 않았습니다."

"그런데 나를 찾아?"

"예, 회장님."

“그래서?”

이광이 똑바로 김윤수를 보았다.

“내가 전화 받아야겠나?”

“아닙니다. 저는…….”

김윤수가 다시 쩔쩔매었다. 이광은 지금까지 김윤수에게 한 번도 업무 지시를 한 적이 없다는 것을 떠올렸다. 회장실에도 1년 만에 오는 것이다. 이광이 소리 죽여 숨을 뱉었다. 엘리베이터에서 만난 술 취한 무슨 상무도 떠올랐다.

“비서실장 올라오라고 해.”

“예, 회장님.”

몸을 돌리려는 김윤수에게 이광이 물었다.

“그래서, 아시아 국장이란 사람은 지금 전화 기다리고 있나?”

“예, 회장님.”

“내가 영문도 모른 채 그 전화를 받아야겠나?”

김윤수의 얼굴이 하얗게 굳어졌다. 이광은 이것이 김윤수의 잘못은 아니라는 생각이 들었다.

“누구하고 약속을 했느냐고 물어봐, 비서실은 그런 전화를 받은 적이 없다고 하고.”

“예, 회장님.”

“우리가 실수했는지도 모르니까 정중하게 대답해.”

“예, 회장님.”

김윤수가 방을 나갔을 때 이광은 어금니를 물었다. 문득 누가 한 말이 떠올랐다. 후배인 것 같다. ‘댐도 조그만 틈 때문에 무너진다.’라고 했던가?

잠시 후에 방으로 들어선 안학태가 이광에게 물었다.

"회장님, 무슨 일이십니까?"

"여기 오면서 비서실 김 과장한테 이야기 듣지 않았나?"

"못 들었는데요?"

"그냥 당신 오라고만 해?"

"예, 회장님께서 부르신다고 해서 무슨 일이냐고 했더니 잘 모르겠다고 하더군요."

"잘 모르겠다고?"

"예, 무슨 일 있습니까?"

한숨을 쉰 이광이 자초지종을 말했을 때 안학태의 얼굴이 돌처럼 굳어졌다.

"큰일 났습니다."

이광은 안도의 숨을 뱉었다. 자신과 같은 느낌을 받은 안학태에게 위안을 받은 것이다.

"비서실에서 누가 전화를 받은 것 같은데 그것을 과장한테 보고하지 않은 것 같군요."

머리만 끄덕인 이광에게 안학태가 말을 이었다.

"외교부 아시아 국장이 도대체 무슨 일로 회장님을 뵙자고 한 것일까요?"

안학태의 두 눈이 번들거렸다.

"제가 알아보고 오겠습니다."

자리에서 일어선 안학태가 이광에게 깊숙이 머리를 숙였다.

"제 잘못입니다. 제가 관리를 잘했다면 이런 일이 일어나지 않았습니다."

"아시아 국장은 54세, 제일대 출신으로 외교부에 27년째 근무하고 있습니다."

기조실 정보부장 박기태가 서류를 펼쳐 들고 말했다. 안학태가 회장실에서 나온 지 20분 후다. 박기태가 말을 이었다.

"외교관 경력은 없고 이번에 차관 진급이 유력하다고 언론에도 보도가 되었습니다."

안학태의 시선을 받은 박기태가 서둘렀다. 기색이 좋지 않았기 때문이다.

"제가 외교부 아시아국 간부들에게 물어보았더니 국장이 회장님께 중국 고위층과의 만남을 부탁하려는 것 같다고 합니다."

"……."

"우리가 중국 정부하고 밀접한 관계가 있으니까 그것을 국익에 이용하자는 취지라는군요."

안학태의 얼굴에 웃음이 떠올랐다.

"그 사람, 중국 고위층이 제 아랫사람인가?"

그때 박기태가 시선을 내린 채 대답했다.

"우리를 이용하면 될 테니까요."

"지금까지 한 번도 얼굴 본 적이 없는 위인이 난데없이……."

혼잣소리처럼 말한 안학태가 머리를 들었다.

"알았어, 비서실의 그 둘을 대기시켜. 내가 회장님께 데리고 들어가서 해명부터 해드려야 될 테니까."

"배영인 씨가 5일 전에 전화를 받았는데 통화 내용을 기록해놓고 김 과장한테 보고하지 않았습니다."

안학태가 둘을 옆에 세워놓고 보고했다.

"김 과장이 외출에서 돌아왔을 때 보고할 것을 잊어먹었다고 합니다."

둘은 머리만 숙이고 있다. 안학태가 말을 이었다.

"김 과장은 전화 기록부를 체크하지 않았습니다. 그렇게 시간이 간 것이지요."

이광이 머리를 끄덕였다. 전화를 받은 배영인은 이광한테 어디서 오셨냐고 물은 여직원이다. 안학태가 한숨을 쉬고 나서 말했다.

"둘 다 기본이 되어 있지 않습니다. 김 과장은 외출이 잦았는데 확인해본 결과 모두 개인용무로 근무시간을 보냈습니다. 하지만 외출 기록에는 회사 일이라고 허위로 기재했습니다."

이광의 표정을 본 안학태가 둘을 회장실에서 내보냈을 때 지금까지 뒤쪽에 잠자코 서 있던 최국진이 헛기침을 했다.

"회장님, 엘리베이터에서 만난 조병일 상무에 대해서 보고 드리겠습니다."

안학태가 옆으로 조금 비켜섰고 최국진이 앞으로 나와 보고했다.

"조병일은 4년 전에 태영무역에서 경력간부로 채용된 자로 추천인은 상사 부사장 허웅기입니다."

이광과 안학태의 시선이 부딪쳤다. 상사 부사장 허웅기는 경력간부로 5년 전에 채용되었다. 그런데 허웅기는 이광이 추천한 인물이다. 경원무역 상무였던 허웅기를 상사의 의류담당 상무로 채용했고 그동안 진급해서 부사장이 되었다. 최국진이 말을 이었다.

"조사해보니까 회사에는 비밀로 해서 아는 사람이 없는 것 같지만 조병일은 허웅기의 외사촌입니다. 허웅기의 부친이 조병일 모친의 친오빠가 됩니다."

"……"

"조병일은 상사의 총무담당 상무로 인사권을 장악하고 있는 데다 리스타 본부 건물, 차량, 아파트 관리까지를 맡고 있습니다."

그러고 나서 최국진이 한숨을 쉬었다.

"조병일이 근래 2년 동안 처와 처제, 장모의 명의로 부동산 14건, 주식 등 시가로 38억 원 어치의 재산이 증가했습니다. 1시간 동안 조사한 내역이 이 정도인데 앞으로 더 나올 것 같습니다."

"……"

"허웅기 쪽으로 흘러간 자금도 드러나고 있습니다. 곧 보고 드리겠습니다."

이광이 머리를 끄덕이고는 길게 숨을 뱉었다. 자리에서 일어선 이광이 옆쪽 소파로 옮겨가 앉더니 안학태와 최국진에게 눈으로 앞쪽 자리를 가리켰다. 둘이 나란히 앉았을 때 이광이 말했다.

"방심만 하면 일이 터지는군, 이건 고질병인가?"

"인간의 욕심 때문입니다, 회장님."

안학태도 한숨을 쉬었다.

"자제하지 못하는 인간이 있습니다만 리스타는 다른 곳에 비해서 적은 편입니다."

"감사를 하는 데도 걸리지 않는 이유는 뭔가?"

그때 최국진이 대답했다.

"허웅기가 감사 실무책임자입니다. 그래서 빼거나 덮어줄 수가 있습니다, 회장님."

이광이 소파에 등을 붙였다. 허웅기는 48세, 경원무역 상무로 근무하면서 의욕적이고 헌신적인 자세로 이광에게 감동을 주었던 사내였다.

그래서 직접 만나 리스타로 영입시켰던 것이다.

"내가 경솔했어."

이광이 잇사이로 말했을 때 안학태가 위로하듯 말했다.

"이 정도에서 발견된 것이 다행입니다, 회장님."

엘리베이터에서 우연히 조병일을 만나지 않았다면 허웅기까지 드러나지 않았을 것이다. 그때 안학태가 말했다.

"오늘 당장 비서실 김 과장, 미스 배는 인사조치 시키겠습니다. 김 과장은 2개월 대기발령 후에 퇴사조치 시키고 미스 배는 관리부서로 보내겠습니다."

"그럼 비서실에 누가 남나?"

"예, 서류담당인 미스 전이 남습니다."

"그럼 앞으로 미스 전 하나만 근무시키도록, 내가 앞으로도 자주 자리를 비울 텐데 하나면 충분해."

"예, 알겠습니다."

"그런데 그 미스 전이란 사람은 안 보이던데, 휴가인가?"

"아닙니다. 자료실에 갔다가 지금 자리에 있습니다."

이광이 머리를 끄덕이자 안학태가 말을 이었다.

"아시아 국장은 제가 알아서 처리하겠습니다."

외교부 아시아 국장 송기찬은 어깨를 부풀렸다가 내리고는 앞에 선 김종석 과장을 보았다.

"이봐, 리스타가 아무리 잘나가는 회사지만 엄연히 대한민국 기업이라고, 그렇지 않아?"

"그렇습니다, 국장님."

"리스타 회장 이광도 대한민국 국민이고 그렇지?"

"그렇습니다."

김종석은 48세, 공무원 경력 20년째인 터라 산전수전 다 겪었다. 그러나 시선을 내린 채 고분고분 대답만 한다. 송기찬의 성품을 알기 때문이다. 송기찬은 힘이 센 상대 앞에서는 설설 기고 손바닥이 닳도록 아부를 하지만 약한 자, 또는 허점이 보이는 자한테는 야차가 따로 없다. 그때 송기찬이 말을 이었다.

"국익을 위해서 중국과의 교류에 도와달라고 국가 공무원인 내가 부탁을 하는데, 뭐 기다리라고?"

송기찬의 목소리가 높아졌다. 외교부 청사 안이다. 오후 4시 반, 리스타 회장실에서는 기다리라고 해놓고 아직 연락도 없다. 송기찬에게는 처음 당하는 모욕이다. 한국 제1의 대기업 삼일그룹의 사장도 송기찬이 만나자고 하면 차까지 보내주는 것이다. 그런데 리스타가? 리스타 회장 이광이 중국 고위층과 친분이 있다고는 하지만 여기는 대한민국, 송기찬은 대한민국 고위 공무원이다. 다음 달에는 차관 0순위다.

그때 책상 위의 전화벨이 울렸기 때문에 시선이 그쪽으로 옮겨졌다. 흰색 전화가 울리고 있다. 흰색은 내부전화로 장관과 직통으로 연결된 전화다. 송기찬이 서둘러 전화기를 귀에 붙였다.

"예, 장관님."

목소리가 딴판으로 달라졌다.

그때 장관이 말했다.

"당신, 지금 내 방으로 와."

그러고는 통화를 끊어버렸기 때문에 당황한 송기찬이 벌떡 일어섰다. 외교 장관 고대철은 다혈질로 소문이 났다. 정통 외교관 출신인데도 불의를 보면 참지 못하고 상관에게 망설이지 않고 직언을 쏟아내는 스타일이다. 그래서 후배가 장관이 되는 수모도 겪었지만 이번 정권에서 빛을 보았다. 퇴직하고 집에 있던 그를 장관으로 불러들인 것이다.

아시아 국장 송기찬에게 고대철은 까마득한 선배였고 어려운 존재다. 장관실로 들어선 송기찬은 소파에 앉아 있는 고대철에게 허리를 90도로 꺾어서 절을 했다. 그리고 머리를 돌려 옆에 앉은 사내를 보았다. 다음 순간 송기찬이 숨을 들이켰다. 김형국이다. 청와대의 외교안보 수석, 대통령의 최측근으로 국회 외무위원장 출신의 5선 의원, 송기찬에게는 하늘 같은 존재가 와 있는 것이다. 그때 고대철이 입을 열었다.

"당신, 김 수석님 알지?"

"예, 장관님."

떨리는 목소리로 말한 송기찬이 앉아 있는 김형국을 향해 90도짜리 절을 했다. 김형국은 머리만 끄덕여 보였는데 웃지도 않았기 때문에 송기찬의 심장 박동이 빨라졌다. 방안 분위기가 차갑다는 것이 느껴졌다. 무슨 일인가? 고대철이 송기찬을 보았다. 긴 얼굴에 표정이 없다.

"당신, 리스타 이 회장을 만나자고 했어?"

순간 가슴이 철렁했지만 송기찬이 어깨를 폈다.

"예, 장관님, 오늘 만나기로 했습니다. 그런데……."

"왜 만나려고 했지?"

"예, 다녀와서 보고할 계획이었습니다만 이 회장을 통해 중국 고위층과 연락망이라도 형성해서 양국 간의 우의와 협력을 다질 생각이었습니다."

"고위층 누구?"

"이 회장이 화 주석, 조 총리, 등 위원장과도 잘 아는 사이라고 해서요, 그 인연을 국민의 한사람으로 정부와 함께……."

"잠깐만."

듣기만 하던 김형국이 말을 잘랐다. 숨을 들이켠 송기찬에게 김형국이 물었다.

"송 국장이라고 했지요?"

"예, 수석님."

"당신, 이 회장이 중국에 들어가 그분들하고 인연을 맺는 동안 도와준 거 있어요?"

"예?"

"도와준 것이 있느냐고?"

"저, 그것은……."

"국민이니까 당연히 그 인연을 정부한테 연결시켜야 한다고 했지요?"

송기찬은 뭔가 잘못되어 간다는 것을 느끼면서 온몸이 땅 밑으로 꺼져 들어가는 것 같았다. 그때 김형국이 말을 이었다.

"내가 리스타 비서실장한테서 연락을 받았어요."

"……."

"그래서 내가 대통령께 직보를 했고."

"……."

"대통령께서 뭐라고 하셨는지 이분한테 말해 드려야겠어요. 장관, 괜찮겠지요?"

"아, 그럼요."

쓴웃음을 지은 고대철이 커다랗게 머리를 끄덕였고 김형국은 헛기침을 했다.

“의욕은 넘치는 것 같지만 이런 식으로 정부가 군림하는 자세를 보이면 안 된다고 하셨습니다.”

김형국의 목소리가 낮아졌다.

“그것은 대통령 말씀이고 내 생각에는 당신 같은 사람은 기업가의 의욕을 깨뜨리고 자신의 공만 생각하는 유형이야.”

“…….”

“리스타는 지금까지 미국, 중국, 소련 기타 중동 지역의 현안에 대해서 우리하고 긴밀하게 협조하는 관계였다는 것을 이 기회에 장관께 말씀드리는 겁니다.”

이 말은 고대철에게 한 말이었다. 고개를 끄덕인 고대철이 김형국에게 말했다.

“제가 아시아 국장을 인사조치 하겠습니다. 대기발령을 내고 퇴직시키는 선에서 마무리를 하겠습니다.”

김형국이 그때서야 앞에 놓인 찻잔을 들었고 송기찬은 제 운명이 이렇게 결정된 것을 들을 수밖에 없었다.

“미스 전이야?”

커피잔을 내려놓는 비서에게 이광이 물었다. 놀란 비서가 허리를 세우고는 얼굴이 빨개졌다. 오후 5시, 오후에 출근한 이광이 바쁜 일정을 보내는 중이다.

“네, 회장님.”

이광이 앞에 선 비서를 물끄러미 보았다. 스물대여섯 되었을까? 회장 비서실 여직원은 신입사원을 보내지 않는다. 적어도 2년 이상의 경력사원 그것도 기획조정실이나 비서실에서 경력을 쌓은 엘리트급을 보낸다. 거기에다 미모까지 갖춰야 하는 것이다. 미스 전도 풍만하지만 균형 잡힌 몸매에 미모다.

"지금 비서실에는 미스 전 혼자 남았나?"

"네, 회장님."

안학태가 바로 인사 조치를 해버린 모양이다. 업무인수고 인계고 할 것도 없이 내보낸 것 같다. 안학태도 이광과 함께 밖에서 온갖 고생을 다하고 온 터라 흐트러진 내부 상황을 보자 화를 낼 만도 했다. 커피 잔을 든 이광이 앞쪽 소파를 눈으로 가리켰다.

"거기 앉아."

"네, 회장님."

다소곳이 앞쪽에 앉은 미스 전이 두 손을 무릎 위에 놓고는 이광을 보았다. 맑은 눈, 눈꼬리는 조금 솟았고 입술은 굳게 닫혀졌다. 갸름한 얼굴에 이목구비가 뚜렷했다. 이광이 물었다.

"여기 오기 전에는 어디에서 근무했지?"

"예, 상사 기조실 기획팀에서 2년 동안 근무했습니다."

"기획팀에서 한 일은 뭐야?"

"시장조사와 대책, 신제품 개발이었습니다, 회장님."

"2년 동안 배운 게 뭔가?"

"쉬지 않고 신시장과 제품을 개척, 개발하지 않으면 안 된다는 것이었습니다."

"성과는 있었나?"

"네, 회장님."

"그런데 이곳에 온 지는 얼마나 되었지?"

"1년 1개월입니다."

"여기서는?"

그때 미스 전이 머리를 들었다. 얼굴이 다시 상기되었지만 이광에게서 시선을 떼지 않는다. 이광이 물었다.

"배운 게 있으면 말해봐."

"없습니다. 1년 동안 허송세월한 것 같습니다."

미스 전의 두 눈이 번들거리고 있다.

"어떤 식으로 허송세월을 했나?"

이광이 부드럽게 묻자 미스 전이 그때서야 머리를 숙였다.

"저희들은 회장님이 한국에 오셔야 할 일이 있습니다. 그래서 지금까지 저는 한 번도 제대로 된 일을 한 적이 없습니다."

이광이 소리 죽여 숨을 삼켰다. 고급인력 셋을 일 년이 넘는 기간 동안 방치한 것이나 같다. 엄청난 자원 손실이다. 우수한 사원의 시간을 낭비했을 뿐만 아니라 비용은 비용대로 지출되었다.

"그럼 놀았나?"

이광이 어쩔 수 없이 그렇게 물었다. 이것은 전적으로 관리자 책임이긴 하지만 그렇게 물은 것이다. 그때 미스 전이 대답했다.

"아닙니다. 저는 기조실에 내려가 회장님 일정 정리를 했습니다."

"내 일정 정리?"

"네, 기조실 정보팀에는 회장님 일정이 기록되고 예약까지 맡고 있으니까요, 제가 회장 비서실에 있으니까 정보팀에서 협조를 해주었습니다."

"일정정리는 왜 한 건가?"

"회장님께서 필요하실 때 체크하실 수 있도록 한 것입니다."

"그것이 필요할까?"

"회장님께서 계획적인 해외출장에 도움이 될 것 같았기 때문입니다."

이광이 머리를 끄덕였다. 지금 생각에는 큰 도움이 될 것 같지는 않았지만 일을 찾아서 한 미스 전의 업무태도에 감명을 받았기 때문이다.

"그 정리한 일정을 나한테 가져와 봐, 내가 참고할 테니까."

"예, 회장님."

미스 전의 두 눈에 생기가 떠돌았다. 그 얼굴을 보면서 이광이 물었다.

"지금 두바이 법인장이 내 비서 출신이란 거 알고 있나?"

"예, 회장님."

"중국 법인장은 그룹에서 가장 큰 매출을 올리고 있어, 누군지 알지?"

"압니다. 회장님."

"미스 전의 꿈은 뭐야?"

"기업가입니다."

"독립하고 싶나?"

"아닙니다. 리스타의 CEO가 되는 것이 꿈입니다."

"어떻게?"

그때 미스 전은 이광의 시선을 받다가 곧 고개를 숙였다. 얼굴이 상기되어 있다. 그러나 이광은 미스 전의 눈에서 이미 열의를 보았다. 저런 열의면 가능할 것이다. 정남희나 배선희, 그 전(前)의 윤지혜의 눈빛과 비슷했기 때문이다.

다음날 오전 11시가 되었을 때 그룹 기조실의 회의실로 기조실장 안학태와 조사부장 최국진, 상사 사장 곽영훈과 고문 변호사 안태만과 담당 변호사 둘까지 일단의 사내들이 들어섰다. 회의실에서 기다리던 상사 부사장 허웅기와 상무 조병일은 자리에서 일어섰는데 이미 얼굴이 굳어져 있다.

오전 10시가 되었을 때 11시에 기조실로 출두하라는 그룹 기조실장의 호출을 받고 둘은 당황했다. 그래서 온갖 가능성을 검토하다가 30분쯤이 지났을 때 머리 회전이 조금 더 빠른 조병일이 허웅기한테 연락을 했던 것이다. 그때 조병일은 허웅기도 출두 지시를 받은 것을 알게 되자 대번에 사태를 짐작했다. 출두시간 30분쯤 전이었다.

직통전화는 도청 염려가 있었기 때문에 조병일은 허웅기를 화장실 앞 복도로 불러내어 20분 동안이나 말을 맞추고 대책을 세우고 나온 참이었다. 자리에 모두 앉았을 때 조사부장 최국진이 먼저 말을 열었다.

"두 분이 상의할 시간을 드렸습니다. 그래서 화장실 앞 복도에서 낸 결론부터 듣도록 하지요."

최국진이 무표정한 얼굴로 둘을 번갈아 보았다.

"무슨 일이냐는 질문은 하지 맙시다."

그때 허웅기가 헛기침부터 했다. 얼굴이 굳어져 있었지만 눈빛이 강했고 최국진을 쏘아본 채 흔들리지 않는다.

"뭐, 그렇게 개 잡듯이 나서지 말고, 최 부장, 아무리 급하더라도 순서를 지킵시다."

그때 최국진이 머리를 끄덕였다. 여전히 차분한 얼굴이다.

"너 같은 도둑놈의 새끼한테 순서고 예의고 지킬 필요가 없지. 뭐, 물어볼 것도 없어, 우리는 네놈들을 경찰에 넘기려고 여기 부른 거야."

"막 나갈 거냐?"

허웅기가 말했을 때 변호사 하나가 나섰다.

"네가 무슨 말을 하려는지도 알아, 회사 비자금으로 추측되는 자금을 내밀면서 그것으로 양쪽이 상쇄하자는 거지? 그래, 해라."

변호사가 머리를 저었다.

"네 말까지 녹음했다가 협박죄까지 씌우려고 했지만 빨리 끝내려고 그런다."

그때 문에서 노크 소리가 들리더니 사내들 넷이 들어섰다.

"경찰에서 왔습니다."

앞장선 사내가 주머니에서 서류를 꺼내 들면서 다가왔다. 자리에서 일어선 변호사 둘에게 서류를 내민 사내가 말을 이었다.

"영장 받아왔습니다. 허웅기, 조병일이 여기 있지요?"

"예, 여기 둘입니다."

최국진이 앞에 앉은 둘을 가리켰다.

"기다리고 있었습니다."

경찰이 허웅기에게 먼저 다가가 물었다.

"허웅기, 조병일 씨를 체포합니다. 신분증 좀 보여주시지요, 여기 영장이 있습니다."

허웅기, 조병일이 신분증을 꺼내 내밀었을 때 안학태가 상사 사장 곽영훈에게 말했다.

"사장님, 우리가 앞으로 이런 장면을 보지 않았으면 좋겠습니다."

"그래야지요."

한숨을 쉰 곽영훈이 말을 이었다.

"제 책임이 큽니다."

그때 허웅기, 조병일의 신분 확인을 끝낸 경찰이 둘에게 수갑을 채우면서 피의자의 권리를 읽어주고 있다.

둘이 경찰과 함께 회의실을 나갔을 때 곽영훈이 안태만에게 물었다.

"둘은 형량이 어떻게 될 것 같습니까?"

"민, 형사 양쪽에 다 걸어놨기 때문에 사기, 공문서 위조, 횡령 등으로 조병일은 최소 3년, 허웅기는 2년입니다. 물론 횡령한 금액도 배상해야지요."

허웅기, 조병일의 횡령, 사기 금액도 1백억 대가 넘어 있었던 것이다. 그야말로 도둑을 집안으로 끌어들인 셈이다. 그래서 이광은 상사 사장까지 이곳에 보내 상황을 체크시킨 것이다.

"아이구, 오랜만이구나."

반색을 한 오희수가 벌떡 자리에서 일어나 이광을 맞는다.

"어, 그래, 20년쯤 되었지?"

이광이 손을 내밀어 오희수와 악수를 했다. 이곳은 천호동 길가의 커피숍 안, 이광은 이 커피숍은 처음이고 천호동 이 근처도 처음 온다. 오희수가 이곳에서 만나자고 했기 때문이다. 오후 7시 반, 저녁 시간이었는데 커피숍에는 손님이 그들 둘뿐이었다.

득달같이 달려온 종업원에게 커피를 시킨 둘이 서로의 얼굴을 보면서 웃었다. 오희수는 이광의 고등학교 동창이다. 졸업하고 나서 헤어진 후에 거리에서 한번 만났다가 이제 40대가 되어서 만난 것이다. 이번에는 이광이 수소문을 했는데 전화번호도 없어서 최국진을 시켜야만 했다.

"그래, 잘 지내냐?"

이광이 그렇게 물었지만 인사치레다. 이미 다 알아보고 온 것이다. 오희수는 고등학교 때 이광과 친했는데 부잣집 아들이었다. 아버지가 간장공장 사장이어서 가끔 간장을 한 박스씩 갖다 주기도 했다. 그런데 조사를 해봤더니 오희수는 단독주택 반지하 셋방에서 산다.

직업도 없고 막노동으로 벌어먹는데 와이프하고는 6년 전에 이혼을 했다. 10살짜리 딸은 개가한 와이프가 키우고 있다는 것이다. 오희수가 주름진 얼굴을 펴고 웃었다.

"그럭저럭 산다. 먹고 싸고 자는 건 다 마찬가지지."

"그렇구만, 너, 도통한 놈 같다."

"환경이 그렇게 만드는 거야."

커피잔이 놓여지는 동안 잠깐 뜸을 들였던 오희수가 이광을 보았다.

"갑자기 왜 나를 찾은 거냐?"

"널 찾으면 안 돼?"

"넌 바쁘잖아?"

"바쁜 건 네가 어떻게 아는데?"

"소문 들어서."

"무슨 소문?"

"네가 잘 나간다는 소문."

"얀마, 네 말대로 먹고 싸고 자는 건 똑같다. 오히려 골치만 더 아파."

오늘 오희수를 만난 동기가 바로 이것이다. 어제 오후에 출근하자마자 회사에서 한바탕 소동이 일어났고 오늘 오전에는 회사 경영진이 구속되는 사태에까지 이르렀다. 그러자 아무것도 없었던 옛날 생각이 난 것이다. 꿈만 컸고 손에 쥔 건 아무것도 없었던 시절이다. 그러자 그 당시의 인연들이 떠오르면서 지금까지 자신이 전혀 딴 세상에서 산 것 같았다.

바로 4킬로도 안 되는 거리에서 살면서 수십 년간 보지 못했던 인연들이 있는 것이다. 어제 사건이 이광에게 뒤를 돌아보게 된 동기가 되었다. 그때 오희수가 말했다.

"난 네가 딴 세상에 사는 놈 같아서 아예 잊어먹고 있었다."

"가끔 연락이라도 하지 그랬냐?"

"한두 번 했지, 옛날에는."

"그랬더니?"

"네가 바쁘더구만, 자리에 없었고 전화 받는 사람들이 나더러 누구냐고 물었을 때 그냥 친구라고 하기도 그래서 이야기 안 했다."

"그랬구나."

"너한테 전화할 놈들이 많을 테니까."

"누구 말이냐?"

"잘 되는 놈한테 신세 좀 지려고."

"그런가?"

그런 경우가 여러 번 있었지만 대개 서너 번 연락이 오고는 끊긴다. 만일 오희수가 그런 전화를 했다면 두어 번 부탁을 들어주고 이쪽에서 차단시키지 않았을까? 만날 부탁을 들어줄 수는 없는 노릇이니까.

"야, 술이나 한잔하자."

이광이 자리에서 일어서며 말했다.

"어디서 마실래? 오늘 내가 한잔 살 테니까."

카운터로 다가가면서 묻자 오희수가 대답했다.

"내가 잘 가는 데 있어, 오늘은 내가 살 테니까 따라와."

그러더니 빙그레 웃었다.

"먹고 싸는 건 마찬가지니까 아무 소리 말고."

잠시 후에 이광은 오희수와 순대국 식당에 들어와 있었는데 순대국밥을 안주로 소주를 시켰다. 이곳은 저녁 손님이 많아서 떠들썩했고 자리도 문 옆쪽의 식탁을 겨우 잡았다.

"네가 만나자고 해서 혼란스럽더구만, 왜 만나자고 했는지 알 수가 없어서 말야."

잔에 술을 따르면서 오희수가 웃었다.

"'갑자기 무슨 일이 있나?' 하고 신문을 뒤적거렸지만 모르겠더라."

이광은 웃기만 했다. 20년 만에 연락이 와서 만나자고 했으니 당연한 일이다. 친구도 환경이 비슷해야 어울리게 되는 법이다. 옛날에 아무리 친했어도 환경이 다르면 자주 못 만나게 된다. 옛날이야기만 하고 보낼 수는 없기 때문이다. 유유상종이 바로 그래서 생긴 말이다. 이광이 한 모금에 술을 삼키고 물었다.

"너, 애가 몇 살이냐?"

"열 살."

"남자애냐?"

"아니, 딸."

"그래?"

"넌?"

"난 네 살."

"늦구나."

그러더니 오희수가 불쑥 말했다.

"나, 이혼해서 혼자 산다. 와이프가 딸 키우고 있어."

"그렇구나."

"음료 회사 다니다가 실직해서 이혼했어, 6년 전에."

한 모금 소주를 삼킨 오희수가 말을 이었다.

"월급 반년 동안 못 갖다 주니까 내가 와이프 얼굴 보기가 싫더라, 그래서 갈라서자고 했지."

"애가 어렸을 때구만."

"맞아, 네 살 때, 그래서 다행이야."

"와이프, 그러니까 옛날 와이프는 지금 뭐하는데?"

"재혼했어, 시장에서 민물고기 도매상하는 놈하고."

"그렇군."

"잘 살아, 애도 제 새 아빠를 친아빠로 안다는군, 그놈도 잘해준대."

"그런데 왜 자꾸 놈, 놈 하냐?"

"배가 아프니까."

"그렇구나."

"혼자 사니까 맘 편해, 일 없어서 굶어도 배만 고프지, 속은 편해."

"그럼 그놈, 아니, 그 친구한테 고맙다고 해야겠구만, 니 대신 다 해 주니까."

"그런가?"

이를 드러내고 웃은 오희수가 번들거리는 눈으로 이광을 보았다.

"야, 니 말이 맞다. 사람은 태어나서 자꾸 벌여놓기만 하고 떠나가는 것 같으니까 말이다."

그 말도 맞는가?

2차로 오희수와 함께 순댓국 식당 안쪽에 있는 주점으로 갔다. 이곳은 카페도 아니고 맥줏집도 아니고 막걸리와 소주를 파는 막술집이다. 40대쯤의 여자가 혼자서 손님을 받았는데 오희수를 보더니 반겼다.

"아이구, 오 씨 오셨네, 오늘은 친구분하고 둘이여."

긴 팔 티셔츠에 바지를 입고 낡은 운동화를 신어서 시장 보러 나온 동네 아줌마다. 여자는 이광이 누군지 알아보지 못한 것이 분명했다. 손님이 하나도 없었기 때문에 술 주문을 받기도 전에 안주를 가져오면서 말을 잇는다.

"오늘은 웬일이래? 손님이 하나도 없더니만 오 씨가 양복쟁이 손님을 다 데려오고."

"내 친구여, 오랜만에 만났어."

오희수도 이광이 누군지 말하지 않을 생각인 것 같다.

"막걸리허고 소주를 줘, 돼지고기 삶은 거 하고."

"아이고, 오늘은 취할 모양이고만?"

"응, 친구허고 취허고 싶어."

"뭐허는 분이셔? 이 근처 사시는가요?"

여자가 이광한테 물었다. 화장을 안 한 얼굴에 웃음기가 떠올라 있다. 동글납작한 얼굴형에 눈, 코, 입이 올망졸망했지만 귀염성이 있다. 그때 오희수가 대답했다.

"아파트 문짝 만드는 사장이여."

"어이구, 사장님이시네."

놀란 듯 눈을 크게 떴던 여자가 몸을 돌리면서 말했다.

"돼지고기 두 근만 썰어올게, 그럼."

"아, 그려, 새우젓은 양념 안 헌 것이 좋아."

여자가 주방으로 갔을 때 이광이 오희수를 보았다.

"아파트 문짝?"

"응, 내가 문짝 붙이는 일을 하고 있거든, 그래서 엉겁결에……."

"그렇구나."

이광이 술집을 둘러보았다. 5평쯤 되는 면적에 주방이 한 평 반쯤 되었는데 식탁은 3개 놓았다. 꽉 차게 앉으면 12명이지만 안쪽 식탁에는 마늘, 양파, 무가 쌓여져서 8명이 정원이겠다. 지금 손님 둘이 들어와 앉아 있어도 비좁은 것 같다.

여자가 곧 술병과 주전자, 안주를 날아왔는데 행동이 날렵했다.

"나도 같이 먹을 거야."

여자가 이광 옆에 앉으면서 눈웃음을 쳤다.

"팁값 내라고 안 할 테니까 가끔 만져도 돼요, 사장님."

"아이구, 야."

오희수가 놀라는 시늉을 하더니 여자를 노려보았다.

"나한테는 손도 못 만지게 하더니?"

이광이 소리 내어 웃었다.

"어디까지 만지면 돼?"

"배꼽 위."

"야, 술이나 따라."

술집 분위기가 떠들썩해졌다. 이광은 막걸리에 소주를 섞은 술을 막걸리 잔으로 마셨다. 이런 분위기는 10여 년도 더 되었지만 편안했다. 고향에 돌아온 것 같기도 했다. 잔을 서너 번 비우다 보니까 오희수가 어느새 여자의 허리를 껴안고 있다.

"너희들이 보통 사이가 아니구만."

이광이 둘을 번갈아 보면서 웃었다.

"이 자식이 날 여기로 데려온 이유가 정 마담을 소개시켜줄 생각이었군."

"네가 와서 이 여자가 이러는 거야."

오희수가 정 마담의 가슴을 주물럭거리며 말했다. 물론 옷 위로 주무른다.

"손님 모시고 온 서비스지."

"그렇구나."

이광은 지그시 오희수를 보았다. 술이 취하면서 오희수의 술버릇이 드러났다. 사람들은 술버릇이 있다. 술을 마시면 자는 사람부터 말이 많아지는 유형은 일반적이고 주사를 부리는 사람까지 각양각색이다. 오희수는 취기가 오르자 우스갯소리를 늘어놓는 형이었다.

이광도 아는 옛날이야기에서부터 요즘 와이담까지 늘어놓았는데 정 마담이 허리를 펴지 못하고 웃었다.

"내가 이래서 외상값 달라는 소리를 못해."

오희수의 허벅지를 꼬집으면서 정 마담이 말했다.

"빨리 공사장 나가서 돈 벌어와, 외상값이 55만 원이야."

"내가 다음 달에는 꼭 갚을게."

"벌써 세 달째야, 약속 어긴 것이."

"그래도 너뿐이다."

"그래, 나도 마찬가지야."

주고받는 말을 들으면서 이광은 문득 이렇게 사는 것도 행복하다는 생각을 했다. 행복의 기준은 부(富)가 아닌 것이다. 삶은 돼지고기는 지금까지 먹은 어떤 안주보다 맛이 있었고 술맛도 그 몇백 배나 되는 고급주보다 맛이 있었다. 거기에다 화장을 전혀 하지 않은 동글납작한 40대의 정 마담 또한 어떤 팔등신파트너보다 술 상대로 어울렸다. 그때 오희수가 말했다.

"야, 살면서 가장 어려운 게 뭔지 아냐?"

이광이 머리만 저었더니 오희수가 초점이 흐려진 눈을 껌벅이며 말했다.

"제 분수를 아는 거다."

"옳지."

정 마담이 거들었다.

"자기는 여기가 어울려, 도망가지 마."

"사고가 나는 건 다 제 분수를 모르기 때문이여."

이광은 웃기만 했고 오희수의 목소리에 열기가 띠어졌다.

"난 문짝 붙이고 일당 8만 원 받는다. 이래봬도 전문가지, 공사 잘 받으면 12만 원 받을 때도 있어."

"노는 날이 많아서 말이지."

오희수의 잔에 술을 채우면서 정 마담이 말을 받았다.

"문짝이 자주 부서지지 않는 것도 탈이고."

이광이 술잔을 들면서 웃었다. 아까 순댓국 안주로 소주를 마실 때부터 오희수를 어디에다 취직을 시켜줄까 궁리를 하고 있었던 것이다. 한 모금 술을 삼킨 이광이 말했다.

"너, 나보다 더 맛있게 사는구나."

"응? 맛있게?"

눈동자의 초점을 잡은 오희수가 웃었다.

"그렇지, 아마 너보다는 잔재미를 많이 보고 살 거다."

이광이 머리를 끄덕였다. 그렇다. 다 갖추고 다 맛보고 살 수는 없다는 교훈을 여기서 얻었다. 분수를 알아야 한다.

강정규가 들어서자 윤방철이 활짝 웃었다. 오전 10시, 강정규가 윤방철의 사무실로 찾아온 것이다.

"잘 왔다. 오늘부터는 기조실에서 정상적으로 근무를 해라."

소파에 앉으라는 시늉을 하면서 윤방철이 말을 이었다.

"상사에서 신발 공부를 한 지 석 달 되었지?"

"넉 달 되었습니다. 사장님."

"한국 물정을 좀 알겠나?"

"예, 한국말도 이제는 익숙해졌습니다."

"그런 것 같구나."

윤방철이 지그시 강정규를 보았다.

"지난번에 네가 잡은 나이아가라 놈들 말이다."

강정규가 긴장했다. 홍금성, 윤지철 등의 뒤처리는 어떻게 되었는지 모르기 때문이다. 그때 윤방철이 말을 이었다.

"부산에서 마약을 들여왔는데 부산에 있는 놈들은 싹 소탕해서 경찰에 넘겼다. 경찰이 실적을 올린 것이지."

"……."

"그런데 부산놈들이 그 마약을 어디서 가져온 것 같으냐?"

"일본입니다."

"고베 야마구치구미다."

강정규가 숨을 들이켰다. 야마구치구미가 지금은 40여 개의 지부로 분산된 채 아직 통합 회장을 선출하지 못하고 있다는 것도 안다. 그 40

여 개 지부 중 가장 강력한 조직이 고베 야마구치구미다. 윤방철이 말을 이었다.

"그놈들이 이번에 우리 때문에 공급선 일부가 끊겼지만 일본 측 라인은 다 살아 있어, 우리 경찰력이 일본에까지 미치지는 못하기 때문이지."

"……."

"그리고 고베 야마구치 놈들은 그 마약을 태국에서 가져왔다는군."

머리를 든 윤방철이 강정규를 보았다.

"이 일은 유통 오 사장님의 지시다. 넌 국제유통 소속이지만 오 사장님의 지시를 받고 움직이는 셈이지."

윤방철의 얼굴에 웃음이 떠올랐다.

"그, 뭐냐, 글로벌한 사건이니까, 어때? 해볼 테냐?"

"예, 사장님."

"네가 아직 우리 내부 사정에 익숙지 못하고 널 도와주는 놈이 필요할 것 같아서 내가 두 놈을 골라놓았다."

그러고는 윤방철이 벨을 눌렀다.

"뭘 보고 있는 거야?"

강은서가 물었기 때문에 이광이 머리를 돌렸다. 오전 10시 반, 저택의 거실에 앉아서 이광이 벽에 걸린 세계지도를 보고 있던 중이다. 대형 지도여서 벽 한 면을 덮었고 한국도 작은 마을까지 기록되어 있다. 다가선 강은서가 이광의 뒤에 서서 어깨에 두 손을 짚었다. 이광이 다시 지도를 보면서 대답했다.

"대한민국."

"대한민국 어디?"

"아시아 끝쪽에 붙은 대한민국."

강은서의 시선도 지도로 옮겨졌다. 그렇다. 대형 지도였지만 한반도는 대륙의 동북쪽에 붙은 작은 면적이다. 일본 열도가 태평양 앞쪽으로 가로막듯이 반월 형태로 한반도를 둘러싸고 있다.

"갑자기 왜 지도를 봐?"

"한반도가 세계의 중심이 될 수도 있다는 생각을 했어."

"세계의 중심?"

강은서의 얼굴에서 웃음이 떠올랐다.

"세계의 변방이 아니고?"

이광이 손을 뻗어 어깨에 놓인 강은서의 손을 쥐었다.

"누가 한반도를 지정학상으로 세계의 중심이라고 했어, 대륙에서 바다로 빠져나가는 통로, 그 반대로 바다에서 대륙으로 진출하는 입구 역할도 된다고."

"그래서 수없이 강대국들의 침략을 받았구만."

강은서가 뒤에서 이광의 목을 감싸 안았다.

"그래서 리스타랜드를 건설하는 거야? 한반도 대신으로?"

"천만에."

이광이 강은서의 팔을 쓰다듬었다.

"리스타랜드는 지원군 역할이지, 대한민국이 주도해서 대륙이나 바다로 진출할 때의 지원군."

"진출이라고 했어?"

"그래."

이광이 강은서의 팔을 끌어 무릎 위에 앉혔다. 강은서의 볼에 입을 맞춘 이광이 말을 이었다.

"앞으로는 대한민국이 주도하게 될 거야, 대륙의 끝에 붙은 한반도가 그 중심에 설 것이라고."

그때 강은서가 이광의 목을 두 팔로 감아 안았다. 두 눈이 번들거렸고 얼굴에 열기가 떠올랐다.

"한이는 유아원 갔어."

"그래."

"상철이는 학교에 갔고."

강은서가 몸을 딱 붙이자 젖가슴의 촉감이 느껴졌다. 향내가 섞인 몸 냄새도 맡아졌다. 강은서의 입김이 이광의 턱을 스치고 지나갔다.

"여긴 아무도 들어오지 않아."

이광이 강은서의 원피스를 젖히자 강은서는 이광의 바지를 끌어내렸다. 그때 강은서가 이광의 귀를 입술로 물면서 말했다. 더운 입김과 함께 강은서가 가쁜 숨을 뱉으면서 말했다.

"먼저 나한테 진출해, 여보."

기조실 안쪽 회의실에 세 사내가 둘러앉아 있다. 강정규와 임태용, 박한철이다. 임태용과 박한철이 이번에 강정규의 팀원이 된 것이다. 윤방철의 방을 나온 셋이 회의실에서 정식 상견례를 하는 셈이다. 강정규의 손에는 둘의 신상카드가 쥐어져 있다. 먼저 임태용이 입을 열었다.

"이번에 부산에서 잡힌 도매상 한 놈을 우리가 경찰에 넘기지 않았습니다. 알고 계시지요?"

강정규가 머리만 끄덕였고 임태용이 말을 이었다.

"그놈이 야쿠자하고 오래 거래를 했기 때문에 미끼용으로 놔두었습니다. 하지만 그놈 가족을 우리가 확보하고 있어서 인질이나 마찬가지지요."

임태용은 30세, 상사 출신으로 10년 동안 군에서 첩보 공작활동을 했다. 작년에 상관을 구타하고 예편된 후에 바로 리스타유통 기조실에 취직한 것이다. 이른바 정보, 공작 전문가로 사격과 무술에 뛰어났다고 신상카드에 적혀져 있다.

"일단 리스타로의 공급선은 끊긴 상황입니다. 하지만 정보에 의하면 8할 정도의 마약은 지금도 공급되고 있습니다. 허웅기는 야마구치 조로부터 한국 공급량의 2할 정도만 받아서 장사를 한 셈이지요."

임태용이 말했을 때 강정규가 쓴웃음을 짓고 물었다.

"허웅기는 얼마나 번 거야?"

"위에서 봐준 놈 몫까지 합쳐서 수백억을 모았겠지요, 허웅기 재산이 수십억이 되었으니까요."

그리고 그 재산은 모조리 몰수되었다. 허웅기 윗선에서 봐준 놈들도 마찬가지다. 강정규가 처음 맡았던 이른바 나이아가라클럽 사건에서 국제유통 소속의 간부 7명이 개입되었고 연루된 자만 25명이다. 윤방철은 그들을 경찰에 넘기기 전에 착복한 금액은 물론이고 본래 갖고 있던 재산까지 싹 회수했다. 그래서 회사 재산을 늘리는 성과를 올렸지만 유통 본부의 사장 오금봉에게서 직원 관리를 소홀히 했다는 질책을 받았다. 당연한 일이다. 그때 지금까지 잠자코 있던 박한철이 말했다.

"지금 부산을 왔다갔다 하는 놈들을 잡으려면 대마도에 가는 것이 낫습니다. 대개 배로 싣고 오는데 요즘은 대마도에서 가져오는 물량이 많다니까요."

박한철은 31세, 군대도 안 가고 20살 때부터 조직생활을 했다. 그러나 조직 생활을 하면서 야간대학 정치학과를 졸업했고 이종격투기 미들급 3위까지 올라갔으며 학교에도 2번이나 들어가 2년 반을 공부하고 나왔다.

학교는 물론 교도소다. 둘 다 폭력으로 들어갔는데 지역 싸움에서 앞장섰다가 상대에게 중상을 입혔기 때문이다. 중간간부는 싸움에서 겁만 주고 뒤로 물러나든지 싸움을 맨 밑의 똘마니한테 시키는 것이 보통인데 박한철은 앞장서서 쳤던 것이다. 그것이 윤방철에게 점수를 땄다. 박한철이 말을 이었다.

"대마도에서 그놈들 중간 운반책을 잡고 나서 본토로 들어가는 것이 낫지 않겠습니까?"

"너, 대마도 가봤어?"

불쑥 강정규가 묻자 박한철이 시선을 주었다. 미들급이어서 체중이 85킬로쯤 된다. 1미터 85쯤의 신장, 눈이 가늘고 턱이 다부지다. 코는 여러 번 부서져서 안에 플라스틱을 넣었는데 조금 비뚤어졌다.

"안 가봤는데요."

"거긴 좁아, 이즈하라, 히다카츠 두 곳이 제법 큰 마을인데 인구가 몇만 명도 안 되어서 경찰이 다 파악을 한다."

강정규가 임태용과 박한철을 번갈아 보았다.

"너희들, 내가 누군지 알지?"

"모릅니다."

임태용이 바로 대답했다. 임태용은 1미터 75쯤의 신장에 체중은 90쯤 된다. 그러나 목이 굵고 팔이 길어서 한눈에 봐도 만만치 않은 몸매다. 강정규의 시선을 받은 박한철이 대답했다.

"모릅니다. 상사에서 오셨다고만 들었는데요."

"난 일본에서 자랐어."

"그런데 한국말 잘하시네요."

조금 붙임성이 있는 성격인 임태용이 말을 받았다.

"재일교포이십니까?"

"그렇지."

"재일교포 야쿠자가 많다던데요."

"난 자위대 소령 출신이다."

"예? 자위대요?"

놀란 박한철이 가는 눈을 크게 떴다.

"일본 군대 아닙니까?"

"그렇지."

"소령까지 올라갔어요?"

"그래."

머리를 끄덕인 강정규가 말을 이었다.

"그래서 대마도 지리를 잘 알아, 그곳에서 여러 번 산악 훈련을 했거든."

"아아."

"그곳 산은 험하고 숲이 무성해서 전투훈련에 적당했기 때문이야."

"……."

"마약을 숨기고 지키기에도 적당할 거야."

강정규가 둘을 번갈아 보았다.

"경찰들하고 손발만 맞추면 그곳이 요새가 될 거다."

"모르고 들어갔다가 큰일 날 뻔했군요."

박한철이 어깨를 늘어뜨리면서 말했다.

“그런데 팀원은 우리 셋뿐입니까?”

“필요하면 증원 요청을 하겠지만 머릿수만 많다고 좋을 건 없어.”

강정규가 말을 이었다.

“우선 며칠간 손발을 맞춰보고 부산으로 가자.”

지금은 팀웍을 맞추는 것이 중요하다.

이광이 들어서자 자리에 앉아 있던 고대철과 김형국이 일어섰다.

“어서 오십시오.”

둘 중 선임인 김형국이 먼저 손을 내밀며 말했다. 얼굴에 웃음을 띠고 있다.

“반갑습니다.”

“제가 영광입니다.”

겸손하게 대답한 이광이 김형국에 이어서 고대철과 악수를 나누었다. 이곳은 시청 앞의 프린스호텔 스위트룸, 김형국이 외국 귀빈과 만날 때나 비밀회동을 할 때 사용하는 안가(安家)인데 오늘은 이광을 초대한 것이다. 셋이 자리에 자리 잡고 앉았을 때 김형국이 웃음 띤 얼굴로 물었다.

“이번에는 얼마 동안이나 한국에 계실 예정입니까?”

“예, 한 달쯤 후에 나갈 예정입니다.”

“바쁘신데 시간을 내주셔서 감사합니다. 이번에 외무부 일도 있고 해서 겸사겸사 인사도 드릴 겸 해서 장관하고 같이 뵙게 된 것입니다.”

“제가 진즉 인사를 드렸어야 했는데요.”

“아시아 국장 건은 죄송하게 됐습니다.”

고대철이 정중하게 사과했다.

"군림하는 자세가 나빴습니다. 아무리 선의라고 해도 그러면 안 되지요."

"아닙니다. 저는 전혀……."

"앞으로 그런 일은 없을 겁니다."

그때 어색한 분위기를 깨려는 듯 김형국이 말했다.

"리스타랜드는 한국이 해외에 갖는 첫 식민지라고도 하더군요, 우리 영토가 맞습니까?"

"땅을 샀으니까 지금은 한국령이라고 해도 인도네시아 정부에서 이의를 제기하지는 않을 것입니다."

"그럼 알래스카 같은 경우군요."

김형국이 바로 말했다. 그러나 알래스카와는 조금 다르다. 리스타는 리스타랜드를 50년간 임대를 했다. 이번에 인도네시아 정부로부터 최종 승인을 받은 것이다. 임대 기간은 50년, 그리고 그전에 리스타랜드 주민 투표를 거쳐 다시 기간을 연장시키기로 했다.

그때 이광이 입을 열었다.

"50년 후에 주민투표를 해서 완전한 한국령으로 만들 수 있겠지요."

"한국 영토가 서남쪽 바다로 뻗어 나간 셈이 되겠습니다."

웃음 띤 얼굴로 고대철이 말을 받았다.

"홍콩보다 조건이 좋습니다."

"싱가포르 수준이지요."

김형국이 말을 받는다.

"싱가포르가 아시아 서남쪽의 중심국이 되지 않았습니까? 리스타랜드가 제2의 싱가포르가 되겠습니다."

머리를 끄덕인 이광이 한국의 외교정책을 주도하는 둘을 번갈아 보았다. 둘 다 50대 후반으로 행정과 정치 분야에서 경륜을 쌓은 최고급 전문가다.

"제가 리스타연합을 창설한 이유는 각국의 이해를 비공식 루트를 통해서 해결하자는 목적이었습니다."

둘은 머리만 끄덕였고 이광이 말을 이었다.

"그것이 강대국인 미국이나 소련, 또는 중국이나 일본 등의 정부나 기업에서 추진했다면 견제를 받아 창설될 수가 없었을 것입니다."

"그렇죠, 이해가 갑니다."

김형국이 바로 동의했다.

"이라크나 이스라엘, 영국이나 프랑스도 마찬가지였겠지요. 아직 약소국인 한국 기업이어서 가능했을 겁니다."

이광이 말을 이었다.

"앞으로 리스타연합 회원 가입국이 더 늘어날 것입니다."

"우리도 그 이야기를 여러 번 했습니다만 정부 차원에서는 아직 결정을 하지 못했어요."

김형국이 웃음 띤 얼굴로 이광을 보았다.

"정부 고위층이 리스타란 개인기업과 연관이 되는 것 같아서요."

"이해합니다."

머리를 끄덕인 이광의 얼굴에도 웃음이 떠올랐다.

"그래서 아시아 국장이 나섰을 것입니다."

"어쨌든 그 사람은 방법이 서툴렀고."

입맛을 다신 김형국이 정색하고 이광을 보았다.

"이 회장님, 아십니까?"

이광이 쳐다만 보았고 김형국이 말을 이었다.

"한반도는 항상 대륙세력과 해양세력의 발판이 되었지요, 희생이 되었단 말입니다."

고대철이 동의하듯이 머리만 끄덕였고 김형국은 정색했다.

"고구려, 백제, 신라, 3국이 정립했던 서기 600년대까지 한민족의 영역은 만주, 요동반도, 베이징 근처까지 광대한 지역이었습니다."

"……."

"그것이 신라 통일 이후로 압록강, 두만강 이남, 즉 지금의 38도, 39도 선으로 위축되고 고려, 조선대에 이르기까지 압록강 북쪽의 대륙으로 올라간 적이 없습니다."

김형국이 길게 숨을 뱉었다.

"세계 역사상 한반도의 국가들처럼 역사가 긴 왕국도 드물지요. 고구려, 백제가 각각 700년 가깝게 되었고 신라는 1천년, 고려는 480년, 조선은 520년 가까이 존속되었습니다."

이광이 머리를 끄덕였다. 그것이 무엇을 의미하는지 금방 이해가 간 것이다. 김형국은 국가의 외교정책을 수립하고 통치자에게 건의하는 실세다. 통치자 혼자서 국사를 처리할 수 없다.

자신의 뜻에 맞는 적임자에게 맡기는 것이고 이광의 기업 경영도 마찬가지다. 따라서 김형국은 지금 대한민국 외교의 실세로서 자신의 사상을 말하고 있는 중이다. 김형국이 말을 이었다.

"그것은 무엇을 의미하겠습니까?"

방안에 잠깐 정적이 덮여졌다. 대륙의 중국 경우를 들면 위·촉·오의 3국시대인 서기 200년대부터 진(晋)이 156년, 그것도 동진, 서진을 합쳐

서다. 그러고는 대륙에 5호 16국이 일어나 130년간 16개 왕조를 세우더니 수(隨)가 통일해서 39년 만에 멸망하고 당(唐)이 일어나 289년간 통치했다. 그 후에 5대 10국으로 50년간 10개 왕조가 일어나더니 송(宋)이 300년, 원(元)이 152년, 명(明)이 276년, 청(淸)이 280년이다.

이광의 얼굴에 웃음이 떠올랐지만 입을 열지는 않았다. 그것은 그 긴 왕조 동안 백성들이 태평세월을 누리며 살았다는 의미가 아닌 것이다. 각자의 해석이 다를 것이었으므로 입을 다물고 있을 뿐이다. 그때 어깨를 부풀린 김형국이 이광을 보았다.

"이 회장님, 우리는 이 회장님께 감사를 드립니다. 이것은 저뿐만이 아니라 대통령 각하, 그리고 전(全) 외교 책임자들의 심정도 같습니다."

갑작스런 감사에 당황한 이광이 웃음만 띠었을 때 김형국이 말을 이었다.

"지금까지 대륙과 해양 세력에 밟히기만 했던 한민족에게 이 회장님이 먼 곳을 보도록 해주셨습니다."

"과찬이십니다."

"아닙니다. 제가 대통령께 그렇게 말씀드렸더니 크게 공감을 하셨습니다."

"영광입니다."

"우리도 새롭게 시작해야지요."

김형국의 목소리에 열기가 띠어졌다.

"더구나 한반도는 위쪽 대륙과 통하는 부분이 강줄기 하나뿐이어서 대륙에서 거침없이 내려오고 바다에서도 대륙으로 쉽게 올라갈 수 있는 지형입니다. 그러니 고구려 멸망 이후로 대륙과 바다 건너 세력에 짓밟히기만 했지요, 그렇지만 이제부터는 그렇게 되지 않을 것입니다."

"그렇습니다."

마침내 이광도 말문을 열었다.

"저도 적극 협조하겠습니다. 이대로 한반도에만 머물 수는 없습니다."

말하고 났더니 제방이 터지면서 고였던 썩은 물이 쏟아져 나오는 것 같다. 그렇다. 지금까지 이광의 가슴속에 썩은 물처럼 쌓여진 감정이 그것이다. 왜 우리는 침략만 당해 왔는가? 왜 적극적으로 나서지 않았는가? 조선 태조 이성계는 혼란한 대륙의 정세를 틈타 요동 땅을 회복하라는 왕의 명령을 받고 압록강을 건너다가 강 중심에 있는 위화도에서 군사를 돌려 고려를 멸망시키고 조선을 세웠다.

그 조선왕조가 5백 20년이다. 임진왜란, 병자호란 등 수많은 외침을 받고서도 왕조가 무너지지 않은 것이 자랑이란 말인가? 왜 왕이 책임을 지지 않는가? 이순신을 잡아 가둔 왕에 대한 비판은 왜 하나도 없는가? 왕을 중심으로 왜군과 싸웠다고? 그런가?

"강정규가 지금 한국에 있겠군."

돌아가는 차 안에서 이광이 불쑥 말하자 최국진이 대답했다.

"예, 회장님."

최국진이 몸을 돌려 이광을 보았다.

"지금 유통 오 사장의 특명을 받고 일하고 있습니다."

"적응은 했나?"

"적응해 가는 중입니다."

강정규와 권철은 특별관리 대상인 것이다. 그룹 기조실의 조사부장인 최국진이 둘의 관리를 책임지고 있다. 의자에 등을 붙인 이광이 긴 숨을 뱉었다.

"오늘 난 새 희망을 보았어."

최국진이 긴장했고 이광이 말을 이었다.

"국가 지도자들로부터 내가 모르는 사실을 듣고 배운 거야, 그래서 내가 나갈 방향이 더 확실하게 드러난 것이지."

쉽게 말해서 지식이다. 인간의 공부와 경험에는 한계가 있다. 이광이 비록 대기업을 만들었지만 지식과 경륜까지 갖출 수는 없다. 그것은 끊임없는 공부, 경륜이 필요한 것이다.

오늘 이광은 김형국한테서 한민족과 한반도의 지정학적, 민족사적 고찰을 들었다. 물론 김형국의 주관적 견해였지만 이광에게는 생명수 같은 지식이다. 이것에 자신의 경륜과 지식을 덧붙이면 얼마든지 새로운 입장이 살아난다. 세상은 이렇게 발전되는 것이다. 그때 최국진이 말했다.

"회장님, 강정규는 권철과는 달리 애국심이 부족한 것 같습니다."

"당연하지."

이광이 웃음 띤 얼굴로 말했다.

"일본인으로 자랐으니까 조상이 어떻게 죽었건 실감이 나지는 않을 거야."

이광도 강정규의 집안 내력을 아는 것이다. 이광이 말을 이었다.

"그렇다고 일본을 무조건 적대시 할 필요는 없어, 현실적으로 생각해야 돼."

최국진은 시선만 주었고 이광이 말을 이었다.

"오늘 저녁에 불러와."

이광과 강정규의 면담이다.

리스타 본사 회장실로 돌아온 이광에게 기다리고 있던 비서실장 안학태가 보고했다.

"중국 화 주석이 뵙자고 하십니다. 다음 주 수요일에 베이징 안가에서 만났으면 좋겠다고 하셨습니다."

"무슨 일 때문인가?"

"경제 문제라고 하는데요, 비서실장 왕영한한테서 들었습니다."

"알았어, 5일 남았군."

달력을 본 이광의 얼굴에 웃음이 떠올랐다.

"내가 김 수석한테서 중국역사 공부를 하고 왔는데 마침 화 주석이 부르는군."

"중국역사 공부를 하셨습니까?"

"그래, 중국에는 한나라 이후로 약 2천 년 동안 3백 년 이상 계속된 왕조가 없다는 거야."

"그렇습니까?"

안학태도 눈을 크게 떴다.

"저도 처음 듣습니다."

"나도 그래."

"우리나라는 길지요?"

"그래, 가장 짧은 고려가 480년, 조선은 520년, 백제, 고구려는 7백 년 가깝게 되고 신라는 1천년 가까워."

김형국에게서 들은 지식을 술술 말해주었더니 안학태가 입을 딱 벌렸다.

"대단합니다."

"뭐가?"

“역사가 말씀입니다.”

“길다고?”

“예, 길고…….”

“또 뭐?”

“예, 그것이…….”

말문이 막힌 안학태가 쓴웃음을 지었다.

“길다고 자랑만 할 것이 없군요.”

“배울 것이 많아.”

정색한 이광이 안학태를 보았다.

“내가 앞으로는 여러 사람을 만나 공부를 많이 해야겠어.”

“예, 회장님.”

의외였는데 안학태가 어설프게 대답하자 이광이 덧붙였다.

“안 실장, 당신도 나하고 같이 공부를 해야 돼, 우리가 너무 게을렀어.”

시선을 내린 안학태가 소리 죽여 숨을 뱉었다. 갑자기 공부라니,

방으로 들어선 서미아가 강정규를 보았다. 오전 11시 반, 서미아는 크림색 투피스 정장 차림으로 얼굴에는 옅게 화장을 했다.

“안녕하세요.”

긴장한 서미아의 목소리는 낮다. 머리만 끄덕인 강정규가 눈으로 앞쪽을 가리켰다.

“앉아.”

이곳은 서울시청 건너편 소공동 골목 안의 안가다. 리스타유통에서 오래전부터 사용해온 5층 빌딩이다. 낡은 빌딩이어서 문을 닫았는데도 밖의 소음이 울렸다. 방음장치도 없기 때문이다. 강정규가 지그시 서미

아를 보았다.

그날 나이아가라에서 보고 나서 처음이다. 홍금성, 윤지철 등 연루자들은 싹 잡혀서 지금 모두 구치소에 들어가 있지만 서미아는 남겨놓았다. 서미아를 끈으로 부산놈, 일본 운반책까지 잡을 계획인 것이다. 홍금성의 최측근이었던 서미아는 자금 관리를 맡았을 뿐만 아니라 조직과 운반까지 상관을 했기 때문에 윤방철의 특별지시로 남겨두었다.

"너, 왜 남겨놓았는지 이유를 알지?"

강정규가 묻자 서미아는 똑바로 시선을 주었다.

"네."

"네가 머릿속에 든 것이 없다면 바로 폐기처분 된다는 것도 알지?"

"네."

그때 방으로 박한철이 들어오더니 서미아 옆쪽에 앉았다. 그러나 입을 다물고 듣기만 했다. 강정규가 무표정한 얼굴로 다시 말했다.

"그렇다고 알고 있는 걸 조금씩 꺼내는 수작을 부린다면 그냥 없애버릴 거다."

서미아는 눈만 깜박였고 강정규의 말이 이어졌다.

"넌 앞으로 우리하고 같이 행동해, 그러니까 옷도 바지에 재킷으로 바꿔 입고 신발도 운동화를 신어."

"……."

"너 여자 취급 안 할 테니까 그런 줄 알고."

그때 박한철이 자리에서 일어서더니 낮게 말했다.

"비서실에서 연락이 왔습니다."

박한철이 말을 이었다.

"최 부장님이십니다. 연락해 보시지요."

"지금 하는 일이 적성에 맞나?"

최국진이 묻자 강정규의 얼굴에 웃음이 떠올랐다.

"상사 신발담당 업무도 해볼 만했습니다. 아직 모든 것을 배우는 입장이어서요."

"다 생소할 거야."

머리를 끄덕인 최국진은 웃음 띤 얼굴이다. 이곳은 시청 근처의 프린스호텔 근처의 안가 안이다. 최국진이 이곳으로 강정규를 부른 것이다. 강정규의 안가도 근처여서 걸어서 5분 거리밖에 되지 않는다. 최국진이 말을 이었다.

"회장님께서 자네에 대한 관심이 많으셔, 그래서 자주 보고를 받으시네. 어느 정도 시간이 지나면 회장님을 측근에서 모시게 될 거야."

"감사합니다."

강정규가 정색하고 머리를 숙였다.

"과분한 대접을 받는 것 같습니다."

"당연한 일이야."

"저 같은 경우에는 부끄럽지요."

이광을 암살하려고 선발되었던 강정규다. 아직도 강정규는 자신이 맞지 않는 의자에 앉아 있는 것 같은 생각이 든다. 그때 최국진이 말했다.

"회장님 지시야."

"예, 부장님."

"한국역사 공부를 하라고 하시네, 틈이 나면 백제 시대부터 지금까지 한국사를 읽고 나름대로 식견을 갖추기를 바란다고 하셨어."

"예, 부장님."

"여기 책 가져왔어, 테이프도 있어."

최국진이 테이블 옆에 놓인 가방을 눈으로 가리키며 웃었다.

"직원 시켜서 샀는데 모두 의아한 표정을 짓더구만, 내가 뒤늦게 공부를 하는 줄로 알았던 모양이야."

"감사합니다."

강정규가 소리 죽여 숨을 뱉었다. 백제 시대라니, 그것이 언제인가?

서미아가 안가에 들어섰을 때는 오후 7시 반이다. 사무실에 혼자 앉아 있던 임태용이 서미아를 보더니 얼굴을 펴고 웃었다. 서미아는 바지에 점퍼 차림으로 운동화를 신었다. 머리에는 야구모자까지 써서 전혀 다른 모습이다.

"어, 몰라보겠는데."

"언제 부산으로 가죠?"

앞쪽 소파에 앉은 서미아가 묻자 임태용이 안쪽 방을 가리켰다.

"당신 방이 저기야, 호텔 특실 수준이지. 당분간 거기서 지내라고."

서미아는 가방까지 들고 온 것이다. 안가는 안쪽에 방이 3개 만들어졌고 바깥쪽은 사무실과 회의실까지 갖춰진 구조다. 사무실 건물을 개조한 것인데 주방만 없을 뿐이지 욕조까지 다 갖춰졌다. 서미아가 다시 물었다.

"언제까지 이곳에 묵는 거죠?"

"그건 팀장이 결정할 문제야."

"팀장이라면 강정규 씨인가요?"

"그래."

"난 팀원이고?"

"그렇다고 봐도 되겠지."

"보수는 안 줘요?"

"보수?"

되물었던 임태용이 이번에는 어깨를 들썩이며 웃었다.

"그 이야기는 못 들었는데."

"알아봐 줘요, 난 딸린 식구가 있어서."

"누구, 그 현영준이 말인가?"

그 순간 숨을 들이켠 서미아가 몸을 굳혔다. 현영준, 서미아의 애인, 남편, 또는 정부. 5년 동안 서미아에게 들러붙어 피를 빨아먹는 거머리 같은 존재. 결혼을 했다가 이혼을 하고 나서도 다시 만나 돈을 뜯어 갔고 마약판 대금까지 훔쳐간 놈. 그러나 육정(肉情)이 들어서 침대로 기어들어오면 엉키게 되는 끈질긴 관계. 임태용은 현영준까지 파악하고 있는 것이다.

임태용이 파악하고 있다는 것은 곧 강정규도 알고 있다는 말이다. 서미아의 시선을 받은 임태용이 빙그레 웃었다.

"그놈한테 뜯긴 돈이 얼마야?"

"그건 알아서 뭐하게?"

"그놈 침대에서 재주가 좋은가?"

"남이사."

"한심한 여자야, 너는."

"그게 무슨 상관인데?"

"작업에 지장이 있지."

정색한 임태용이 말을 이었다.

"팀장이 그놈 죽일지도 몰라."

숨을 들이켠 서미아에게 임태용이 느글거리며 웃었다.

"팀장 성격이 담백하지만 잔인해서 그런 놈 꼴을 못 보거든, 아마 대형 믹서기에다 넣을 거야."

"……."

"그놈 고기가 햄버거에 얹어서 나올지도 몰라, 좀 질기겠지만."

"……."

"그럼 잘 된 거지, 그러니까 마음 놓고 다른 놈 찾아봐."

"……."

"나나 박한철은 마음 놓아도 돼, 넌 우리 스타일이 아니니까."

그때 사무실로 강정규가 들어왔기 때문에 임태용이 벌떡 일어섰다.

"이제 오십니까?"

"모레 출발이다."

던지듯이 말한 강정규가 서미아를 보더니 머리를 끄덕였다.

"응, 왔구만, 다 정리했나?"

그때 임태용이 대신 대답했다.

"방금 그놈 이야기 하던 참입니다."

"그놈이라니?"

"붙어먹는 놈 있지 않습니까? 그놈 정리를 하고 왔느냐고 물었더니, 상관하지 말라고 하는데요?"

앞쪽 소파에 앉은 강정규가 서미아를 보았다.

"유유상종이라는 말 아나?"

서미아는 숨만 쉬었고 이번에도 임태용이 대신 대답했다.

"예, 압니다. 새는 같은 종류끼리 어울린다는 말입니다."

"그렇지."

머리를 끄덕인 강정규가 말을 이었다.

"그런 놈하고 같은 부류니까 어울리는 거다. 협박을 받느니 떼어도 자꾸 달라붙느니 하는 건 핑계에 불과해."

"그렇죠, 저도 그렇게 생각합니다."

임태용이 맞장구를 쳤을 때 강정규가 말했다.

"그런 놈 때문에 꼬리가 잡힐 수 있어. 그러니까 오늘 밤에 찾아내서 없애버려. 아예 머리통을 박살내버리는 것이 낫겠다. 알아보지 못하도록 말야."

"예, 팀장."

임태용이 바로 대답했다.

"잠깐만요."

방으로 들어서려는 강정규를 뒤에서 서미아가 불렀다. 강정규가 머리만 돌렸을 때 서미아가 다가와 섰다. 강정규는 서미아 뒤쪽에 선 임태용의 얼굴에 쓴웃음이 번지는 것을 보았다. 그러나 곧 외면하더니 몸을 돌려 밖으로 나간다. 강정규의 시선을 받은 서미아의 얼굴이 붉어졌다.

"드릴 말씀이 있어요."

"말해."

강정규가 옆쪽 의자에 앉자 서미아는 선 채로 말을 이었다.

"저, 그 남자 살려주세요."

"왜?"

"불쌍해요."

"불쌍한 사람 많아, 하지만 그놈은 아닌 것 같다."

차갑게 말을 자른 강정규가 서미아를 쏘아보았다.

"그리고 나한테 뭘 어쩌라 마라 이야기하지 마라."

강정규의 목소리가 낮아지면서 한마디씩 토막으로 잘려졌다.

"네 이용가치가 없었다면 넌 마약 공급, 판매책으로 교도소에 들어가 10년쯤 살든가 아니면 그냥 없애버렸을 거다. 나한테는 그게 쉬워."

"……."

"네 남자 이야기는 더러워서 입에서 꺼내기도 싫었는데 앞으로는 거론하지 않게 될 것이다."

강정규의 눈빛이 강해졌다.

"난 너처럼 우유부단하고 지저분한 데다 육욕을 끊지 못하는 것들은 인간으로 보지 않아, 그러니까 조심해."

그러고는 강정규가 자리에서 일어섰다.

"그런데 나한테 제 색욕의 상대를 살려달라고? 그놈이 마약을 먹으면서 어디서 조달했느냐고 물어보았겠지? 어때? 내 말이 틀리냐? 그놈이 네 약점을 쥐고 있다고 믿고 있을 텐데, 맞지?"

서미아는 굳어진 얼굴로 입을 열지 않았다.

밤 11시가 되었을 때 박한철이 사내 하나와 함께 안가로 들어섰다. 사무실 소파에 앉아 기다리고 있던 강정규와 임태용이 둘을 맞는다.

"정장선입니다."

허리를 굽혀 보인 사내가 강정규에게 인사를 하고는 앞쪽에 앉는다. 정장선은 부산 해운대파에서 보낸 연락책이다. 이번 마약조직 소탕 때 부산의 운반책들도 잡혔지만 일부는 살아남았다. 그것을 정장선이 조종을 한 것이다. 정장선은 35세, 해운대파 소속이지만 일본 제품을 밀수로 들여와 장사를 해온 영업맨이다.

조폭에도 영업맨이 있는 것이다. 서열은 그다지 높지 않아도 조직 회장하고 직거래를 하는 바람에 무시할 수 없는 존재다. 정장선이 입을 열었다.

“일본에서 마약을 받아온 소매상 두 놈을 이번에 미끼용으로 놔뒀더니 눈치를 챘는지 대마도로 들어가 숨었습니다.”

정장선이 넓은 얼굴을 펴고 쓴웃음을 지었다.

“물론 두 놈 다 처자식이 있어서 우리가 인질을 확보하고 있지요, 저희 회장님께서도 적극 협조하라는 유통 사장님의 지시를 따르고 있습니다.”

“야마구치조하고의 끈은 그놈들 둘뿐이오?”

“예, 팀장님.”

“그놈들이 대마도에 들어갔다면 거기서 야마구치조의 보호를 받고 있다는 말인데, 그렇지요?”

“예, 팀장님.”

“잡아둘 걸 그랬어.”

“예, 저희들이 한발 늦었습니다.”

입맛을 다신 정장선이 머리를 들고 강정규를 보았다.

“여기 있는 서미아가 두 명 중 하나인 백춘국한테서 마약을 받았습니다. 백춘국이 거래한 소매상 셋 중 하나가 서미아지요.”

그때 박한철이 거들었다.

“나머지 둘은 이번에 잡혔습니다, 팀장.”

“그럼 서미아가 백춘국과 연락이 되나?”

“점조직으로 연락을 주고받았으니까 서미아가 연락할 방법이 있는

지 모르지요."

강정규의 눈짓을 받은 임태용이 자리에서 일어섰다. 지금 방에 있을 서미아를 데려오려는 것이다.

박한철의 설명을 들은 서미아가 바로 말했다.

"2개 전번을 알고 있어요, 하나는 부산 전화, 또 하나는 대마도 전화인데 그 사람이 대마도에 있다니까 그쪽에 하면 되겠네요."

"그렇군."

박한철이 이를 드러내고 웃었다.

"쓸모가 있군."

그때 정장선이 입을 열었다.

"그럼 백춘국만 잡으면 부산에 있는 야마구치조 연락책과 일본의 윗선까지 밝혀낼 수 있을 겁니다."

그리고 그 윗선은 야마구치 고베 회장이다. 강정규가 머리를 끄덕였다.

"사다리 타고 올라가는 것 같구만, 어쨌든 가자."

그날 밤 12시가 넘었을 때 강정규가 오금봉의 전화를 받았다. 오금봉은 유통의 사장으로 국제유통의 윤방철이나 제일유통의 백갑상, 부산의 해운대유통 박영태까지 모두 계열사가 된다. 긴장한 강정규가 응답을 했을 때 오금봉이 말했다.

"넌 사소한 일 같지만 뿌리를 캐고 있는 거다. 그 뿌리가 야마구치를 통해 태국, 그리고 트라이앵글 지역의 마약 카르텔까지 올라간다."

강정규는 숨을 죽였고 오금봉의 말이 이어졌다.

“마약이 국가 간 비공식 거래로 쓰이기도 하지만, 넌 지금 아시아 지역의 마약 카르텔에 처음 들어가는 셈이 된다. 무슨 말인지 이해가 가나?”

“조금 갑니다, 사장님.”

“우리도 마약 공급과 중개에 손을 대고 있어, 하지만 국가 간 거래의 대리인 역할을 하는 것이고 우린 전혀 판매에 개입하지 않아.”

“예, 사장님.”

강정규가 바짝 긴장했다. 처음 듣는 말인 것이다. 그때 오금봉이 말을 이었다.

“지금 네가 개입한 마약 카르텔은 악성 종양 같은 무리야, 넌 미국은 물론 중국 정부로부터도 강력한 지원을 받을 거다. 기운을 내라.”

강정규는 숨만 쉬었다. 리스타가 마약 거래 중개를 했단 말인가? 중국은 뭐고 미국은 뭔가?

<4권에 계속>